정의와 불의

무공훈장, 보국훈장, 외국훈장, 포장, 기장

시인 · 소설가
박경석

대전문학관 아카이빙 2015년 자료집

1953년 미국 포트베닝(Fort Benning) 보병학교 장교기본과정 유학 시절(중위)

1961년 제1사단 15연대 2대대장(소령)

중대장으로부터 공격 계획 보고를 받는 대대장 박경석 소령

1962년 10월 1일 국군의 날.

경기도 성남시 야산에서 실시한 육군시범 대대장으로 현장 지휘 시범 성공으로 중령 특진.

박정희 대통령을 비롯한 각료, 장군 등 귀빈으로 꽉 찬 모습.
주변 야산에서 언론 추산 17만 명의 시민이 관람했다.

1965년 맹호사단 베트남전 제1진
초대 재구대대장 在求大隊長 (중령)

충무무공훈장 수여식에서 채명신 주월한국군 사령관과 박경석

을지무공훈장 수여식에서 채명신 주월한국군 사령관, 박경석 대대장병

육군본부 박경석 을지무공훈장 수여식에서 총장 김계원(대장)

1970년 제1사단 12연대장(대령)

1971년 미 제2사단 4여단장과 한국군 제1사단
12연대장 박경석 대령 간 DMZ 인계 확인서

1975년 철원 DMZ땅굴 특수임무부대장(준장)
DMZ 근무 후 서울 북방 방위 임무를 부여받는다.

1975년 미국 육군참모총장에게 땅굴 구조를 설명하는 박경석 특수임무부대장(준장)

1975년 철원 DMZ 땅굴에서 외신 기자단에 브리핑하는 박경석 특수임무부대장(준장)

1981년 육군본부 인사참모부 차장(준장 전역)

졸업기념 배지와 졸업기념패

2014년 계룡대 지상군페스티벌 문학 특강

계룡대 지상군페스티벌 문학 특강에서 장군들로부터 환대를 받는 박경석과 아내 김혜린

전쟁문학 특강(서울대, 이화여대)

2022년 박경석 장편실록소설 〈육사생도2기〉 드라마 제작 계약 체결
제작사 the BIG CHEESE

2016년 육군본부 군사연구소장 일행 박경석 서재 방문
김상규 박사, 軍史연구소장 한설 장군, 박경석, 한국전쟁연구과장 김수일 대령(왼쪽부터)

육군본부 군사연구소 현안 검증

용산 전쟁기념관 박경석 시비 '서시'

문산 통일공원 '햇불이어라'

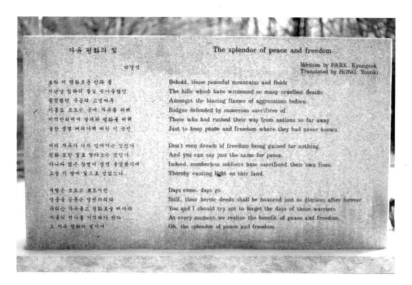

역사의 현장 박경석 시비 '자유 평화의 빛'

개미고개 미군 격전지 '자유 평화의 빛'

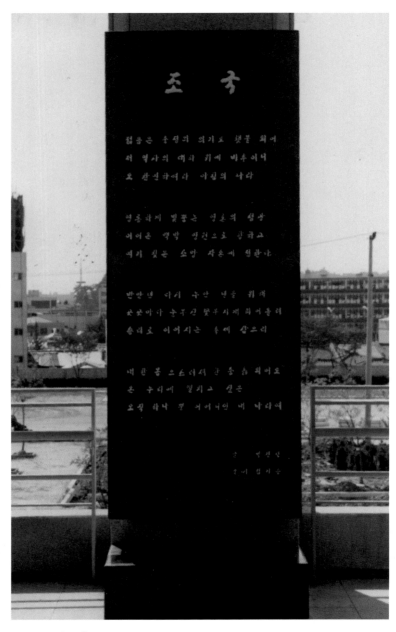

전쟁기념관 '조국'

육군사관학교 '생도송'

용문산전투 승전비 '가평하늘 푸른 별이여'

정의와 불의

박경석 에세이

역바연

프롤로그   군인과 문인의 두 길에서

17세의 육군 소위. 세계 어느 나라 군대에도 없다.

그러나 나는 분명히 17세에 육군 소위로 임관되었다. 그 연원은 김일성에 의한 6·25 한국전쟁 발발 때문이었다. 정규 육사 생도 신분으로 전장에 투입되어 전진 속에서 소년기를 보냈다. 사선을 넘나드는 전투를 거치며 경험을 쌓다 보니 그 전훈을 남기고 싶은 충동이 움텄다. 그 충동은 문학으로 향했다. 나는 1959년 소령 시절 필명 한사랑韓史郎으로 정식 등단하여 시와 소설을 쓰기 시작했다. 서정은 시에, 서사는 픽션보다 논픽션에 비중을 두었다. 진실을 남겨야 하기 때문이다.

얼핏 보면 군과 문학은 어울리지 않을 것 같지만 오히려 야전에서 얻은 경험이 문학 속에 더 뜨겁게 깃든 듯하다. 휴전선을 지키며 높고 낮은 산야의 신비와 아름다움, 형형색색 들꽃의 청초함, 바위틈에서 용틀임을 하면서 솟아난 소나무에서 외침과 국난을 극복한 조상의 강인한 기상과 예술 미학의 원천을 느낄 수 있었다. 더구나 삶과 죽음이 넘나드는 6·25 한국전쟁, 베트남전쟁 두 전장에서 전투 지휘관이라는 피맺힌 체험은 조국의 의미를 깨닫게 하며 격정의 감성까지 부추겼다. 문학에서 서정과 격정은 창작 의욕과 직결되기 때문에 매우 중요한 요소로 작용한다. 그래서 나는 하늘이 내린 축복 속에서 창작을 순탄하게 이어갈 수 있었다.

나는 2022년 현재 군인으로 31년, 시인과 소설가로 41년을 살았다. 만 72년 동안 쉼 없이 세파를 헤쳐오며 삶과 죽음의 경계선을 여러 번 넘나들었다. 때로는 자신의 의지로 극복했고 때로는 하늘의 은총으로 생명을 이어왔다. 장장 90년, 장수를 누리고 있는 셈이다. 평생 '조국', '정의', '진리'를 신조로 삼아 어려운 고비를 넘기며 용케 살아남았다.

이렇게 사는 동안 많은 사람을 만나 인연을 맺어왔기 때문에 노후에도 여러 계층의 사람들과 관계를 유지하고 있다. 나와 생사고락을 함께한 전우들, 문단의 후배들은 만날 때마다 "회고록을 언제 출간하느냐."라고 묻는다. 그때마다 나는 "회고록 쓸 생각은 없다."라고 말했다.

나는 회고록보다 진실을 바탕으로 역사 성격의 글을 쓰고 싶었다. 그래서 군인과 문인의 두 길에서 72년을 겪은 교훈과 학문의 연구 자료가 될 만한 것을 추려 에세이를 집필하기로 했다.

이 에세이집은 나의 87권째 작품집이자 마지막 작품이 될 듯하다. 쓰고 싶은 이야기를 모두 썼다고 생각하기 때문이다. 더구나 전업 작가로 출발하면서 바른 군사軍史로 되돌리기 위한 목표를 세워 정성을 다했고,

모든 난제를 말끔히 정상화하는 데에 성공했다. 이 성취는 군인으로 31년 동안 이룩한 무공보다 더 소중한 업적임을 확인하면서 임무 완수의 보고서를 여기에 남긴다.

끝으로 이 박경석 에세이 『정의와 불의』를 흔쾌히 출간해 준 황현필 역사학자와 역바연출판사 공정범 사장 두 분께 감사드린다.

대전 유성 자이 서재에서

2022년 가을

박경석

차례

2장　베트남전 참전과 빛나는 유산

제2부 문인으로 41년, 정의의 길

1장 대장정의 험로를 선택

2장 계획, 대장정

3장 성취의 밝은 빛

4장 삶의 고비에서

제1부

군인으로 31년, 조국과 함께

1장　　6·25 한국전쟁, 그 무렵

1. 정의와 불의의 기로

　나는 충남 연기군(현 세종시) 조치원에서 태어났지만 본적은 대전이다. 그래서인지 조치원에서 초등학교를 다녔으나 중학교는 꼭 대전중학교로 가야 한다는 결의가 대단했다. 그때는 6년제 중학교라서 경쟁이 더 치열했다. 당시 대전중학교는 충청권에서 제일가는 명문 학교라서 조치원에서 대전중학교 진학은 '하늘의 별 따기'란 말이 있을 정도였다. 나는 이를 악물고 공부하여 대전중학교에 합격하며 본격적인 경쟁에 들어섰다.

　선생님들은 한결같이 존경스러웠다. 특히 국어를 가르친 윤종만 선생님은 탁월한 국어학자였다. 윤종만 선생님은 일본 군대에 끌려갔다가 해방된 후 귀국해 교편을 잡았는데, 일본 군국주의에 대한 이야기를 많이 들려주었다. 나에게 애국심과 일본 군국주의의 폐해를 주입한 분이 바로 윤종만 선생님이다. 이 과정에서 내 문학도 함께 싹텄다.

　　윤종만 선생님은 우리나라 군대의 필요성을 강조하며 국방력 강화가
우리의 살길임을 늘 역설했다. 나는 한꺼번에 문과 무에 세뇌된 셈이다.
우리 문중에는 무관이 많았다. 친형이 박영석 장군이고, 공군 참모총장을
역임한 박원석 장군은 6촌 형이다. 윤종만 선생님은 이순신 장군도 문에
능하여 『난중일기』 같은 위대한 기록을 남겼다며 나를 부추겼다. 윤종만
선생님은 기록의 중요성을 이야기하며 겪은 일들을 잘 기록하면 훗날 훌
륭한 작품 소재가 된다고 하셨다.

　　중학교 5학년, 대전고등학교 2학년인 셈이다. 어느 날 나는 아버지가
보시던 일간신문을 훔쳐보다가 하단 광고에 눈이 쏠렸다. 대한민국 최초
의 육군사관학교 4년제 학사학위 생도 모집이라는 광고였다. 아버지에게
육사 시험을 보겠다고 하니, 아버지는 중학교 6년을 졸업해야 갈 수 있다
고 했다. 광고 끝자락에 재학생은 예비시험에 통과하면 본시험을 볼 수
있다고 적혀 있었다. 나는 그 날짜에 몰래 집을 나와 서울 용산 수도여자
중학교에 가서 예비시험에 응시했다. 다행히 예비시험에 합격하여 이후
용산중학교 시험장에서 본시험을 치렀다. 합격 통보를 받고 3차 구두시
험과 체력검정 날짜를 기다렸다.
　　시험 날, 용산중학교를 찾아가 확인하니 학과시험에는 합격했지만, 만
19세에 이르지 못해 불합격 처리되었다는 것이었다. 1933년생인 나는 2년
이 부족했다.
　　10여 일이 지나서 담임 장기성 선생님이 나를 불렀다. "육사에서 합격
통지가 왔으니 태릉 육군사관학교에 내일까지 도착하도록 하라."라는 것

이었다. 나는 어안이 벙벙했으나 소원을 성취했다는 기쁨에 벅차올랐다. '대체 불합격이 어떻게 합격으로 둔갑했단 말인가?' 나는 반신반의하며 태릉 육군사관학교에 들어섰다.

이승만 정권에서는 최고의 실세 두 명이 있었는데, 한 사람은 이기붕이고 한 사람은 원용덕이었다. 원용덕은 일본의 괴뢰국인 만주군 출신으로 육군 준장이자 헌병 총사령관이었다. 그를 놓고 '나는 새도 떨어뜨린다'는 말이 항간에서 돌았다. 그런데 그의 아들 원창희가 배재중학교 5학년으로 만 17세인데 예비시험도 보지 않고 육군사관학교에 합격했다. 그 과정에서 연령 미달로 불합격 처리된 나도 추가 합격되었다는 것이었다. 이렇게 해서 1950년 6월 1일, 나는 대한민국 최초의 4년제 학사과정 육군사관학교 생도가 되었다. 이름하여 육사 생도 2기생이다. 생도 1기생은 4년제의 준비 단계로 2년제로 모집되었다. 그전까지는 후보생 과정으로 평균 6개월을 교육한 후 육군 소위로 임관시켰다.

정규 육사 생도 모집에 대한 세간의 관심이 얼마나 컸던지 젊은 인재들이 구름처럼 모여들었다. 합참의장을 역임하고 6·25 한국전쟁 당시 육군본부 작전교육국장이던 장창국 장군이 기고한 중앙일보 〈육사졸업생들〉에 의하면 생도 2기생의 응시자는 1만 3천여 명, 합격자는 330명이었다.

희망에 벅찬 하루하루가 흘렀다. 대부분 학문에 치중하는 교과 과정이었다. 훈련은 제식 훈련과 M1 소총 영점조준사격 세 발뿐이었다.

1950년 6월 25일 오후. 비상나팔이 울려 퍼지더니 완전군장을 하고 화랑연병장으로 집합하라는 명령이 내려졌다. 생도들은 영문도 모른 채 연병장에 모였다. 모두 비상훈련으로 알고 있었는데 수류탄과 소총 실탄이 분배되었다. 인민군이 공격해 와서 포천 전선으로 출동한다는 웅성거림이 있었다. 수류탄 투척 훈련도 받지 않은 2기생들에게 수류탄 두 발씩 분배되었다. 분배가 끝나자 민간인으로부터 징발한 트럭에 생도를 태워 북쪽으로 향했다. 포천의 어느 능선에 하차한 생도들에게 개인호 구축 명령이 떨어졌다. 우리는 개인호 구축 훈련도 받지 않았기 때문에 규격에 맞지 않는 구덩이를 팔 수밖에 없었다. 이윽고 밤이 깊어 갔다. 잠이 올 리가 없었다. 맹숭맹숭 뜬눈으로 먼동이 틀 때까지 웅덩이에서 떨었다. 해가 뜰 무렵, 북쪽에서 쿵쿵거리는 소리가 들리더니 잠시 후 귀청이 터질 듯한 굉음과 함께 우리 머리 위에서 포탄이 작렬했다. 여기저기에서 포탄을 맞고 희생되는 생도들의 비명이 들려왔다. 앞을 바라보니 인민군이 개미 떼처럼 몰려들었다. 나는 전방을 향해 무작정 사격을 했다. 그저 공포에 질린 자의 사격이었을 뿐 총탄은 엉뚱한 곳으로 향했다. 인민군 또한 생도들의 사격에 주춤거리며 이리저리 몸을 숨겼다. 이때 "후퇴하라!"라는 명령이 떨어졌고, 생도들은 태릉 육사를 향해 달렸다. 첫 전투의 처참한 패주였다.

생애 첫 전투에서 생도 2기생 86명이 전사했다. 나는 겨우 살아남았다. 이 무슨 날벼락인가. 훈련도 안 된 맹물 청년들이 떼죽음을 당하다니….

후퇴에 후퇴를 거듭하며 부산 동래까지 내려갔다. 새로운 육군사관학교를 동래중학교에 개설하면서 그곳에서 교육과 훈련을 받게 되었다.

1950년 10월 23일. 9주간의 교육훈련을 마친 생도 2기생 150여 명은 육군 소위 계급장을 달았다. 그런데 육군사관학교 명칭이 육군종합학교로 바뀌게 되었다. 졸업장에도 육군종합학교로 인쇄되어 있었다. 생도 2기생들은 분통을 터뜨렸다.

생도 2기생은 소모품이라고 회자되는 전선 소대장으로 명령을 받고 부산역으로 향했다. 헌병 총사령관 원용덕 준장의 아들 원창희 소위는 부산역 파견 헌병대장으로 남았다. 나이가 어려 후방에 남겼다는 구실이었다.

나는 원창희 소위와 같은 17세인데도 전선의 소대장직을 맡아 열차에 올랐다. 이때 가슴속 깊은 곳에서 무언가 꿈틀거렸다. 분노였다. 실권자의 아들은 후방에 남기고 힘없는 자의 자제들은 죽음의 전선으로 가야만 하는 이 기막힌 현장. 그 사연은 박경석 문학의 씨앗이 된 것인지도 모를 일이었다.

생도 2기생 신임 소위들은 전쟁판에서 소대장으로 전투하던 중 절반이 전사했다. 육사에서는 육사 생도 2기를 '죽음의 기'로 부르고 있다.

위 이야기 가운데 정의와 불의는 명백하다. 정의와 불의는 구분이 간단명료하기 때문이다. 정의는 바르고 의로운 것이기에 그 구분이 어려운 것이 아니라 선택이 어렵고 힘든 것이다. 정의의 길은 험난해 선택을 주저한다. 그렇다고 불의의 길이 달콤한 사탕만은 아니다. 꼭 후과後果가 따르기 때문이다.

2. 인민군 사단장과 나

동기생들은 모두 새로 창설된 제9사단 소대장으로 보직을 받았다. 나는 30연대 3대대 10중대 3소대장으로 부임했다. 당시 인민군은 낙동강 전선에서 결정적인 패배를 당한 데다 맥아더 장군의 인천상륙작전 성공으로 북쪽을 향해 후퇴를 거듭하고 있었다. 후방에 처졌던 인민군은 지리산과 태백산 일대로 도주해 빨치산이 되었다.

낙동강 전선에서 인민군의 패전 원인은 첫째, 미 제8군사령관 워커 장군의 불퇴전不退轉의 의지였다. 국군 5개 사단과 미군 3개 사단이 약 240km의 전선에서 결사 항전에 들어갔다. 어느 한 곳이라도 무너지면 대한민국의 종말이라는 절체절명의 태세하에 싸웠다. 둘째, 미군 B29 폭격기의 폭격과 인천상륙작전 성공이다. 인민군은 병참선이 길어짐에 따라 군수물자 보급에 속수무책이었다.

서울을 수복한 후 곧바로 38선을 돌파한 국군은 통일을 향해 압록강과 두만강으로 진격을 계속했다. 이 무렵 국군은 물론 국민들은 통일이 달성된 것처럼 환호하며 흥분했다. 국군을 비롯해 미군과 유엔군 또한 파죽지세로 북쪽으로 향했다. 제9사단은 태백산 일대의 잔적 소탕을 위해 제2전선에 투입되었다.

나는 충주에 있는 대대를 찾아 대대장에게 부임 신고를 마친 후 소대를 찾았다. 소대원은 여러 부대에서 차출된 병력과 신병으로 구성되었는데, 40명 전원이 나보다 연장자였다. 선임 하사관이 27세이다 보니 소대는 사실상 선임 하사관이 지휘하는 꼴이었다. 그는 나에게 경어를 썼지만 나는 그가 하자는 대로 따라다녔다. 나는 소대장 구실을 못하고 있었지만, 선임 하사관은 전투 경험이 있어 인민군을 찾는 데 귀신이었다. 선임 하사관을 따라 태백산 자락 작은 마을을 포위한 소대는 선임 하사관이 하라는 대로 사격을 가해 인민군을 여러 명 사살하고 포로까지 생포하는 전과를 올렸다. 나는 엉겁결에 동기생 최초로 화랑무공훈장을 받고 전쟁 영웅 대접을 받았다. 나는 사실상 선임 하사관이 지휘한 소대 작전에서 내가 화랑무공훈장을 받을 자격이 없다고 생각되어 부끄러웠다.

중공군이 개입하자 국군과 유엔군은 참담한 후퇴를 거듭했다. 소대는 정선 평창 전선에 투입되어 남하하는 적을 저지하라는 명령에 따라 평창 북쪽의 1077고지 공격에 나섰다. 소대의 단독 공격이 아니라 대대 작전의 일부였다. 눈보라가 휘몰아치는 고지에서 나는 소대 맨 앞에서 전진하던 중 인민군 수류탄에 의해 중상을 입고 쓰러졌다.

날이 새자 인민군은 전장을 정리하면서 국군 부상자인 나를 발견했지만 사살하지 않고 야전 치료소로 후송시켰다. 훗날 알게 된 일이지만 인민군이 전장 정리를 하면서 나를 죽이지 않은 이유는 너무 어린 소년이 장교 계급장을 달고 있었기 때문이라고 했다.

인민군 야전 치료소 가마니 바닥에 누워 눈을 떠보니 왕별을 단 장군이 나를 내려다보고 있었다. 그는 웃으며 나이를 물었다. 나는 17세라고 했다. 어찌된 일이냐고 묻기에 사실대로 답했다. 그는 신기하다는 듯 내 상처를 확인하고 군의관에게 치료를 잘해 주라고 지시하고 떠났다.

나는 왼쪽 대퇴부에 큰 상처를 입었을 뿐만 아니라 왼쪽 귀의 고막까지 파열되었다. 치료가 끝나자 나는 인민군 사단장과 같은 주거 지역에 있게 되었고, 그들은 나를 '해방 군관 동무'라고 부르며 군관 대접을 하며 전선을 함께 돌아다녔다. 사단장은 가끔 인민군 군관이 되지 않겠느냐고 물었다. 나는 무조건 '집에 가고 싶다'고 했다. 그 인민군 장군은 10사단장 전문섭이었다. 인자한 그는 마침내 나에게 남행을 허락했다. 내가 인민군 10사단을 출발하려 하자 부관이 사단장의 지시라며 자그마한 등짐을 건넸다.

그 후의 탈출 과정은 순탄하지 않았다. 중공군에게 체포되는가 하면 내무서(경찰) 감방 신세도 거쳐야 했다. 나의 결사적인 탈출 의지는 꺾이지 않았고 결국 조국의 품에 안겼다.

1949년에 출발한 정규 육사는 생도 1기생을 2년제로 모집했지만, 문교부에서 학사학위 인가가 나지 않았다. 1년제로 단축하여 문교부 학위 과정이 인가됨에 따라 모집한 1950년 학급이 내가 속한 육사 생도 2기생이다. 나는 한국전쟁 때문에 입교 첫 해에 임관되었으므로 부족한 경력을 보충하기 위해 미국 보병학교 장교 기본과정에 응시했고, 이에 합격하여 미국으로 건너갔다. 그곳에서 지휘관의 리더십을 배우면서 내가 그동안 얼마나 엉터리로 소대장 근무를 했는지 부끄럽게 생각했다. 인민군에게 포로로 잡혀 지낸 것이 떠올라 얼굴을 붉히며 반성의 시간을 보냈다. 인민군 10사단장 전문섭은 적장이지만 지휘관으로서 존경을 받을 만한 리더십을 지녔음을 상기했다. 그는 부하와 함께 굶으며 솔선수범의 리더십

을 지켰고, 점령지를 헤매는 작전 과정에서 굶어가면서도 민폐 근절의 미덕
을 보였다.

길고 긴 반성을 통해 정의로운 길로 지향한다면 박경석의 새로운 리더
십이 정립될 것으로 생각했다. 그 이야기는 1961년 소령 시절 소설 『녹슨
훈장』으로 발표했다. 본명이 아닌 필명 한사랑을 썼다. 이 작품은 1959년
첫 시집에 이은 두 번째 창작집이다. 이 작품은 통렬한 자기반성과 새롭
게 정의로 지향하는 나의 이정표 같은 출발이었다.

그 이후 베트남전 맹호 제1진 재구대대장在求大隊長으로 출진하면서
정글에 들어가 진중 에세이 『十九番道路』와 『그대와 나의 遺産』을 펴냈
다. 격동기를 겪으며 나는 거대한 정치군인들이라는 장애물을 벗어날 수
없었다. 군복을 벗고 문학의 길로 향한 지 40여 년이 흘렀다. 외도 없이
창작에만 몰두했다.

내 문학의 목표는 '인류애 구현'이다. 그 다음은 '조국에 헌신'이다. 그
정수를 문학으로 남기는 일이 내게 남은 과제다. 나는 그 과제를 완성하
겠다는 일념으로 한 자 한 자 이 글을 쓰고 있다.

3. 김일성에 의한 6·25 남침의 진실

한국전쟁의 기원과 발발에 관하여 헤아릴 수 없을 정도로 많은 학설과
출판물이 있었다. 이것들은 소련 공산주의 체제가 붕괴되고 중국의 개방

정책에 의하여 한국전쟁의 기원과 발발의 실상이 밝혀짐에 따라 상당 부분이 쓸모없는 휴지조각으로 변했음을 보게 되었다. 참으로 다행스러운 일이다.

한국전쟁의 기원, 발발 원인 및 전쟁 책임론에 이르기까지 기상천외한 학설로 대한민국은 곤혹스러운 입지에 처한 일이 있었고, 이는 일부 극단적 학자에 의해 왜곡되거나 불확실한 내용으로 악용되어 사회 혼란까지 부추기는 원인으로 작용했다. 북한의 의도대로 '미국의 사주에 의한 국군의 북침설'이 일부 학계의 정설인 양 보편화된 모습을 보이던 때도 있었다.

한국전쟁에 대한 왜곡은 우리에게 큰 충격을 주었다. 더욱이 그 책임의 일단이 북한 당국뿐만 아니라 남한 자체에도 있었다는 데에서 아이러니가 아닐 수 없다.

이는 한국전쟁 발발 직전의 국방 당국자, 더 구체적으로 국방장관 신성모와 육군 총참모장(당시 호칭) 채병덕 소장의 허장성세에서 연원되었다는 사실에 유의해야 한다. 그들은 '북진통일', '북진 준비완료' 등을 공식·비공식 석상에서 자주 발설했다. 자충수를 둔 꼴이었다. 이는 국가적 재난을 초래할 수 있다. 이런 정치성 발언을 앞으로 집권층이 되풀이할 수 있는 개연성이 내재되었다고 볼 수 있기 때문이다.

위 두 사람은 '국군이 북진하면 점심은 평양에서 먹고 저녁은 신의주에서 먹는다'고 떠벌렸다. 그 때문에 6·25 한국전쟁이 발발하자 일부 외신이 '국군의 북진 중'임을 보도하는 해프닝도 벌어졌다.

러시아의 퇴역 장성이자 사학자 볼코고노프Dmitriy Volkogonov가 쓴 『일곱 지도자』, 『소련 지도자의 회랑』에서 왜곡되었던 일부 문제들이 명쾌하게 밝혀지고 있다. 그는 1995년 12월, 67세로 사망했지만 살아 있을 때 소련 문서보관소 등의 극비 문서를 찾아내어 김일성과 스탈린의 음모와 함께 한국전쟁에 대한 많은 의문을 속 시원하게 풀어 주었다.

볼코고노프는 저서 출간 이전, 즉 그가 살아 있을 때에, 이미 "한국전쟁은 스탈린의 지원을 등에 업은 김일성에 의해 도발되었다."라는 사실을 문서 고증을 통해 세상에 알렸다. 볼코고노프의 저서를 통해 밝혀진 한국전쟁 관련 주요 내용은 다음과 같다.

"미국은 전쟁을 확대하여 중국(당시의 중공)까지 끌어넣을 수 있다. 그렇게 되면 중국과 동맹을 맺고 있는 소련도 개입할 것이다. 이런 사태를 두려워할 것인가. 내 견해로 그럴 필요는 없다. 왜냐하면 우리 두 나라가 합치면 미국과 영국을 합친 것보다 강하기 때문이다. 유럽에는 독일을 제외하고 미국을 도와줄 자본주의 국가가 없으며, 독일은 현재 군사력을 보유하지 못하고 있기 때문에 미국에 도움을 줄 수 없다. 만약 3차 대전이 불가피하다면 현재가 좋을 것이다. 몇 년이 더 지나면 일본 군국주의가 미국의 동맹 세력으로 부활할 것이다."

위 내용은 1950년 10월 초, 국군과 유엔군의 반격으로 북한군이 패주하자 중공군을 한국전쟁에 끌어들이기 위한 속셈으로 스탈린이 모택동에게 보낸 서신의 일부이다. 위 서신의 내용에서 몇 가지 사실을 유추할 수 있다.

첫째, 김일성의 남침을 지원한 장본인이 스탈린이라는 사실이다. 이때까지 중공은 한국전쟁에 관하여 방관자적 입장이었음을 알 수 있다.

둘째, 모택동은 스탈린의 확실한 지원과 보장을 받음으로써 한국전쟁에 지상군을 출병했다.

셋째, 중공군 개입으로 소련은 한발 빠져 공중지원과 기술지원 그리고 군수지원 등으로 직접 개입을 피할 수 있었다.

북한의 국력과 군사력을 미루어 볼 때, 스탈린의 지원 없이 북한 단독의 남침은 상상할 수 없었다. 중공의 지원이 가능했다 해도 남침은 불가능했을 것이다. 스탈린은 왜 김일성의 지원 요청을 흔쾌히 수락했을까, 그 의문 역시 소련의 붕괴로 풀렸다.

첫째, 북대서양 조약기구NATO의 창설로 유럽에서 가중되는 미국의 군사적 압력을 극동 쪽으로 분산시키기 위한 전략으로 한국전쟁 발발을 결심했다. 이 전제는 한국전쟁이 발발하더라도 미국 지상군 개입이 없을 것이라는 점과 전략적 부담을 미국에 안길 수 있다는 스탈린의 책략이다. 1949년 여름 미국이 주한 미군을 철수시키고 1950년 1월 12일에 국무장관 애치슨이 기자회견에서 발표한 대로 '남한을 미국의 극동방위선에서 제외한 일련의 정세 변화'가 스탈린을 고무했다.

둘째, 1949년 10월 1일 장개석 정부의 몰락과 함께 중화인민공화국이 수립되는 정황에서 보였듯이, 중국 공산당의 대륙 제패를 미국이 방관한 사실은 북한이 남한을 공격하여도 미국이 개입하지 않을 것이라는 확신을 갖게 했다. 그렇다면 이 기회에 공산주의를 확장하여 남한을 일본 견제의 기지로 활용할 수 있다는 소련의 대극동전략의 발전적 포석이 완성될 수 있다고 판단했다.

셋째, 소련의 지원을 크게 받지 않고서도 중국 대륙을 제패한 중국 공산당에 대해 스탈린은 불안하게 생각했다. 중공이 독자 노선을 추구할 경우, 아시아 지역의 공산화와 함께 중공의 세력과 영향력은 걷잡을 수 없이 확장될 것으로 우려했다.

넷째, 소련의 극동전략상 꼭 필요한 해군 기지 확보가 어렵던 차에 북한을 지원하고 적화통일을 성취하면 한반도 항구에 해군 기지를 설치할 수 있다고 판단했다. 1950년 1월부터 모스크바에서 열린 스탈린과 모택동의 회담에서 '황해 연안 항구들을 더이상 소련에게 빌려줄 수 없다'는 모택동의 주장에 스탈린은 큰 충격을 받았다. 따라서 스탈린은 중공을 소련의 공산주의 패권에 걸림돌로 확신했다.

공산주의 종주권이 소련에서 중공으로 넘어갈 수 있을 것이라는 위기의식을 느낀 것이다. 이리하여 소련은 김일성을 도와 한국전쟁 발발에 한발 내딛게 되었다. 스탈린으로부터 적극 지원이라는 확약을 받은 김일성은 지체 없이 군비 확장과 전투사단 증설 그리고 남침 준비에 들어갔다.

그 첫 조치로 1948년 초 항공기, 전차, 통신 등의 기술요원 양성을 위해 북한 청년 1만여 명을 선발하여 소련 극동군사학교에 파견해 1년간에 걸쳐 교육훈련을 받게 하였다. 같은 해 12월 중순 소련은 모스크바에서 비밀군사회의를 소집하였다. 소련을 비롯하여 중공과 북한의 군 수뇌가 참석한 이 회의에서는 향후 18개월 이내에 남침에 충분하도록 북한 인민군을 증강하기 위하여 소련의 특별 군사사절단을 북한에 파견할 것으로 결정하였다. 이 결정에 따라 북한 인민군이 급격히 증강되었다. 항공

김일성

기는 물론 전차와 야포 등 중무장을 서둘렀고 보병사단도 증설하기에 이르렀다.

이어서 1949년 9월부터 야외 기동훈련에 돌입하였으며, 그해 12월에는 최종적인 전술 평가까지 마쳤다. 1950년에 들어서자 북한 당국은 실질적인 준비, 즉 부대 이동, 부대 재배치, 공격 계획 수립 등 남침 준비를 갖추었다. 이렇게 하여 5월에는 명령만 내려지면 즉시 공격할 수 있는 전투 준비를 완료하였다.

그렇게 전쟁 준비를 끝내 놓고서도 김일성은 줄곧 평화와 화해의 추파를 던지며 남한 당국이 상황 판단에 혼란을 빚게 했다.

특히 1950년 5월 17일에 김일성은 '조국의 평화통일 달성을 위한 회의'를 소집하여 사단장급 이상 전 지휘관을 모란봉극장에 모아 놓고 적화통일에 대한 결의를 다졌다. 이 회의에서도 결코 무력에 의한 통일은 김일성이 바라지 않음을 선언하며 내외에 전쟁 발발 기도를 은닉하는 데 철저를 기했다. 그리고 6월 8일에는 대남 방송을 통하여 다음과 같은 제의를 해 왔다.

첫째, 1950년 8월 5일부터 8일까지 통일 입법기관을 설치하기 위한 총선거를 적극적으로 실시하자.

둘째, 동년 8월 15일 서울에서 신설 입법기관을 개회토록 하자.

셋째, 6월 15일부터 17일 사이에 해주 또는 개성에서 남북 조선 대표가 모여 조국의 평화통일을 위한 여러 선거를 관리하는 중앙위원회 설치 등을 토의하자.

넷째, 조국 통일을 방해한 분자들은 민족 반역자로 제외되어야 하며 유엔 한국위원회의 개입과 간섭을 용납하지 않는다.

이상 네 가지 발표문은 남한에서 받아들일 수 없음을 북한 당국자들은 뻔히 알고 있으면서도 국제 여론 환기와 전쟁 기도 은폐를 위하여 남한에 제의하였던 것이다.

다음 날인 6월 9일에 소련 외상과 중공 정부 대변인은 성명을 통하여 "이번에 조선민주주의인민공화국에서 발표한 결의문은 조선 반도의 평화와 민족의 통일을 위하여 가장 합리적인 내용"이라고 북한 당국을 두둔하고 나섰다. 일련의 전개 과정을 미루어 볼 때 김일성의 남침은 소련과 중공의 지원으로 이루어지고 있었음을 알 수 있다.

4. 국군 수뇌부의 결정적 실책

제2차 세계대전 후 미국의 대한반도 정책은 극동에 형성될 국제간의 역학관계를 미국 나름대로 전망한 결과에 바탕을 두고 있었다. 미국은 전후 동북아시아에서 주도권을 행사할 국가로 통일된 중국과 대일 참전의 대가로 이권을 확보하게 된 소련 그리고 일본을 단독으로 점령한 미국 등 3대국이 될 것으로 판단했다.

이와 같이 미국이 한반도 문제를 어디까지나 강대국 내지는 국제적 차원에서 해결하려고 시도한 것은 한반도를 독점하려는 소련의 전략적 음모를 사전에 방지하기 위한 조치였다. 즉 미국은 동북아시아 지역을 하나의 정책 대상으로 하되 한반도 문제는 부차적 정책으로 하고, 그 주변 열강들의 이해와 역학관계만을 고려하는 가운데 정책을 전개했다. 따라서 한반도는 미국의 정책에서 결정적 비중을 두는 주요 지역이 아니라 일본과 중국 사이의 부차적 고려사항으로 전락했다.

더욱이 중국 대륙이 모택동의 공산정권에 의하여 통일된 이후 미국은 한반도를 안중에 두지 않고 오로지 일본 열도만을 의식하는 전략으로 바꾸면서 남한의 전략적 가치를 평가절하하기에 이르렀다.

남한에서 미군이 철수한 이후 날로 심화되는 남한과 북한 간의 군사적인 불균형과 북한의 현저한 남침 징후에도 불구하고, 미국은 한국군의 증강과 군사 원조에 매우 소극적인 태도를 견지했다.

미국은 불확실한 정세와 부정확한 정부 판단으로 한반도에서 전쟁이 발발하지 않을 것이라고 낙관하고 있었다. 오히려 한국군을 증강하면 북진할 위험성이 있다고 생각하는 워싱턴의 당국자들이 많았다.

이승만 대통령을 위시하여 신성모 국방장관이나 채병덕 육군 총참모장은 걸핏하면 북진통일을 외쳤고, 한국 정부는 자충수를 두고 있는 꼴이었다. 미국은 도전적인 한국 정부의 돌발 사태를 미연에 방지하기 위하여 공군기는 물론 전차나 야포 등 주요 군사 장비를 일체 제공하지 않았다.

특히 1949년 중국 공산정권의 대륙 장악 이후 미국은 동북아시아에서 소련과의 균형을 유지하기 위해 중국 문제에 대한 불간섭 원칙을 견지하고, 일본과 조속히 강화해 유리한 대소련 관계를 확보함으로써 일본 열도를 미국의 전략적 방위선으로 하여 공산 세력 팽창을 저지한다는 쪽으로 기울고 있었다.

중국 문제 불간섭과 일본 열도 확보라는 전략 개념하에 설정된 미국의 한반도 정책은 마침내 1950년 1월 12일 애치슨 국무장관에 의한 미국의 「태평양 방위선」 선언으로 윤곽이 드러났다.

이 선언에서 한반도가 미국의 방위선 밖으로 밀려나자 스탈린, 모택동, 김일성 3자의 야합은 급속도로 성숙되어 갔다. 이렇게 국제정세가 불리하게 전개되고 있는데도 한국 군부의 수뇌부는 향락, 부정부패, 허장성세의 소용돌이 속에서 혼돈을 자초하고 있었다.

1950년 초부터 북한군의 남침 징후는 여러 곳에서 포착되었다. 북한이 남파한 무장간첩들이 체포되고 인민군 귀순병에 의해 북한군의 남침 징후는 더 확실해졌지만, 미국 정부나 극동군 사령부조차도 그 정보를 믿으

려 하지 않았다. 오히려 한국 측의 엄살이거나 북침 준비를 위한 음모쯤
으로 평가절하했다.

전쟁 발발 보름 전 현장 확인차 특사 자격으로 미 국무성 고문 덜레스가
방한하였다. 그는 전선을 돌아보고 한국군 수뇌부와 회담을 마친 다음, 한
반도에서 "전쟁의 징후는 없다."라고 결론을 내린 뒤 워싱턴으로 돌아갔
다. 물론 덜레스는 본국으로 돌아가 "전쟁의 징후는 없다."라고 보고하는
한편, 한술 더 떠 "한국군의 방어 태세는 완벽하다."라고 덧붙였다.

5월 10일 국방장관 신성모는 외신기자 회견에서 "지금 항간에 5, 6월
위기설이 떠돌고 있지만 그것은 유언비어에 지나지 않는다. 우리 국군은
실지 회복을 위한 만반의 준비를 갖추고 있다. 명령만 내리면 즉각 북진
할 것이다."라며 호언장담하였다.

덜레스는 신성모의 말을 확인한 결과가 된 것이다. 외신기자들은 즉각
본국에 타전하여 '한국군 북진 준비 완료'를 알렸다. 그리하여 북한 정보
에 캄캄했던 미 극동군 사령부나 워싱턴 당국은 북한군의 남침이 아니라
오히려 한국군의 북진을 우려하고 있었다.

이 해프닝 외에도 놀라운 사실은 얼마든지 있었다. 남북 교역 명태 사
건으로 파면되었던 육군 총참모장 채병덕이 1950년 4월 10일 다시 육군
총참모장에 취임했다. 그는 부임과 함께 여러 차례에 걸쳐 북한군의 동태
에 대한 정보 보고를 받았음에도 하필이면 북한에서 남침 준비를 완료하
고 마지막 작전회의를 개최하는 6월 10일 전방부대 주요 지휘관과 육군
본부 참모진에 대하여 대대적인 인사이동을 단행했다.

전방에 배치한 제1사단, 제6사단, 제7사단, 제8사단 가운데 제1사단

장 백선엽 대령을 제외한 3개 사단장이 경질되었다. 또한 육군본부의 작전 책임자인 강문봉 작전국장을 대기발령하고 장창국 대령을 그 자리에 앉혔다. 이 일련의 인사이동은 실로 큰 실책이었다.

6월 13일부터 20일 사이에는 어처구니없게도 전방 사단의 2개 연대를 예속 변경했다. 이런 실책 외에도 부대 이동에 앞선 3월에는 노후화된 차량을 정비한다는 구실로 보유 차량의 35%에 해당하는 526대를 회수하여 사용할 수 없도록 한강 이북에 묶어두었다. 이어서 M1 소총을 제외하고 공용화기 일체를 정비한다는 구실로 각 전투부대 보유 공용화기의 약 30%를 부평 병기창에 입고시켰다. 6월 18일에는 전쟁 발발 시 소총중대와 보병대대에 지급하도록 되어 있는 1/50,000 축척의 전술지도 전량이 무조건 회수되었다.

이런 조치는 이적행위임이 틀림없었다. 이런 이적행위가 우연한 사무착오에 따른 것이었을까. 의구심은 증폭된다. 6월 위기설에 대비하여 4월 중순부터 계속된 경계 및 비상사태를 채병덕은 북한군 공격 개시 28시간 전인 6월 23일 24시부로 비상경계령을 해제했다. 농번기 휴가로 병력이 부족하여 부대가 썰렁한 마당에 육군본부는 6월 24일 토요일을 기하여 외출과 외박 실시를 지시했다.

이날 밤, 육군본부에서는 장교구락부 개설 축하 파티를 열어 군 수뇌부와 미 고문관들이 자정이 넘도록 댄스파티를 열고 주연에 빠져 있었다. 몇 시간 후면 들이닥칠 미증유의 국난에 직면할 시기에 군 수뇌부와 이들을 지원할 미 고문관들이 곤드레만드레가 되어 있었던 것이다. 새벽 4시, 북한 인민군이 38선 전 지역에서 남침했는데도 육군본부 작전국장 장창

신성모 국방장관

채병덕 총참모장

국 대령은 오전 11시까지 연락되지 않았다. 개성 북방의 제1사단은 다섯 시간 만에 개성을 인민군에게 빼앗기고 후퇴 중이었지만 사단장 백선엽 대령은 행방이 묘연했다.

지금까지 열거한 이적행위를 살펴보면 누군가 적과 내통했다는 결론에 도달할 것이다. 즉 신성모 국방장관이나 채병덕 육군 총참모장은 그 혐의를 벗어날 수 없다.

두 장본인은 이미 이 세상에 없다. 남북 대치 상황에서는 이 의문을 풀 수 없다. 남북이 통일된다면, 북한 당국과의 내통 여부가 밝혀질 것이다. 북쪽 깊숙한 비밀 금고에는 깜짝 놀랄 만한 비밀문서들이 쌓여 있을 것이라고 믿기 때문이다.

놀라운 사실은 전쟁이 끝난 뒤에도 이어졌다. 그것도 국방부 군사편찬연구소라는 대한민국 국군사를 편찬하는 공식 기구에서 벌어진 것이다.

채병덕과 친근한 관계인 만주군 출신 백선엽이 국방장관에게 자청하여 군사편찬연구소 자문위원장이란 직제에도 없는 자리에 앉아 6·25 한국전쟁사를 다시 편찬하고 있었는데, 채병덕과 관계되는 민감한 부분을 모두 빼버렸다.

더욱 놀라운 사실은 백선엽 자문위원장이 채병덕의 최측근이었던 일본군 항공병 출신 손희선 예비역 소장과 야합하여 국방부 군사편찬연구소 공식 간행물인 「채병덕 장군 평전」을 간행한 것이다. 그 평전은 위에서 지적한 채병덕의 이적행위 하나하나를 변명하거나 감싸고 있다.

국방부 군사편찬연구소에서 6·25 한국전쟁사를 간행할 당시 필자는 백선엽 자문위원장의 전화를 받고 오찬에 참석한 바 있었는데, 가장 민감한 부분인 6·25 한국전쟁사 1권과 2권에 '박경석 전우신문 회장', '박경석 군사평론가협회 회장'의 직함으로 자문위원이라고 전쟁사 말미에 인쇄되어 있다. 나는 단 한 번도 자문을 의뢰 받은 바 없었으며 1권과 2권의 내용과 무관함을 이 글에서 밝힌다.

왜 백선엽 군사편찬연구소 자문위원장은 채병덕을 비롯한 당사자의 이적행위를 감싸고 그를 위해 전사까지 왜곡하려는지 엄숙히 묻는다.

5. 육군의 놀라운 허점과 패퇴

대한민국 육군은 1948년 8월 15일 보병 6개 여단으로 발족한 이후 꾸준히 병력을 증강하여 전쟁 발발 직전에는 보병 8개 사단과 2개 독립연대 그리고 3개 특수부대를 보유하게 되었다.

육군은 38선을 따라 서부 전선에서 시작하여 동부 전선으로 제1사단, 제7사단, 제6사단, 제8사단을 배치하였고 후방 지역인 대전과 그 일대에 제2사단, 대구와 그 일대에 제3사단, 광주와 그 일대에 제5사단을 배치하여 후방 작전 임무를 부여하고 나머지 1개 사단을 수도사단의 전신인 수도경비사령부로 서울에 두었다.

보병사단의 경우 3개 연대를 보유한 완전 편성의 사단은 4개 사단뿐이었고, 나머지 4개 사단은 2개 연대만을 보유했으며 병력 또한 편제 병력의 80%에 지나지 않았다. 장비 면에서도 전반적으로 보유 수준이 낮았을 뿐만 아니라, 대전차 무기는 하나도 없었다.

당시 육군은 57mm 대전차포와 2.36인치 로켓포만을 보유하고 있었으나 전쟁 초기에 그 효능의 전무함이 드러남으로써 대전차 작전에 큰 차질을 빚고 무참히 패퇴했다.

보병 전투를 지원하는 야포와 박격포의 보유 수준은 북한군과 비교가 안 될 정도로 빈약했다. 야포는 북한군이 '11'이면 육군은 '1'이었고, 북한군은 대구경 122mm 박격포 226문을 포함한 2,318문인데 육군은 81mm 박격포 384문에다 60mm 박격포 576문을 합해 총 960문에 지나지 않았다. 그나마 상당수가 정비를 이유로 부평 병기창에서 잠을 자고 있었다.

육군의 지휘관 자질은 더욱 빈약했다. 북한 인민군의 사단장과 군단장은 중공군·소련군에서 실전을 경험한 지휘관 출신 등이었는데, 우리 육군의 사단장급 지휘관은 정규전에서 소총 중대급 이상의 부대를 지휘한 경력자가 한 사람도 없었다. 일본군 보병 대대장으로 실전에서 용명을 떨친 전 제1사단장 김석원 준장은 채병덕의 명태 교역 사건에 항의했다 하여 채병덕과 함께 파면되었으나 기이하게도 채병덕만 복직되고 김석원은 민간인 신분이었다.

당시 육군의 사단장은 다음과 같다.

제1사단장　　　　백선엽 대령(만주군 출신)

제2사단장　　　　이형근 준장(일본군 출신)

제3사단장　　　　유승렬 대령(일본군 출신)

제5사단장　　　　이용준 준장(일본군 출신)

제6사단장　　　　김종오 대령(일본군 출신)

제7사단장　　　　유재흥 준장(일본군 출신)

제8사단장　　　　이성가 대령(중국군 출신)

수도경비사령관　　이종찬 대령(일본군 출신)

북한군 사단의 구성원 가운데 제2차 세계대전 당시 독일군과 소련군의 전투에서 소련군으로 참전한 병력의 수는 2,500여 명에 달했고 잔여

총 병력 가운데 약 1/3은 중공군에서, 나머지 1/3은 조선의용군으로 항일전에 참전한 바 있는 전투 유경험자였다.

군사 전문가가 아니더라도 위에서 열거한 북한군과 육군의 전력을 비교한다면 도저히 게임이 성립될 수 없는 현격한 차이임을 알 수 있다. 우리 육군은 적에 비하면 맨주먹이나 다름없었다.

일반적인 전략 개념에 의하면 공자는 방자보다 세 배의 전력이 필요하다고 한다. 그만큼 압도적인 우세 없이는 공격을 감행할 수 없음을 의미한다. 그런 견지에서 북한군과 우리 육군의 전력 비교는 사실상 불가능하다. 비교할 수 없을 정도의 현격한 차이와 허점이 있기 때문이다.

지상군 수만 보더라도 북한군은 19만 1천 명, 우리 육군은 9만 6천 명으로 약 2 대 1이지만 북한군 사단 편성은 전투원 대 비전투원의 비율이 9 대 1로 전투병 위주의 구성이었다. 육군은 전투원 7에 비전투원 3의 비율로 비전투원수가 상대적으로 많았고, 게다가 농번기 휴가와 주말 외출 병력까지 감안한다면 실 전투병 비율은 무려 4 대 1 이상으로 벌어진다. 여기에다 전투 지원 역량의 결정적 요소인 전술 항공기와 전차 그리고 야포를 연계한다면 상상할 수 없을 만큼 전력의 격차가 생긴다.

이런 상태에서 38선을 연한 육군에게 기습공격이 가해진 것이 일요일인 6월 25일 오전 4시였다. 채병덕 육군 총참모장을 비롯하여 육군의 수뇌부는 술에 취하여 곤드레만드레가 되어 있던 시각이었고, 육군본부 작전국장 장창국 대령을 비롯한 주요 참모들은 해가 높이 떴는데도 행방이 묘연했다. 장교구락부 파티 후 2차 향락을 위해 어디론가 잠적한 상태였다.

이때 주공집단인 북한 인민군 제1군단은 38선을 돌파하여 육군 제7사단 방어 정면인 철원—연천—의정부—서울 축선에 주공을 지향하고, 육군 제1사단 방어 정면인 개성—문산—서울 축선에 조공을 지향하고 공격을 개시했다.

인민군 제2군단은 38선을 돌파하여 육군 제6사단 방어 정면인 화천—춘천—이천—수원 축선에 주공을 지향하고, 육군 제8사단 방어정면인 양양—강릉 축선에 조공을 지향하여 공격을 개시했다.

기습을 당한 육군의 사단들은 적의 전차와 야포의 위력에 놀라 조직적인 전투를 하지 못하고 초전부터 혼전을 거듭하여 방어선은 조기에 붕괴되었다.

백선엽 대령이 지휘하는 개성의 제1사단은 방호산 소장이 지휘하는 인민군 제6사단의 공격을 받고 전투다운 전투도 못한 채 다섯 시간 만에 개성을 빼앗기고 패퇴해 25일 밤 임진강 남안으로 철수했다.

의정부 전선에서 유재흥 준장이 지휘하는 제7사단은 이영호 소장이 지휘하는 인민군 제3사단과 이권무 소장이 지휘하는 제4사단에 의해 하루 사이에 무려 10km 남쪽으로 패퇴하며 재편성을 서둘렀다.

춘천 전선의 김종오 대령이 지휘하는 제6사단은 최헌 소장이 지휘하는 인민군 제2사단의 공격을 받고 적절한 방어전을 전개하며 잠시 적의 전진을 교착시켰다. 38선 국군 방어선에서 방어전의 책무를 다한 사단은 김종오 대령이 지휘하는 제6사단뿐이었다.

동해안 전선의 이성가 대령이 지휘하는 제8사단은 오백룡 소장이 지휘하는 인민군 제5사단과 특수부대로부터 지상공격과 상륙전의 협공을 받아 고전했다.

이상으로 미루어보아 가장 취약한 전선은 의정부의 제7사단과 임진강 남안의 제1사단이었다. 이 두 전선 모두 서울의 방벽이다 보니 매우 위급한 상황이었다.

그럼에도 육군본부에서는 위급사태에 대비한 적절한 단계별 방어계획이나 긴급 시에 대비한 대응책이 없었다. '수도 서울의 사수'라는 구호만이 유일한 전략이었다. 따라서 수도 서울의 사수를 위해 가장 취약한 의정부 전선에 태릉의 육군사관학교 생도들을 투입하라는 채병덕 육군 총참모장의 명령이 떨어졌다.

육사는 육군의 장래를 위해 정규 장교를 양성할 목적으로 단기 교육을 지양하고 정규 교육제를 개설하고 있었다. 그 기초 작업으로 생도 1기생을 2년제로 모집하고, 1950년 6월 1일에는 최초의 4년제 정규 과정 생도 2기생을 입교시켰다.

생도 1기생은 1년의 수학을 마치고 임관을 위한 준비에 들어가고 있었다. 처음 모집 시에는 2년제로 계획했으나 장교 부족으로 1년을 단축 임관시키기로 확정된 상태였다. 생도 2기생 330명은 입교 25일째였기에 고교생이나 다름없었다. 그런 상황에서 생도들을 소총병으로 투입했으니 얼마나 무계획적이고 무모했는가를 알 만하다. 생도들은 포천전투, 태릉전투, 광나루전투 등에서 많이 희생되었다. 특히 생도 2기생은 이 전투에서 86명의 희생자를 내어 세계 전사상 유례없는 비극을 남겼다.

육사 생도 전선 투입에 이어 육군본부는 후방의 제2사단, 제3사단, 제5사단을 동원하여 서울 사수를 위한 병력 투입을 강행했지만 그 병력을 집중 사용하지 않고 도착 순서대로 의정부와 임진강 쪽에 축차적으로 투입함으로써 투입 순서에 따라 전력이 와해되었다.

　육군 지휘부에서 소외되어 있던 육군참모학교 교장 김홍일 소장은 후방
의 3개 사단을 한강 남안에서 제2방어선을 구축하게 하고, 전방에서 와
해되고 있는 제1사단과 제7사단을 신속히 철수하게 하여 한강에서 결전
을 시도하고 공세이전攻勢移轉으로 전세를 만회하자고 채병덕 육군 총참
모장에게 건의하였으나, '수도 서울의 사수'라는 이유로 거절되었다.

　27일이 저물면서 수도권 전선 방어를 담당하던 제1사단과 제7사단은
물론, 후방에서 전선에 축차 투입된 제2사단, 제3사단, 제5사단이 붕괴
되어 부대의 건제建制가 완전히 와해되었다. 특히 이 과정에서 한강교가
폭파됨으로써 와해된 사단 병력의 퇴로가 차단되어 병력과 장비의 손실
이 막대했다. 야포를 비롯한 공용화기와 모든 차량이 적의 수중에 들어갔
으며, 9만 6천 명의 육군 병력은 급속도로 감소되어 2만 5천여 명만 남게
되었다.

　대한민국 자체가 붕괴되는 것처럼 보이는 심각한 사태로 빠져들고 있
었다. 그러나 운명의 신은 북한 공산당의 손을 흔쾌히 들어주지 않았다.
승승장구하던 북한 인민군 또한 국군에 못지않은 결정적인 실책을 범했
기 때문이었다.

6. 인민군 수뇌부의 오판과 실책

주공 집단인 인민군 제1군단은 38선 방어부대인 육군 제1사단과 제7사단을 격파하고 후방에서 투입된 제2사단, 제3사단, 제5사단 그리고 수도사단의 전신인 수도경비사령부를 완전히 와해시키고 6월 28일 오전 11시 30분, 수도 서울의 중심부를 장악하였다. 대한민국 정부 그리고 국군의 전쟁 지도 기능은 모두 한강 이남으로 옮겨갔지만, 사실상 대한민국은 붕괴된 것이나 다름없었다.

수도 서울 점령의 여세를 몰아 인민군 제1군단이 한강을 도하하여 남진하는 한편, 중부 전선의 인민군 제2군단 또한 서울의 포위망 형성이라는 우회 기동 전략에 구애받지 않고 신속히 직진했더라면 국군의 재편성과 한강 방어선의 구축은 불가능했을 것이고 미국의 한반도 군사 개입 가능성도 봉쇄할 수 있었을 것이다.

역사에서 가정은 소용없지만, 교훈 정립을 위해서는 적의 실책도 알아야 한다. 북한 인민군의 남침 과정에서의 실책과 수뇌부의 오판은 대한민국을 붕괴 직전에서 구출해 준 원인이었기에 우리에게는 중요한 교훈이 될 것이다. 적의 오판과 실책의 내막을 구체적으로 알아본다.

실책 1

북한 인민군 남침 전략의 기본은 주공 제1군단으로 수도 서울을 양면 공격하게 하고 조공 제2군단으로 동해안 공략과 함께 춘천을 점령한 즉시

고도의 기동력으로 우회전, 이천을 경유하여 수원을 차단하고 서울을 공략한 주공 제1군단과 포위망을 형성하여 국군을 섬멸한 뒤에 남진을 계속하여 적화통일을 달성한다는 것이었다.

주공 집단인 인민군 제1군단의 수도권 공략은 육군 제1사단과 제7사단의 졸전으로 조기에 성공할 수 있었다. 그러나 조공 집단인 인민군 제2군단의 춘천 공략이 김종오 대령이 지휘하는 제6사단의 조직적인 방어 작전으로 계획보다 늦어지자 인민군 제1군단은 공격 속도를 늦추었다.

이것은 인민군에게 결정적인 실책이었다. 인민군 제1군단이 압도적으로 우세한 병력과 기동력으로 제2군단의 공격 추이와 관계없이 한국 육군 제1사단과 제7사단을 계속 강타했더라면, 후방 3개 사단의 전선 투입 전인 24시간에서 48시간을 단축하고 한강 이남 지역의 조기 장악이 가능했을 것이다.

실책 2

북한 인민군은 28일 서울을 함락시키고도 즉시 한강을 도하하지 않고 공격을 멈추었다. 서울 점령이 곧 대한민국의 붕괴요, 그것은 곧 적화통일의 달성이라는 등식에 도취되었기 때문이다. 이미 와해된 국군을 즉각 추격하지 않더라도 춘천 공략의 제2군단이 이천을 경유하여 수원을 공격할 무렵에 한강을 도하해도 늦지 않을 것이라는 자신감의 결과였다. 그 때까지만 해도 김일성은 물론 스탈린도 미군의 개입이 없을 것이라고 판단했기 때문이었다.

그리하여 북한 인민군 제1군단은 제2군단이 이천을 거쳐 수원을 지향할 때까지 기다리기 위하여 한강 도하의 무리수를 쓰지 않았다. 춘천 공략의 인민군 제2군단이 한국 육군 제6사단의 선방으로 공격이 지연되고 있을 때, 서울을 점령한 인민군 제1군단은 여력이 있었음에도 48시간 이상을 허송하면서 들떠 있었다. 이 48시간은 국군에게 재기할 기반을 형성하게 하였고, 미국의 군사 개입을 성사시킬 수 있었다.

실책3

남한에서 남로당을 조직하여 대한민국 타도를 위해 갖은 책략을 꾸몄던 박헌영이 월북하여 김일성에게 남로당의 조직을 과장 보고했다. 전쟁 발발과 남침을 시작하면 전국에 조직된 남로당원 20~30만여 명이 봉기하여 후방 지역을 교란하며 제2전선을 형성할 것이라고 김일성에게 장담하였다. 따라서 김일성은 남한 후방 각 지역에서의 제2전선 형성을 남로당에게 의지했다. 박헌영의 장담은 실행되지 않았다. 이로 말미암아 북한의 남한 정복은 차질을 빚었다.

실책4

스탈린이나 김일성은 1949년 중공의 적화통일의 예를 보거나 1950년 1월 애치슨 미 국무장관의 한반도 포기 선언으로 미루어 볼 때 미국의 한반도 군사 개입은 없을 것으로 믿었다. 따라서 미국 또는 유엔의 군사 개입 가능성에 따른 어떤 대안도 수립하지 않았다. 그로 말미암아 소련이 유엔 안전보장이사회에 불참함으로써 소련이 거부권을 포기한 결과가 초래되었다.

한강 방어의 영웅 김홍일 장군

인민군 수뇌부의 오판과 실책에 의해 한국 육군은 하늘이 내린 귀한 시간을 얻게 됨으로써 재기의 한 방편으로 김홍일 소장을 시흥지구 전투사령관으로 추대하며 한강 방어선 구축에 나섰다.

무작정 남하하던 육군의 패잔병들을 시흥—수원 일대에서 저지하고 다시 육군의 사단 기능을 회복하기 위한 재편성에 들어갔다.

김홍일 장군은 장교와 헌병을 진두지휘하면서 1번국도와 야산을 통해 썰물처럼 빠져나가는 국군 패잔병을 저지·수습하여 임시 사단 편성에 들어가면서 한강선을 따라 급편 방어에 임했다. 이 방어작전의 성공으로 인민군은 만 3일이란 결정적인 시간을 날려버렸다. 이 방어작전으로 한국군의 붕괴를 막았을 뿐만 아니라 미국 대통령 트루먼이 한국전 참전 결정을 하면서 미군과 유엔군의 참전이 이루어졌다.

시흥지구 전투사령관 김홍일 소장의 선견지명과 영웅적인 활약상은 우리 국군 전사에 극도로 과소평가되어 있다. 중국군 정규 장군으로 항일전에서 용명을 떨쳤고 광복군 참모장으로 독립운동을 한 카리스마에 눌린 만주군과 일본군 출신 장군들이 모함하여 그의 군복을 벗겼다.

7. 낙동강 방어선 불퇴전의 결의

북한 인민군은 1950년 6월 28일 서울을 점령하고도 7월 3일에야 한강을 도하할 수 있었다. 북한군의 오판에 의한 지연도 있었지만 국군 붕괴후 새로 임명된 시흥지구 전투사령관 김홍일 소장에 의한 한강 방어선의 저지작전으로 60시간 이상을 더 허비해야 했다.

한강을 도하한 북한 인민군은 주공을 경부 축선으로 지향하여 7월 6일에는 평택―충주―울진을 연하는 선까지 진출하였다. 이 선부터 북한군은 우리 육군의 강력한 저항에 부딪혔다.

특히 미군을 위시한 유엔군의 참전이 결정됨으로써 국군의 사기는 급격히 회복되었다. 미 지상군이 전선에 투입되자 워싱턴 당국이나 도쿄의 극동군 사령부에서는 북한군 진격을 간단히 저지하여 38선 이북으로 구축할 수 있을 것으로 판단했다. 그러나 최초 투입된 미 제24사단 스미스 특수임무대대가 오산 북방 죽미령에서 참패한 후 한국전을 바라보는 미국의 시각이 달라졌다. 북한 인민군을 민병대 정도로 얕잡아 보던 것은 착각이었음을 깨달았다. 미군 당국이 한국전에 대한 대응책을 다시 강구하면서 전쟁의 규모는 확대되어 갔다.

또한 대전전투에서 미 제24사단의 붕괴와 사단장 딘 소장의 실종은 미국을 위시한 자유 우방국에게 커다란 충격을 안겨주었으며, 한국전쟁이 세계인의 주목을 받기 시작하였다.

김일성은 애당초 개전 50여 일 후인 8월 15일이 조국 광복 5주년이 되는 기념일이므로 이날을 기하여 남한을 완전히 적화하여 통일을 성취한다는 계획을 수립했었다. 8월 15일을 '조국통일기념일'로 정하여 대대적인 기념 행사까지 생각하고 있었다.

또한 남한을 공격하여 서울만 점령하면 남한 각지의 남로당원들의 봉기는 물론 농민을 비롯한 무산계층이 일제히 호응할 것으로 판단했다. 이 모든 희망사항이 차질을 빚고 미군을 비롯한 유엔군 참전이 확대되자 김일성은 당황했다.

인민군이 유엔군의 낙동강 방어선에 이르게 된 무렵 그동안의 작전에서 입은 피해가 누적되고 병참선이 늘어나 보급이 원활하게 이루어질 수 없게 되자 인민군은 굶주림과 피로에 시달리고 있었다. 그 위에 제공권을 장악한 유엔 공군기에 의해 병력과 장비의 이동에 심한 제한을 받는 등 전투력의 저하 요인도 가중되었다.

낙동강까지 진출한 인민군은 총력을 기울여 8월 5일부터 낙동강을 도하하며 공격을 개시했다. 20일까지 계속되는 총공격에서 막대한 피해만 입고 공격에 실패하자 다시 정비한 후 8월 31일부터 9월 14일까지 이른바 9월 공세를 감행했으나 함안―창녕―왜관―영천―포항 선까지밖에 진출하지 못했다. 이 공세는 한반도의 최남단에서 포위망을 압축하여 일격에 부산까지 점령하기 위한 북한의 마지막 공세였다.

무리한 작전으로 말미암아 북한 인민군은 많은 손실을 입었을 뿐만 아니라 후속 군수 지원이 뒤따르지 못함으로써 9월 중순부터 더이상 공세를 지속할 수 없는 한계점에 도달했다.

이와 달리 국군과 유엔군은 계속되는 전력 보충과 증원부대 도착으로 전투력의 우세를 확보하게 되었다. 이때부터 비로소 작전의 주도권을 국군과 유엔군이 장악하게 되었다.

국군과 유엔군은 꾸준한 전력 증강과 함께 조직적인 지연작전의 달성, 효과적인 파쇄공격波碎攻擊의 감행, 천연 장애물인 낙동강을 이용한 성공적인 방어작전의 전개 등으로 새로운 국면에 접어들었다.

9월 16일에는 인천상륙작전을 기점으로 지상군의 총반격작전을 단행하였다. 수세였던 국군과 유엔군이 새로운 공세이전의 호기를 포착한 것이다.

북한 인민군은 그동안 일일 평균 10km의 속도로 낙동강 선까지 진출하는 데 성공하였으나 낙동강 선부터는 국군과 유엔군의 강력한 저항에 부딪혀 부산은커녕 대구마저도 점령하지 못한 채 공세가 꺾이고 말았다. 공격 개시 82일 만인 9월 15일 이후에는 국군과 유엔군의 총반격으로 김일성의 꿈은 사라지고 말았다.

낙동강 전선에 임하는 미 제8군사령관 워커 장군의 결의는 확고하였다. 낙동강 전선 국군 제1사단의 다부동전투가 백선엽 장군에 의해 과장되고 조작되어 마치 다부동전투가 낙동강 전선에서 공세이전의 국면을 전환한 것처럼 곡해되고 있으나 이는 사실과 다르다. 다부동전투는 다른 국군 사단의 역할 범위 안에서의 활약이었음을 분명히 밝혀 둔다. 모든 국군 사단과 미군 사단이 필사적으로 싸웠다.

낙동강 전선의 한국군은 왜관 북쪽으로부터 영덕까지 128km에 이르는 방어선을 담당했으며 미군은 왜관으로부터 마산까지 112km를 담당

낙동강 전선의 영웅 워커 장군

했다. 즉 이 전선에서 한국군 5개 사단과 미군 3개 사단이 마산—남지—
왜관—낙정리—영덕에 이르는 240km에서 결사 항전하고 있었다. 이
방어선이 무너지면 대한민국이 지도상에서 말소되는 절체절명의 위기에
처하는 것이었다. 이 운명의 작전을 지휘한 최고사령관은 미 제8군사령
관 워커 장군이다.

워커 장군에 의한 공세이전의 성공은 곧 국군과 유엔군의 승승장구 기세
로 이어져 북진에 돌입했다. 이때의 우리 국민의 환희를 무엇에 비기랴. 국
민 모두가 통일 이후의 그림을 머릿속에 그려가며 행복에 들떠 있었다.

낙동강 전선에서 국군과 유엔군 공세이전의 성공 요인은 다음과 같이
정리할 수 있다.

1. 워커 장군의 리더십
2. 맥아더 장군에 의한 인천상륙작전
3. 미 공군 B29 폭격기의 인민군 진지 융단 폭격
4. 국군 사단과 미군 사단의 결사 항전
5. 인민군 전투력의 한계 및 병참선의 신장

　절대 우세한 우리 국군은 미군과 함께 승리의 기회를 잡았으나 운명의 여신은 우리에게 남북통일을 허락하지 않았다. 이때까지만 해도 중공군이 한국전쟁에 개입할 것을 국군은 물론 미군 당국도 예측하지 못했다. 통일을 눈앞에 두고 중공군의 대병력이 한국전쟁에 개입하자 국군과 미군은 급속도로 전의를 잃고 후퇴했다. 중공군은 우리에게 영원히 잊을 수 없는 한을 남겼다.

8. 중공군 개입과 통일의 좌절

　인천상륙작전과 함께 낙동강 전선에서 총반격작전은 국군과 유엔군에게 파죽지세라 할 정도로 승승장구와 속전속결의 여러 기록을 세우게 했다.
　9월 23일 이후 북한 인민군은 후퇴했으며, 이때부터 서부 전선에서는 유엔군이 경부 축선과 호남 우회로를 따라 진격했고, 국군은 중부와 동부 지역에서 중앙선 축선과 동해안로를 따라 진격했다.

주공인 미 제1군단은 진격 개시 3일 만인 9월 26일 22시에 오산 북방에서 인천 상륙부대인 미 제7사단, 제31연대와 연결하였고 9월 27일에는 인천 상륙부대가 서울을 탈환하며 한국 해병대의 한 소대장이 중앙청에 태극기를 게양하였다.

동해안으로 북상한 육군 제1군단은 반격을 개시한 지 14일 만인 9월 30일 강릉을 지나 38선에 도달하였으며, 육군 제2군단은 이날 원주를 점령하고 38선을 향해 북상했다.

국군과 유엔군의 신속한 기동작전으로 혼비백산한 인민군은 퇴로가 차단된 채 많은 병력의 손실을 입어 2만 3천여 명이 포로로 잡히는 등 전투 조직이 거의 마비되었다.

여기에서 간과할 수 없는 것은 미처 철수하지 못한 일부 부대와 패잔병들이 지리산, 오대산, 태백산 등으로 도피와 잠입을 하여 게릴라전을 전개함으로써 후방 지역이 불안의 요인이 되었다는 사실이다.

38선 이남을 완전히 회복한 국군과 유엔군은 10월 1일에 38선을 넘어 북한 지역으로 총진격작전을 개시하였다. 이때의 기동 계획은 미 제1군단이 주공으로서 서부의 사리원—황주를 경유하여 평양을 목표로 진격하고, 국군 제1군단은 중동부 전선과 동해안 지역에서 원산 방향으로 진격하며, 국군 제2군단은 중부에서 평강—양덕을 경유하여 청천강 선으로 진격하고, 미 제10군단은 원산에 상륙한 후 그 일부를 서진시켜 서부 전선의 미 제8군과 연결하는 것이었다.

북한군은 서해안 방어사령부와 전선사령부가 38선 북방에 방어선을 설정하고 국군과 유엔군의 북진을 저지하면서 철수부대를 수습하고 있었으나 그 저지력은 국군과 유엔군의 진격을 막기에 역부족이었다.

국군과 유엔군의 북한 지역 진격은 북한 인민군이 한강을 도하하여 남진했던 속도와 비교가 되지 않을 만큼 질주하여 10월 23일 청천강 선인 회천까지 도달했다.

청천강 선에 도달한 국군과 유엔군은 10월 24일 한·만 국경선을 향해 총진격전을 개시하였다. 이 진격은 작전이라기보다 부대 이동에 가까울 정도로 순탄했으며 모두 통일이 눈앞에 다가왔다고 낙관하고 있었다.

10월 25일, 국군과 유엔군이 박천─울산─온정리─회천을 잇는 선까지 진출하였을 때 중공군에게 기습을 당했다. 국군은 물론 미국의 정보기관이나 군사정보기관에서도 중공군 개입에 관한 사전 정보를 가지고 있지 않았다. 한국전쟁 발발 최초의 상황처럼 캄캄한 상태였다. 일부에서 소련이나 중공의 군사 개입을 염려하는 소리가 있었지만 미군 당국은 개의치 않았다.

중공군 대부대는 울산, 온정리, 회천 방면으로부터 은밀히 침투하여 국군과 유엔군 공격부대를 후방에서 차단하고 있었다. 이러한 가운데서도 10월 26일에는 육군 제6사단의 전투부대가 압록강변 초산에 도달하였으며, 서부 지역의 미 제1군단 예하 미 제24사단은 11월 1일 신의주 남방 27km 지점인 정거동까지 진출했다.

중공군은 국군과 유엔군의 진격에는 개의치 않고 후방 깊숙이 계속 침투했다. 중공군은 그들의 관용전술慣用戰術인 '후방 차단 후 포위하여 뒤통수를 치는 전법'을 구사하기 위해 은밀히 움직일 뿐이었다.

중공군의 기습공격으로 국군과 유엔군은 순식간에 혼란에 빠졌다. 공세가 좌절된 것은 물론 병력과 장비의 손실이 막대하였다. 통일을 눈앞에 두고 들떠 있던 국군에게는 그야말로 청천벽력이었다. 이상야릇한 피리 소리와 함께 징, 꽹과리, 북 등을 치며 사방에서 혼을 빼는 소란을 피워가며 포위망을 좁혔다.

국군과 유엔군은 중공군의 참전으로 야기된 새로운 국면에 접어들자 중공군 지역에 대한 공중공격을 강화하는 한편 미 제9사단을 청천강 선에 추가로 투입하여 전력을 보강하고 11월 24일을 기하여 다시 총공세를 폈다. 이때까지도 국군과 유엔군은 중공군의 참전 규모와 기도를 정확히 판단하지 못하고 있었으며 국지적인 전투 임무를 띤 제한된 병력으로 오산하고 있었다.

유엔군의 판단과는 달리 중공군의 규모는 추정 수의 10배가 넘는 6개 군단 18개 사단 규모의 1차 투입 병력에다 추가로 12개 사단이 증강되는 등 무려 30개 사단 42만 명의 대병력이었다. 국군과 유엔군의 공세는 무참히 꺾이고 11월 30일을 고비로 철수가 가속화되었다.

서부 전선의 미 제8군은 12월 4일 평양에서 철수하였고, 12월 중순에는 38선 근처까지 후퇴했다. 1951년 1월 4일, 서울을 다시 빼앗기는 수모를 겪었다. 중공군은 공격의 기세를 늦추지 않았고 국군과 유엔군은 1월 7일에 평택—삼척 선으로 후퇴하며 새 방어선을 편성하였다.

중공군도 병참선이 길어지고 유엔 공군기의 집요한 공격으로 피해가 늘어감에 따라 전력이 약해지는 징후가 보이기 시작했다. 중공군의 공격 역량이 한계점에 다다른 것을 간파한 국군과 유엔군은 1월 25일을 기하여 수원—강릉 선에서 일제히 반격을 개시하였다.

국군과 유엔군은 한강 남안—횡성 선에 이르렀을 때 다시 중공군의 반격에 부딪혀 치열한 공방전을 전개했으나 3월 15일을 기하여 국군과 유엔군은 1·4후퇴 이후 70일 만에 서울 재탈환에 성공하였다. 이 여세를 몰아 국군과 유엔군은 전진을 계속하여 3월 말에는 38선을 회복하였다.

중공군은 다섯 번째 공세인 소위 춘계 공세를 시작하였다. 이 공세는 중공군 참전 이후 최대 병력이 동원된 마지막 공세였다. 당시 중공군의 병력은 4개 병단, 16개 군단, 51개 사단 규모였다. 중공군의 춘계 공세는 쌍방 간 서울 공방에 초점을 두고 실시된 작전이었으나 중공군의 서울 탈환은 성공하지 못한 채, 피아 공히 막대한 손실을 내고 막을 내렸다.

국군과 유엔군은 반격 작전을 계속하여 6월 15일에는 문산—철원—화천—간성에 이르는 주요 지역을 점령하고 강력한 방어선을 구축했다. 중공군도 그 북쪽에 방어진지를 구축했다.

유엔군이 공격을 중단하고 방어선을 구축하게 된 이유는 작전의 주도권을 장악하여 전세는 유리한 상태에 있으나 전쟁 전의 원상태에서 휴전을 모색하려는 미국의 정치적 고려 때문이었다. 중공군이 수세로 전환하게 된 이유는 춘계 공세 이래 연이은 치명적 손실로 인하여 공격 능력을 상실하였기 때문이었다.

이러한 이유로 전선은 교착상태로 전환되었으며 전투는 국지전 형태

중공군 개입

에서 피아 소모전만 반복되었다. 한국 측은 실망과 좌절에 빠졌다. 국토
통일의 기회를 상실했다고 판단했기 때문이었다. 이승만 대통령은 미국 측
에 강력하게 항의하는 한편, 국군만의 북진 결행으로 사태를 반전시키겠다
고 위협했지만 미국의 국익과 세계 여론이라는 장벽에 부딪혔다. 이는 한국
과 한국인에게 비극의 또 다른 시작이었다.

　미국은 일본 제국주의로부터 우리 겨레를 해방시키고 스탈린, 모택동,
김일성에 의한 적화통일 직전의 위기에서 자유민주주의를 지키게 해 준
절대적 맹방이지만, 한편으로 38선을 그어 한반도를 남북으로 분할하게
하고 중공군 개입을 자초했다. 미국의 이익과 그에 따른 정책에 희생되어
남북통일의 호기를 놓친 것은 안타깝다. 대한민국은 약소국이라는 한계,

대륙 세력과 해양 세력의 틈에 낀 지정학적 운명 탓에 또다시 길고 긴 비극의 터널에 들어섰다.

역사에서는 '가정'이 무의미하다. 그러나 가정을 통해서 '사고'의 발전을 기대할 수 있다. 맥아더 장군의 퇴진과 연관해 두 가지 가정을 할 수 있다. 첫째, 맥아더 장군의 전략 개념에 의해 만주 폭격을 감행하면서 확전으로 갔다면 한반도 통일이 가능했을 것이라는 가정과 둘째, 만약 확전을 했다면 소련까지 개입해 제3차 세계대전이 일어날 것이라는 가정이다. 이 두 가지 가정 가운데 어떤 것이 적중할지는 예측 불가능하다. 결국 결정권을 쥐고 있는 트루먼 대통령 판단에 좌우될 수밖에 없었다. 그러기에 우리는 우리의 힘을 키워야 된다.

현재 우리나라는 태평을 구가하기에 문제가 많다. 김정은이 건재하고 북한 인민군 100만여 명이 DMZ 북쪽에서 호시탐탐 노리는 한 위기는 언제나 올 수 있기 때문이다. 우리나라 국력만으로 이 위기를 극복하기 위해서는 여러 문제가 따른다. 어느 때보다 한미동맹을 공고히 하고 북한 당국의 야욕을 경계해야 한다. 중국이 항미원조抗美援朝의 혈맹이라는 구실로 북한을 돕는 상황에서는 중국 또한 잠재적 경계 대상국임을 명심해야 한다.

9. 고지 쟁탈전과 정전협정

한국전쟁 발발 이후 피아 공히 인적·물적 손실을 많이 입고 격동의 1년을 지나 38선 부근 전선에서 상호 대치 상태로 들어갔다.

전투는 쌍방 고지 쟁탈전을 중심으로 소강 상태를 이루고 있는 가운데 유엔과 미국은 수차에 걸쳐 휴전 제의를 하였으나 이를 묵살하던 공산 측이 6월 23일 소련의 유엔 대표를 통하여 휴전협상을 제기하게 되었다. 1951년 7월 10일부터 휴전회담이 시작되었다. 휴전회담 기간 중의 군사작전은 휴전회담의 추이와 밀접한 관계하에 전개될 수밖에 없었다. 회담이 순조롭게 진행될 때에는 전선이 소강 상태를 유지하다가도 회담이 결렬되거나 지연될 경우에는 전투 또한 치열했다. 이 시기에 전투는 휴전회담의 주도권을 장악하기 위한 수단으로 이용되었다.

휴전이 성립될 경우 한 치의 땅이라도 더 확보하기 위해 상대 측의 취약점을 찾아 공격을 감행하는 등 고지 쟁탈전이 이어졌다. 휴전이 성립될 때까지 계속된 고지 쟁탈전은 주로 고지 정상의 진지 공격에 치중되었다.

휴전회담을 통한 양측의 요구사항은 합의점을 찾지 못하고 있었다. 유엔군 측은 쌍방의 현 접촉선을 군사분계선으로 할 것을 주장하였지만 공산 측은 전쟁 발발 전의 원상 복귀를 주장하며 38선을 휴전선으로 해야 한다고 했다.

쌍방의 이해가 엇갈렸다. 휴전회담은 결렬되었다. 유엔군은 휴전 당시의 접촉선을 휴전선으로 하는 안을 관철시키기로 결정하고 휴전회담 개시 당시의 방어선을 확장할 목적으로 제한된 범위의 공격작전을 단행하였다. 1951년 10월 말까지 계속된 공세에서 국군과 유엔군은 평균 10km를 전진하여 서부 전선에서는 임진강을 넘어 역곡천까지, 중부 전선에서는 금성 남방까지, 동부 전선에서는 고성 남방까지 전선을 북으로 밀어올렸다.

좁은 공간에서 치열한 진지전이 전개됨으로써 쌍방 간에 많은 사상자를 냈다. 특히 미군의 폭탄 투하와 포병 화력의 집중사격은 공산군 측에 많은 희생을 강요했고 공포심을 유발하게 함으로써 염전厭戰 사상 확산에 크게 기여했다.

공산군 측은 이 국면을 타개하기 위하여 10월 25일 휴전회담 재개를 제의해 왔고, 회담에서 유엔군 측 안을 수락하고 군사분계선 설정에 합의를 이루었다. 임시 휴전선 설정으로 작전은 소강 상태가 유지되고 곧 전쟁이 끝날 것 같은 분위기가 조성되었으나 그 후 30일 이내에 합의하기로 한 기타 의제의 합의에 실패함으로써 임시 휴전선은 백지화되었다.

1952년 후반기에 접어들면서 전선은 다시 가열되었다. 이때부터 한 치의 땅, 하나의 고지를 더 확보하기 위한 치열한 전투의 불꽃이 튀었다. 고지 쟁탈전은 주로 중부 전선과 동부 전선에서 이루어졌다. 고지는 관측이 용이하고 평지 통제를 가능하게 하는 이점이 있기 때문에 보다 높은 고지의 확보는 보다 넓은 지역의 통제를 가능하게 함으로써 휴전을 대비한다는 의미가 있었다.

국군과 달리 미군에게는 고지 쟁탈전이 매우 불리하였다. 충격행동과 기동성 그리고 압도적인 화력으로 전장을 장악하는 미군의 관용전술에 상반되는 데다가 기동력에 의존하던 체력으로는 고지를 오르내리기가 힘겨웠다. 미군은 고지 쟁탈전에서 손을 떼고 서부 전선을 전담하는 방향으로 조정되었다. 한국전쟁 전반을 통해 미군은 기동성을 위주로 한 부대

구조상 주로 서부 전선을 담당하였지만, 전선 교착 이후 일부 미군이 중 동부 전선에 투입되었다.

고지 쟁탈전에서 중공군, 북한 인민군, 국군은 각각 특징이 있었다. 중 공군과 인민군은 야간에 침투하여 측방 또는 후방에서 기습하는 그들의 관용전술을 사용했고, 국군은 여명 또는 주간을 이용해 목표 지역에 막대 한 포병 화력을 집중하여 진지를 초토화한 다음 일제히 공격을 감행하여 정상을 탈취하는 전술을 구사했다. 따라서 적은 야간에 고지를 점령하고 있다가도 주간에는 우리에게 다시 빼앗기는 공방전이 계속되었다.

시일이 지날수록 불리한 쪽은 적군 측이었다. 미국의 무제한 전비 지원 에 비하여 적군 측은 그 많은 전비를 계속 유지할 수 없었다. 여기에 인원 손실이 늘어나자 중공군은 휴전의 필요성을 절감했다. 우리 쪽에서는 느 긋하게 사태를 관망하면서 고지 쟁탈전으로 적의 목을 죄어갔다.

1953년에 스탈린이 사망하자 공산군 측의 제의로 다시 휴전회담이 열 렸다. 6월 28일에는 그동안 18개월이나 끌어오던 포로교환 협정이 체결 됨으로써 휴전협상의 모든 의제가 타결되었다. 이에 따라 1953년 7월 27 일 22시를 기하여 쌍방의 모든 적대 행위에 종지부를 찍고 휴전이 성립되 었다.

미국이 휴전을 전제로 한 협상을 계속하는 동안 이승만 대통령은 국민 과 함께 맹렬하게 휴전 반대 운동을 전개하면서 미국 측에 강력하게 항의 하는 등 통일의 염원을 불태웠다. 그러나 미국의 정책과 자유 세계의 여 론은 우리 편이 아니었다.

이승만 대통령은 한국 국민의 의사와 관계없이 휴전회담이 마무리 되어가자 이에 대한 항거로 유엔군이 관리하던 공산군 포로 34,900여 명 가운데 북으로 송환되기를 거부하던 27,000여 명을 6월 18일 자정을 기해 석방했다.

반공포로의 석방은 전 세계의 이목을 집중시켰다. 미국은 이승만 대통령에게 강력히 항의했고 공산군 측은 맹렬히 비난하며 타개되어 가던 휴전회담을 연기시켰다.

이승만 대통령은 굴복하지 않았다. 오히려 미국으로부터 '휴전 후의 긴밀한 협조 관계의 확대와 한미 상호방위조약 체결' 등을 받아내는 큰 성과를 얻어냈다. 이때 얻어낸 성과가 오늘까지 대한민국의 안보를 지탱하게 한 모태 역할이 되었다.

6·25 한국전쟁 발발과 휴전 성립 시까지 이승만 대통령의 역할은 눈부셨다. 이승만은 미국의 조야朝野가 무시할 수 없는 유일한 한국인이었기 때문이었다. 트루먼은 사석에서 "만일 한국 대통령이 이승만이 아니었다면 우리가 한국전쟁 개입을 꺼렸을 것이다."라고 술회할 정도였다. 이 점에 대해 미국의 정치평론가나 군사평론가의 견해도 크게 차이가 없다. 이때까지만 해도 이승만 대통령은 대한민국을 위해 최선을 다했다.

10. 끝나지 않은 전쟁

전쟁은 결과에 따라 승자와 패자로 구분된다. 모든 전쟁이 그렇게 명백하게 결판이 나는 것은 아니지만 승패로 매듭지어지는 것이 상례이다.

『전쟁론』의 저자 클라우제비츠는 "전쟁이란 결국 보다 큰 확대와 규모의 결투에 지나지 않는다. 전쟁이란 우리의 적대자로 하여금 우리의 의지를 완벽하게 이행하도록 강요하려는 폭력행위다."라고 했다. 즉 전쟁이란 승리하기 위해 도발하고 그 결과에 따라 패자가 있기 마련이라는 주장이다. 그런 관점에서 한국전쟁은 김일성이 승리하기 위해 도발했지만 그 뜻을 이루지 못했고 대한민국과 유엔 참전국은 그 뜻을 저지했으므로 자유 진영의 승리로 결론을 내릴 수 있다.

클라우제비츠는 제1장 제2절에서 전쟁의 목적과 수단에 대해 "적의 군사력은 괴멸되어야 한다.", "적의 국토는 반드시 정복되어야 한다."라고 언급하고 있다. 전쟁의 목적과 수단은 승리를 위해 지향되어야 하고 그 승리는 적의 군사력 괴멸과 적의 국토 정복이 전제되어야 한다는 주장이다. 그렇다면 자유 진영의 승리는 완벽한 것이 못 되고 국부적인 의미의 승리에 지나지 않는다.

클라우제비츠의 전쟁관은 어디까지나 섬멸전의 완전한 승리를 전제하고 있다. 전쟁에서 무승부라든가 모호한 승리는 존재하지 않는다는 논리이다. 그는 이어서 "적 군사력의 괴멸과 국토의 점령이 뜻대로 되었다 하더라도 적대감정과 적대적인 행동의 소산인 전쟁은 결국 적의 의지를 굴복시키지 못하는 한 아직 종결되었다고 간주할 수 없다."라고 말한다.

그의 논리대로라면 한국전쟁에서 자유 진영 승리라는 해석 또한 공허가 되는 셈이다. 결국 공산군 측 의지를 굴복시키지 못했으므로 승리는 성립되지 않는다는 결론이다.

클라우제비츠의 주장은 논리의 비약으로 해석할 수 있다. 그러나 그의 이론을 상세히 역사에 비추어 분석한다면 실제 상황으로 인식될 수 있다. 일본 제국주의가 구 한국군대를 해산하여 군사력을 말살하고 한반도를 점령했지만 한민족의 의지를 굴복시키지 못하였기 때문에 결국 일본이 완전히 승리하지 못한 결과가 되었다. 따라서 클라우제비츠의 주장은 논리의 비약이 아니라 타당성이 인정된다고 볼 수 있다. 한국전쟁의 쌍방은 승자도 패자도 없는 일정 기간의 휴식(휴전) 상태에 들어가 있다는 결론을 내릴 수 있다.

한반도에서 38선 설정은 폭발물의 도화선 같은 위험성을 내포하고 있었다. 소련의 국제공산주의와 미국의 자유민주주의의 대립이 첨예화된 상황에서 전쟁의 위험성을 배제할 수 없었기 때문이다.

그럼에도 남한 당국은 허세만 부렸을 뿐 대비책을 강구하지 않았다. 특히 주한 미군의 철수와 애치슨의 한반도 포기 선언은 한반도라는 폭발물의 도화선에 불을 당긴 꼴인데도 국방부나 육군본부는 위기 극복책을 강구하지 않고 있었다.

『한국전쟁사』(국방부 발행, 초판)에 의하면, 1950년 3월 25일 육군본부는 작전명령 제38호로 방어계획을 성안하여 각 부대에 시달하였다고 하나, 일반적인 방어 개념을 추상적으로 열거하였을 뿐 구체적인 작전계획이라 할 수 없는 내용이다. 가령 방어 개념에 제시된 내용 가운데 경계진지, 주진지, 예비진지 등 교범 내용의 용어를 나열하였을 뿐 각 단계별 진지의 한계와 주 진지대의 편성 개념은 없다. 교범에 기재되어 있는 작전명령 양식에다 각 사단의 모호한 현황을 삽입한 것에 지나지 않는다.

작전명령 제38호가 교범에 충실한 모범답안이었다면 전방에 배치된 1개 연대, 4개 사단의 정면 배분에도 신경을 썼어야 했다. 위기상황에서 터무니없이 넓은 정면을 할당하고도 병력 증원이나 사단 증설 따위의 대비책 강구가 전혀 없었다.

38선 방어임무를 책임지고 있던 각 부대별 방어 정면은 다음과 같다.

- 수도경비 사령부 예하 제17연대: 옹진반도 45km
- 개성의 제1사단: 94km
- 의정부의 제7사단: 47km
- 춘천의 제6사단: 84km
- 동해안의 제8사단: 30km

위와 같은 각 정면은 평균 군단급 정면이라 해도 방어에 벅차다. 그런데도 육군본부는 전쟁 발발 당시까지 위 전방부대에 농번기 휴가를 장려했고 6월 24일 토요일 외출과 외박을 허락했다.

당시의 육군 상황을 요약하면 정보 부재, 대비책 전무, 화력 약화 조장 등 이적행위의 범람이라 할 수 있다.

북한군의 남침으로부터 시작된 한국전쟁은 3년 1개월에 걸쳐 국군과 유엔군 그리고 북한군과 중공군에게 엄청난 인적·물적 피해를 냈을 뿐만 아니라 전 국토의 태반을 초토화했다.

1953년 8월 7일 유엔군 총사령부가 유엔에 제출한 휴전에 관한 특별보고서에 의하면 공산군 측 인명 피해는 150만에서 200만 명으로 추정되며 국군과 유엔군이 입은 피해는 약 50만 명이다.

한국은 약 100만 명에 이르는 민간인 피해를 입은 것 외에 막대한 재산 피해를 냈다. 전쟁 기간 중 쌍방이 입은 주요 군사 장비의 손실은 국군과 유엔군 측이 항공기 1,992대와 전차 777대, 공산 측이 항공기 2,185대와 전차 1,178대를 잃은 것으로 집계되었다.

한국전쟁은 역사상 가장 크고 참혹했던 동족상잔의 비극이었음은 두 말할 나위도 없다. 문제는 북한 당국자들이 아직도 적화통일의 망상에 들떠 있다는 사실이다. 국력에 비하여 터무니없이 많은 군사력을 유지하면서 굶주림으로 허덕이며 그들은 과연 무엇을 생각하며 어떤 비전을 갖고 있을까?

우리는 1950년 6월 25일을 잊어서는 안 된다. 유비무환이라는 명제하에 대비책 강구에 임할 때마다 그날의 무방비, 무대책의 원인과 비참했던 결과를 상기해야 한다.

20세기의 가장 커다란 퇴물인 공산주의 이데올로기를 붙들고 늘어지면서 발악하는 그들을 우리는 눈을 부릅뜨고 경계해야 한다. 휴전선 일대에서의 끊임없는 도발과 남침 땅굴 굴착, '한반도 비핵화 선언' 후 핵무기 개발과 천안함 폭침, 연평도 포격 등 일련의 도발 행위는 북한 당국이 전쟁광 같은 야욕에 불타고 있다는 것을 보여준 실체라는 사실을 되새겨야 한다. 한반도 긴장 완화를 위한 남북 접촉에는 일면 타당성이 인정된다. 단 철저한 경계와 대비 태세를 갖추어야 한다. 상호 교류를 통해 우리의 일상과 자유로운 문화가 북한에 유입되면서 해빙의 단초가 될 수 있다고 보기 때문이다. 한국전쟁은 남과 북에 승자도 패자도 없는 결과를 초래했지만, 한민족 전체의 처지에는 쌍방 모두 패자였다는 사실을 명심해야 할 것이다.

11. 한국전쟁 4대 영웅 선정의 진실

전쟁에서는 영웅이 출현한다. 우리나라 역사에서 가장 위대한 영웅을 꼽으라면 단연코 이순신 장군이다. 어디 임진왜란의 이순신 장군뿐이랴, 우리나라는 반만년 동안 수없는 외세의 침탈에서 그때마다 영웅이 나타나 나라를 지켰다.

1983년 국방부와 육군본부는 전역 후 전업 작가로 창작에 몰두하던 나에게 중요한 과제를 줬다. 한국전쟁의 영웅을 부각해 그들의 전기 소설을 집필해 달라고 했다. 그 작품을 원작으로 하여 KBS 1TV에서 3부작 드라마로 방영하겠다고 했다. 창군 이후 군부에 관한 홍보 프로젝트로서는 그 규모가 가장 컸다. 그 연유를 알아보니 전두환이 집권하면서 선배 장군의 인사법까지 고쳐가며 임기를 단축해 60여 명을 예편시킨 데 대한 반대 여론을 누그러트리기 위한 유화책이었다.

처음에는 내키지 않았지만 작가인 나에게 던져진 '미끼'로서는 욕심을 가질 수밖에 없었다. 그들이 간섭만 하지 않는다면 군 역사를 정립할 수 있고 나의 작품 세계를 넓히는 기회라고 생각해 받아들였다.

나는 우선 한국전쟁 4대 영웅 선정 작업에 들어갔다. 당시 떠돌던 4대 영웅은 한강 방어의 성공으로 조국을 위기에서 구한 김홍일 장군, 초전에 춘천 전선에서 일시적인 적 저지에 성공하고(6사단) 백마고지전투(9사단)에서 공을 세운 김종오 장군 그리고 인천상륙작전을 지휘한 맥아더 장군과 낙동강 전선의 영웅 워커 장군이었다.

나는 단독으로 확정할 수 없어 원로 장군들을 초청해 의견을 듣기로 하여 1군사령관을 역임한 이한림 장군, 2군사령관을 역임한 이병형 장군, 국방부전사편찬연구소 소장을 역임한 박정인 장군과 함께 심사에 들어갔다. 그 결과 이의 없이 원안대로 4대 영웅을 선정하며 국방부와 육군본부에 알렸고 당국은 동의했다.

1983년에는 한국전쟁 참전 당사자가 거의 생존해 있었다. 특히 한국전쟁과 관계되는 중요 장성들 모두 건재했기에 어렵지 않게 결론이 났다.

나는 국방부와 육군본부에 그 프로젝트에 참여한다는 의중을 알리고 이 가운데 김홍일 장군의 전기 소설을 집필하기로 하였다. 집필에 착수한 지 3개월 만인 1984년 10월 1일『五星將軍 金弘壹』(서문당)을 출간했다. 김홍일 장군은 옛 중국군의 유일한 정규군 2성장군이었고 한국군 3성을 더해 5성장군으로 비유했다. 나의 깊은 뜻은 지금까지 일본군과 만주군 출신에게 독점됐던 4성장군보다는 한 수 위라는 상징성을 각인하기 위해서였다.

김홍일 장군은 중국군 장군으로 항일전에서 전공을 세웠을 뿐만 아니라 광복군 참모장을 역임한 독립운동가이기도 하다. 중국에서 귀환한 독립운

김홍일 장군   김종오 장군

동가에게는 거의 모두 장군이란 호칭이 붙어 있던 때여서 정규군 장군과 구별하기 위한 내면의 의도도 있었다. 특히 6·25 전쟁 초기 김홍일 장군에 의한 한강 방어 작전이 없었더라면 대한민국의 존립이 위태로웠고 미국의 군사 개입 또한 불가능했다고 평가되기 때문이었다.

다음 해인 1985년 당국에 내가 추천한 유현종 작가가 한국전쟁 초 6사단장(대령)으로 춘천전투에서 적을 효과적으로 막아낸 후, 백마고지전투에서 승전보를 남긴 9사단장 김종오 소장 전기 소설을 『白馬高地』(을지출판사)라는 제목으로 출간하여 당국에 제출됐다. 김종오 소장은 일본군 출신의 유일한 한국전쟁 영웅이다.

1985년 KBS 1TV는 박경석 원작 3부작 『五星장군 김홍일』을 국군의 날을 기해 3일간에 걸쳐 방영되었다. 편당 두 시간씩 무려 6시간의 대하드라마는 그해 최고 시청률을 남겼다. 다음 해에 유현종 원작 『白馬高地』가 역시 KBS 1TV에서 방영되었다. 맥아더 장군과 워커 장군은 영상 자료를 편집해 다큐멘터리로 방영되었다.

김홍일 장군을 밟고 '새치기'로 4대 영웅에 끼어든 백선엽 장군은 낙동강 전선의 다부동전투에서 대승을 거두어 마치 구국의 영웅처럼 알려진 것은 사실이 아님을 밝힌다.

낙동강 방어선은 총길이가 240km에 달하며 국군 5개 사단과 미군 3개 사단이 투입되었다. 백선엽은 8개 사단장 가운데 한 사람이며 그의 공적 또한 1/8에 지나지 않았다. 낙동강 전선의 영웅은 세계가 공인한 미 제8군 사령관 워커 장군이다. 대한민국 정부는 서울의 아차산 기슭을 워커 장군의 이름을 딴 '워커힐'로 명명하고 워커 장군의 동상과 워커힐 호텔을 건립하며 그의 무공을 기념하게 했다. 이 엄연한 역사적 사실을 가로채다니 '천인공노'할 일이 아니겠는가.

백선엽은 국방부 군사편찬연구소 자문위원장을 자청해 부임한 뒤 30년 가깝게 '6·25전쟁사'를 편찬하면서 자기의 전공을 철저하게 부풀렸다. 일부 역사 의식 없는 국방장관의 비호하에 백선엽 추종 세력이 합세하여 명예 원수로 추대하려는 공작이 이어졌으나 결국 무산되어 진실 앞에 손을 들고 말았다. 이명박 대통령은 잘못을 인정하고 명예 원수 추대를 취소했다.

백선엽의 공적 가운데 평양탈환작전의 무공을 말하는 경우가 있다. 백선엽 자신도 늘 '평양 탈환'을 자랑했지만 터무니없는 과장이라는 것이

맥아더 장군과 워커 장군

중국 측과 북한 측 사료에서 밝혀졌다. 당시 평양에는 인민군 주력이 모두 빠져나가서 탈환이 아니라 '무혈입성'이라는 평가였다. 중국의 군사평론가들이 한국전쟁 시 한국군을 조롱하는 '단골 메뉴'가 바로 '백선엽의 평양탈환작전'이라는 사실은 우리가 얼굴을 붉혀야 할 일이다. 그러한 변화의 추세에도 육군에서는 아직까지 '구국의 영웅 백선엽 장군'이란 정훈교육 과목을 강의하고 있다니 개탄스러운 일이다. 이렇게 역사를 왜곡하는 현실이 이어지자 KBS는 마침내 1985년 TV 방영 작품을 공개하기로 결정하고 작업에 들어갔다.

2020년 11월 중순에 KBS에서 유튜브를 통해 박경석 대하드라마 〈五星將軍 金弘壹〉 3부작을 6시간 분량의 동영상으로 만천하에 내놓았다. 3부작 각각의 첫 화면에는 국방부 문장과 박경석의 저서『五星將軍 金弘

畵』의 표지가 보이고 '원작 박경석' 자막이 나타나면서 백선엽 추종 세력의 엉뚱한 주장이 일시에 무색해졌다. 그로 말미암아 모든 의혹도 해소되었다. 결과적으로 KBS 1TV 3부작 유튜브 동영상이 숨죽였던 진실을 살려낸 셈이다.

12. 노블레스 오블리주

한국전쟁은 역사상 가장 큰 동족상잔의 상처를 남겼다. 우리나라 역사상 가장 많은 인명 피해를 기록했고 피해 재산 또한 어떤 전란에 비교할 수 없을 만큼 막대했다. 특히, 20여 국가 이상이 참전하거나 관여한 전쟁이었다. 더구나 정전 70년 후까지 '끝나지 않은 전쟁'으로 남아 크고 작은 충돌이 계속되고 있다.

불행하게도 나는 이 전쟁 한복판에서 군번 없는 육사 생도, 소총 소대장, 중대장 대리로 참전하여 중상도 당하고 인민군 포로가 되는가 하면, 운 좋게 전공을 세워 첫 화랑무공훈장을 받아 한때 전쟁 영웅 대접도 받았다. 한국전쟁은 나와 영욕을 같이한 셈이다.

전투에서 겪은 트라우마 여러 개가 70년 가까이 나를 괴롭히고 있었다. 그러나 그 트라우마는 악마만은 아니었다. 그 괴롭힘 속에서 꿈틀거리는 문학의 소재가 지금도 정의 구현 열망과 함께 문학 작품으로 살아나고 있다.

프랑스어 노블레스 오블리주Noblesse Oblige는 높은 신분에 따르는 도덕

상의 의무를 뜻한다. 이는 지도층 인사의 솔선수범이 얼마나 중요한가를 가리키는 서구 사상의 기본이다.

정치와 경제가 안정된 서구 선진국은 전쟁이 발발하면 앞장서서 출전하고 생활 면에서도 자신의 지위에 알맞은 품격을 지키고자 노력하는 지도자를 많이 가지고 있다. 국민들은 이런 지도자의 결정을 존중하고 자신 또한 국가에 대한 봉사를 당연하게 생각한다.

기원전 3세기 로마인들은 신분이 높을수록 병역과 납세 등 국가적 의무에 더 적극적으로 참여해야 한다는 것을 가장 중요한 도덕으로 삼고 있었다. 한니발전쟁이라고도 불리는 제2차 포에니전쟁 때 로마는 카르타고의 한니발군이 이탈리아 반도에 침입하자 국정 최고 책임자인 집정관이 몸소 군대를 이끌고 출전하여 15년간의 항전 끝에 국난을 극복하였다. 이 과정에서 집정관 13명이 전사한 것으로 로마의 역사는 기록하고 있다. 우리나라 지도층과 대비되는 정황이다.

한국전쟁에 미군 장성 자제들은 139명이 참전했고 35명이 전사 또는 전상을 당했다. 전사자 중에는 미 제8군사령관 벤플리트 장군의 아들도 있다. 중공군 총사령관 모택동의 아들도 한국전쟁에서 전사했다. 그러나 우리나라 지도층 자제들은 교묘하게 이 전쟁을 피해 갔다. 원용덕 헌병 총사령관의 아들 원창희 소위만 부산역 헌병대장으로 발령된 예는 빙산의 일각이다. 장관을 비롯하여 국회의원 등의 자제들은 모두 병역을 기피하였다. 심지어 전쟁터에서 죽어가며 "빽!"하고 죽었다는 일화는 당시의 사정을 극렬하게 풍자하고 있다.

우리나라 역대 대통령 가운데 병역을 기피한 대통령은 네 명이다. 그들은 갖은 미사여구로 변명하지만 엄격한 잣대로 보면 병역 기피자들이다. 통계에 의하면 고위 공직자와 국회의원의 경우 전체 대상자 333명 중 24%가 병역을 면제받았고, 이들의 자제 362명 가운데 23%가 군에 가지 않아 병역 면제 비율이 일반 국민에 비해 2배 이상 높았다. 지도층 인사들의 왜곡된 처신이 2022년에는 개선되었을까? 대답은 '아니다'이다. '정의 구현'이라는 측면에서 이를 개선하는 일에 적극 관심을 가져야 한다.

13. 평창전투에서

6·25 전쟁이 발발한 그해 연말, 대대 공격 전투 시 내가 겪은 실패의 전례를 설명한다. 이 내용을 확인하면 초급 지휘관도 독단 활용의 필요성을 실감하게 될 것이다.

1950년 12월 중순, 강원도 평창 동북방 1077고지에서의 실전 상황이다. 영하 22도의 강추위와 눈발이 흩날리는 악조건 속에서 보병 제9사단 제30연대 제3대대는 1077고지를 탈취하라는 공격 명령에 따라 심야를 이용해 공격 준비에 들어갔다. 제3대대 제10중대는 남쪽에서 공격을 개시하기 위하여 공격 대기 지점인 7부 능선을 향하여 전진하고 있었다. 험준한 산악이고 눈이 무릎까지 쌓여 있어 이동 자체가 전투처럼 힘겨웠다. 집결지에서 출발하여 약 4시간이 지나서야 제10중대의 첨병 소대인 3소대가 공격개시선에 도달하였다.

3소대장인 17세의 박경석 소위가 바로 필자다.

그때 서쪽에서 전진하던 제9중대는 이동 중 무전기를 사용하면서 플래시를 켜 들고 접근하다가 1077고지 산정에 있는 인민군 제4사단 예하 연대의 주력부대에 발견되어 완전히 포위된 채 기습사격을 받았다. 이동 중에 무전기 사용은 엄격히 제한하고 있었으나 그 원칙을 위반한 것이었다. 제9중대는 속수무책이었다. 저항은커녕 총 한 발 못 쏘고 쓰러졌다.

아비규환의 상황이 벌어졌을 그 시각에 제10중대는 모두 공격 개시선에 도달할 수 있었다. 인민군은 국군에 의해 압록강까지 쫓겼다가 중공군 개입으로 재정비할 여유도 없이 남하하는 중이었기 때문에 연대병력이래야 대대 수준에도 미치지 못했다. 그 주력이 제9중대 쪽으로 몰려갔기 때문에 1077고지 정상 인민군 주진지에는 연대본부 요원과 소수의 경계병밖에 없었다.

대대 공격 개시 시각은 오전 6시, 현재 시각은 오전 5시가 조금 지났다. 공격 개시 시각이 약 한 시간 남았다고는 하나, 같은 공격중대인 제9중대가 기습을 당했으며 산정에 있는 적이 제9중대 쪽으로 몰려갔기 때문에 취약점이 노출된 1077고지 정상은 약 100미터밖에 안 되어 공격하면 단숨에 탈취하여 점령할 수 있는 상태였다. 따라서 3소대장인 나는 중대장에게 즉각 공격할 것을 건의하였다.

"중대장님, 적의 주력이 9중대 쪽으로 내려가 버렸으니 취약점이 드러난 목표에 대해 지체 없이 공격 명령을 내리십시오." 소대장의 건의를 받은 중대장 조 중위는 깜짝 놀라면서 작전계획상의 공격 개시 시각이 한

시간이나 남았다는 원칙만을 고집했다. 참으로 답답한 시간이 흐르고 있었다.

"중대장님, 지금은 적으로서 가장 취약한 시간입니다. 제9중대를 공격하느라 주력이 그쪽에 쏠려 있을 겁니다. 우리가 지금 공격하면 적의 등뒤를 치는 격이 되니 기습의 효과도 달성될 겁니다." 재차 소대장이 제의해도 중대장은 묵묵부답으로 공격 개시 시각만을 고집했다. 이 상황에서 대대장의 위치는 물론 예비 중대인 제11중대 또한 행방을 알 수 없었다. 시간은 자꾸만 흘러갔다. 제9중대 쪽에서 들려오던 폭발음과 기관총, 소총의 요란한 소리가 차츰 줄어들었다.

"중대장님, 제9중대 쪽 교전도 끝나갑니다. 시간이 없습니다. 지금 공격해야 합니다." 계속 재촉해도 중대장은 까딱하지 않고 공격 개시 시각을 확인하기 위해 야광 시계만 들여다봤다. 나는 호기가 흘러가고 있음을 안타까워하면서 어떤 불길한 예감이 엄습하는 것을 의식했다.

제9중대를 공격했던 적 주력이 제9중대를 섬멸하고 모두 산정에 복귀했다. 이어서 제10중대의 엉거주춤한 모습을 발견한 적 주력은 지체 없이 제10중대를 향해 공격을 개시했다. 공격과 방어가 거꾸로 이루어지는 상황의 역전이었다. 적은 산정에서 재빨리 내려오면서 아군과 가까워지자 일제히 수류탄을 투척하였다. 이어서 인민군이 따발총을 집중사격했다. 산정에서 아래로 치닫고 있으니 중대는 꼼짝없이 당할 수밖에 없었다.

제10중대는 공격개시선에서 출발도 못 해보고 괴멸되었다. 나는 이 전투에서 적이 던진 수류탄에 중상을 입고 의식을 잃었다. 이때 인민군은 전장 정리를 시작했다. 전장 정리는 적의 부상병을 확인 사살하는 작업을 말한다. 상호 부상 적병을 후송할 수 없는 처지이기 때문에 어쩔 수 없는 비인도적 조치이다. 국군 전상자들을 확인 사살하는 과정에서 어린 소년이 육군 소위 계급장을 달고 있는 것이 신기해서인지 나는 확인 사살을 모면하고 인민군 전상자와 함께 다수리 야전치료소로 후송되었다. 박경석 소위는 불명예스러운 인민군 포로가 된 것이다.

이 전투 상황을 분석하면 다음과 같은 교훈을 얻게 된다. 이때 상황의 분석은 인민군 측에서 탈출하고 국군에 원대 복귀 후의 분석 내용이다.

첫째, 3소대장의 건의를 받아들여 공격 개시 시간 전이지만 공격을 감행했더라면 목표 탈취가 가능했을 것이다. 오전 6시 공격 개시 시각을 지키지 않았으나 목표 탈취가 가능했다면 이 경우 독단활용이 필요한 국면이다. 이와 같이 독단활용은 명령의 절차가 지켜지지 않을 경우 결단을 내린다. 여기서 명령의 절차보다 임무 완수가 우선한다는 문제가 대두된다.

둘째, 독단활용으로 오전 5시 공격을 했다고 가정할 때 반드시 목표를 탈취할 수 있었다고 단정 지을 수는 없다. 그러나 가만히 앉아서 당하는 것보다는 최선을 다했다는 결과가 되므로 설사 목표 탈취에 성공하지 못하였다 해도 사전 공격을 했을 때의 10중대장의 조치는 정당화될 수 있다. 독단활용의 결과는 때에 따라 실패할 수도 있는 것이므로 책임을 감당하는 용기가 필요한 국면이다.

셋째, 공격을 망설이고 있는 제10중대의 처지는 시간의 제한을 받으면서 자꾸만 위험 요소가 증가하고 있었다. 적이 제9중대 기습의 목적을 달성해 가고 있기 때문이다. 제9중대를 타격하고 나면 다음 차례는 제10중대가 된다. 그러므로 제10중대는 시간이 흘러갈수록 기회 포착의 호기가 사라지니 이 경우야말로 독단활용이 필요한 국면이다.

그렇다면 10중대장은 작전명령이 정한 오전 6시라는 공격 개시 시각을 지키기 위해 노력했지만 임무 완수 측면에서 야전지휘관이 갖추어야 할 특성인 독단활용을 포기하였으므로 지휘관의 책임을 기피한 결과가 된다. 독단활용은 전황에 따라 작전계획을 무시할 수 있는 상황에 당면한다. 이때 호기를 포착하여 승리하면 문제될 게 없지만 실패하면 책임을 면할 길이 없다. 이럴 때 야전지휘관은 책임을 감당할 용기가 필요하다.

14. 백선엽 명예 원수 추대 퇴출 경위

백선엽 장군은 전역 후에도 장관이나 국영기업체 사장 등을 역임하다 정권이 바뀌자 무직으로 한가한 시일을 보냈다. 그러다가 국방장관을 찾아가 한국전쟁사에 부정적인 내용이 많다며 새롭게 편찬할 것을 건의하면서 국방부 산하 군사편찬연구소 자문위원장을 자청해 전쟁기념관 4층에 사무실을 내고 출퇴근하였다.

2020년 세상을 떠날 때까지 30여 년 국방부로부터 현역 중령 보좌관, 사무실과 사무실 관리비, 자문비, 운전사가 딸린 에쿠스 승용차를 지원받으며 호사를 누렸다. 백선엽은 자신의 입맛에 맞는 6·25 전쟁사를 11권 시리즈로 발간을 이어갔다. 새 6·25 전쟁사에는 자신에게 불리한 요소는다 걷어내고 새로운 전사를 통해 '6·25의 이순신', '구국의 영웅', '한국 전쟁 4대 영웅' 등 최고의 존칭으로 불리는 등극의 위치에 올라섰다.

역대 국방장관은 백선엽이 지도해 가며 쓴 전쟁사를 그대로 인정했고, 그를 명예 원수로 추대하는 운동이 번져 세계 군사학계의 주목을 받았다. 미군 당국은 그를 최고 영웅으로 올려세우고 직속상관보다 더 존경을 표하면서 그를 추앙했다. 백선엽은 군단장, 군사령관 시절 자신의 하급자인 미군 고문관을 지프차 상석에 모시고 다닌 일화는 유명하다.

새로 발간한 문제의 『6·25 전쟁사』 1권과 2권에는 나 박경석이 『전우신문』 회장과 군사평론가협회 회장의 직함으로 자문위원이라며 인쇄되어 있다. 그 순서도 역대 참모총장보다 상위에 올려놓았다. 그런데 나는 그로부터 정중하게 식사 대접을 한 번 받은 것밖에 없다. 은밀하게 봉투를 건넸지만 사양했다. 단 한 차례 자문한 적도 없다. 그 1권과 2권에는 자신의 민감한 시기의 기록이 있는 부분이다. 군사軍史 학자인 나를 끌어들여 자신의 위치를 자기가 원하는 대로 영구히 확정하기 위한 술책이었다. 나는 1960년대 진해 육군대학에서 '군단 방어'를 강의했고 당시 6·25 한국전쟁 초기의 방어작전 연구 논문 실적은 내가 유일한 위치를 지키고 있었다. 백선엽은 나를 포용해야만 자신의 야망을 충족할 수 있다고 판단해 집요하게 접근했다. 나는 그의 시도를 좌절시켰다. 그리고 그의 불순한 기도를 감시하며 상대적 논리를 대비했다.

백선엽은 불행히도 이 세상에는 '영원히 감추어질 비밀은 없다'는 평범한 진리를 몰라본 것이다. 그의 사후 내가 이 글을 쓰고 있으리라 상상할 수 있었겠는가. 나는 잘못 기록된 우리나라 군사의 한 부분을 바로잡고 싶은 충정에서 이 글을 쓰고 있다.

나는 군사학자로서 육군대학에서 전공과목 '군단 방어'를 강의할 때부터 일본군 출신 한국군 장교에 대해 연구했다. 그 과정에서 몇 가지 사실을 확인했다. 첫째, 일본군 출신이라고 해서 모두 친일파로 매도해서는 안 된다. 둘째, 일본군 출신에 의해 6·25 한국전쟁을 극복한 점을 결코 가볍게 보아서는 안 된다는 점이다.

그러나 일본군 출신으로 자원하여 독립군 사살 작전의 지휘관으로 활약한 자는 결코 용서할 수 없다. 그들은 민족을 반역한 중죄인이기 때문이다.

만주 일대에서 활약한 일본군 관동군사령관 지휘하의 간도특설대는 조선인으로 조직된 토벌대였기 때문에 특별한 조사가 필요했다. 나는 예편 후 이 일에 몰입하면서 일본과 중국으로 건너가 자료 수집에 나섰다. 그 과정에서 놀라운 사실을 발견하였다. 조선인 출신 일본군 또는 일본의 괴뢰인 만주군 장교가 조선인 병사를 지휘하면서 조선 독립운동가와 독립군 소탕 작전을 펴면서 학살을 서슴지 않았다는 것을 확인할 수 있었다.

특히 백선엽은 조선인 학살을 자랑하는 대담을 일본에서 자행했는가 하면 일본어판 회고록 두 권을 통해 독립운동 중인 동포를 어쩔 수 없이 죽여야 했다는 고백과 함께 일본의 천황에게 충성해야 하는 처지를 오히려 명예로웠다고 기술했다.

백선엽은 동생 백인엽과 함께 우리나라 군 출신 가운데 최고의 부정 축재자이자 수천억 원 재산가로 알려져 있다. 지난 시절 세상을 떠들썩하게 했던 '인천 선인학원'의 법인체는 바로 그들 형제의 소유였다. 그런 막대한 재력을 바탕으로 영웅 되기에 몰두한 나머지 스스로 명예 원수를 하기 위해 발 벗고 나섰다. 집필자를 고용해 백선엽의 전공을 과장 또는 날조하여 최고 영웅으로 둔갑시켰다. 마침내 이명박 대통령은 과장·날조된 백선엽의 공적을 믿고 백선엽을 명예 원수로 추대하기로 결정하고 작업에 착수했다.

우선 국군 인사법을 개정해야 했다. 현행법으로는 명예 원수 제도가 없기 때문이었다. 내가 1년여에 걸친 극렬한 투쟁을 계속하는 동안 채명신 장군을 비롯해 내 투쟁에 동조하는 원로들이 가세하면서 마침내 이명박 대통령은 잘못임을 깨닫고 명예 원수 추대를 철회하기에 이르렀다. 또한 6·25 한국전쟁 제일의 영웅으로 불린 사실도 그 허구가 드러나 백선엽은 자승자박의 꼴이 되었다.

내가 옛 상관을 고발해야 하는 아픔을 극복할 수 있었던 정의는 옛 상급자보다 절대 우위의 조국 대한민국을 위한다는 분명한 진리가 있기 때문이다.

이명박 대통령의 의중대로 백선엽이 명예 원수로 추대되었더라면 세계 군사학계軍史學界 최대의 웃음거리가 되었을 것이다. 그 무렵 미국을 위시한 군사학계는 이 해프닝을 주시하고 있었다. 특히 대한민국 최초의 명예 원수 추대라면 그 의미와 상징성이 매우 크다. 독립운동가와 독립군 토벌 작전 지휘관 경력자가 최초의 명예 원수로 추대되었다면 정부수립의 이념이 결정적 모순에 직면한다. 또한 북한 인민군의 6·25 남침이 타당성을 갖는다. 일제 잔재 소탕이라는 명분이 서기 때문이다.

아래 기록은 백선엽 명예 원수 추대 퇴출에 직간접으로 기여했던 원로 장군의 명단과 기여 내용이다.

백선엽 명예 원수 추대 퇴출에 기여한 예비역 장군

김홍일(예 육군 중장. 간도특설대 존재 최초 발의)

이형근(예 육군 대장. 간도특설대 확인 자료 지원)

채명신(예 육군 중장. 박경석의 백선엽 명예 원수 퇴출 운동에 동참 지원)

박정인(예 육군 준장. 박경석의 백선엽 명예 원수 퇴출 운동에 동참 지원)

이대용(예 육군 준장. 박경석의 백선엽 명예 원수 퇴출 운동에 동참 지원)

이 외에 뜻을 함께한 예비역 장군 수십 명(이상 모두 한국전쟁 참전)

15. 가짜 영웅 심일 소령 이야기

일제하 초등학교 교과서에는 '육탄3용사肉彈三勇士'의 영웅담이 있었다. 육탄으로 적의 전차를 파괴하고 장렬히 목숨을 던졌다는 내용이다. 당시의 청소년들은 그 글에 감동하여 혈서까지 쓰며 그들의 천황에게 충성을 다짐했다. 일본 패전 후 그 글은 조작된 것으로 확인되면서 해프닝으로 끝났다.

우리 육군에서도 '육탄10용사'니, '육탄5용사'니 하며 일본군의 육탄3용사와 비슷한 영웅담이 만들어졌다. 그러나 사실이 조작되거나 과장된 이야기일 뿐이다. 그런 가짜 소동은 주로 일본군 출신 장군들이 만들었다. 부하의 죽음을 자신의 공적으로 미화하기 위한 얄팍한 속셈이 깔려 있었다.

가짜 소동은 최근까지 이어지고 있으니 황당한 일이 아니겠는가. 내가 1981년 초 육군본부 인사참모부 차장으로 있을 때 희한한 진정서를 받고 그 사연을 조사한 적이 있었다. 6·25 전쟁 당시 심일 소령이 인민군의 전차를 육탄으로 파괴하여 태극무공훈장이 수여됐는데 가짜라는 내용이었다.

나는 육군의 당연직 공적심사위원장이었기 때문에 즉시 조사에 착수하였다. 관련자가 생존해 있었기에 반론의 여지 없이 가짜로 확인이 끝났다. 전두환 정권 출범 초기라 광주 문제 등으로 육군본부는 경황이 없었다. 나는 정식 과정을 밟아 보고했지만 상부는 관심 밖이었다.

전역 후 나는 군사평론가협회와 한국군사학회를 창립하면서 전쟁기념관 4층에 사무실을 냈다. 이 무렵 도미유학 동기인 손희선 예비역 소장이 내 사무실로 찾아왔다. 그는 '월남전 영웅으로 강재구 소령이 있는데 6·25 전쟁 영웅이 없으니 함께 신화를 창조하자.'고 했다. 태극무공훈장 수훈자인 심일 소령을 호국 영웅으로 추대하자는 것이었다. 나는 단칼에 거절했다. 그는 내 사무실 건너편 백선엽 군사편찬연구소 자문위원장실로 나를 끌다시피 데리고 갔다. 백선엽은 반갑게 나를 맞이했다. 그의 입에서 '손 장군과 함께 6·25 전쟁 호국 영웅을 만들어달라.'는 말이 떨어지자 '본인은 동의할 수 없습니다.'라고 말하며 그 방을 나왔다.

그로부터 3년 후, 육사에는 심일 동상이 세워지고 심일상이 제정되었다. 나는 깜짝 놀라 손 장군에게 어찌 된 경우인가 문의하니 '백선엽 장군이 육군에 압력을 넣어 해결했다.'고 했다. 이 때문에 육군본부는 심일상을 제정하기 위해서 반드시 필요한 정책회의조차 열지 않고 밀실에서 작업했다는 사실이 최근 확인됐다.

이대용 전 주월공사가 지난해 6월 심일 소령의 공적이 허위라고 다시 밝혔는데도, 자문위원장인 백선엽 장군을 업은 국방부 군사편찬연구소는 진실을 외면했다. 군사편찬연구소는 박근혜 정부에서 국방장관의 이름을 앞세우고 심일 소령 호국 영웅 정착화 '알박기'에 광분하며 육군에 계속 압력을 넣었다. 그러면서 국방부가 만든 심일소령공적확인위원회는 36년 전에 심일 소령 공적 내용을 먼저 확인한 공적심사위원장이었던 나에게 사실 여부를 문의하지 않았다.

이런 정황을 확인하고 진실을 밝혀내려 홀로 국방부의 압력을 막고 불의와 싸우는 현대판 '조선명사관朝鮮名史官'이 육군군사연구소장 한설 장군이다. 역사학 박사인 그는 국방부로부터 '심일 소령의 전과는 사실'이라고 발표할 것을 지시받았으나, 이를 거부하고 오히려 심일 소령의 공적이 허위라고 반박했다. 나는 군 후배인 한설 장군에게 고개가 숙여진다.

새 정부는 심일 소령의 허위 공적뿐만 아니라 가짜 호국영웅으로 만들어진 배경과 과정에 대한 진상조사도 해야 한다. 결론이 뒤집힐까 우려하여 박근혜 정부가 끝나기 전에 심일 소령의 전과가 사실이라고 '알박기' 했던 국방부 정책부서 장군들과 실무자들이 지금도 같은 자리를 지키고 있다는 점은 부담일 것이다. 하지만 진실은 밝혀져야 한다(경향신문 박경석 칼럼―만들어진 호국 영웅 진실은 숨길 수 없다. 2017.7.31).

심일 소령에 대한 자세한 사연을 그 시발점부터 공개해 본다. 이 이야기는 현장 목격으로부터 시작하여 수십 년간 관련자와 함께 구성한 내용의 일부분이다. 특히 이대용 장군(당시 1대대 1중대장, 대위)은 현장 목격자로 사실 규명에 결정적인 역할을 했고 증빙 자료를 많이 남겼다.

1950년 6월 25일 새벽, 춘천 주둔 6사단 7연대 정면 38선의 방어 병력을 뚫은 북한군 2사단은 북한강을 따라 남하했다.

침공 첫날인 6월 25일 아침에는 비가 내렸다. 이날 6사단장 김종오 대령은 서울에 있었다. 그 전날 육군회관 파티에 참석하라는 채병덕 육군 총참모장의 초청을 받고 자리를 비운 것이다. 그러나 그는 서울로 가기 전 북한의 상황이 심상치 않으니 대대장급 이상은 영내 대기하라는 명령을 내려놓았다. 영내 대기하던 연대장 임부택 중령은 비상을 걸고 출동 준비를 했으나 간부 소집에는 긴 시간이 걸렸다. 급해진 임부택 연대장은 연대본부 바로 앞에서 하숙하던 대전차포 소대장 심일 중위를 불러 57mm 대전차포를 끌고 옥산포 북쪽 한개울로 먼저 출동하도록 지시했다. 옥산포는 현재 춘천시의 일부가 되었으나 그때는 북한강 옆 작은 강변 마을이었다. 사람들이 강을 건너거나 오가는 배들이 들리는 작은 포구였다. 이곳은 북한강을 따라 남진하는 북한군이 반드시 통과하게 되는 요지였다. 명령을 받은 심일 중위는 57mm 대전차포 두 문을 끌고 즉각 출동하였다. 대전차포 5문중 3문은 소양강 건너 전 일본인 소유 생사 공장에 주둔하던 16포병대대와 같이 있었다. 춘천역 앞에 있던 7연대 본부에는 57mm 대전차포 단 두 문만이 있었다.

1대대 1중대장 이대용 대위는 춘천도서관에 가다가 연락병의 전달을 받고 대대로 달려갔다. 춘천대첩의 주인공이었던 1대대가 출동한 것은 11시가 조금 넘어서였다. 스리쿼터 두 대가 57mm 대전차포를 견인하고 소양교를 건너 북상한 심일 중위는 옥산포 1km 북방 솔밭에 포진지를 잡았다. 솔밭이라도 약간 높은 곳이었는데 지금은 개간되어 없어졌다. 이곳은 북쪽으로 훤하게 시야가 트인 곳으로서 접근하는 북한군을 포격하기가 좋은 곳이었다. 빗속에서 적을 기다리던 심일 중위는 정오가 되기 조금 전, 국군 38선 경비선을 뚫고 남하하는 북한군 보병을 발견하고 57mm 대전차포문을 열었다. 포 사격을 하며 전투하던 그가 적의 기세에 놀라 갑자기 포 한 문만 끌고 옥산포 남쪽으로 도주했다. 그는 첫 교전에서 포 한 문을 잃었다.

그 후 옥산포 남방에 포진지를 구축했다. 그러니까 심일 중위의 포 한 문을 버리고 남하한 철수는 지금처럼 단순한 시각으로 볼 수 없다. 6·25 한국전쟁 전 장비 망실은 군법에서도 엄중히 처벌하는 중범죄였다. 어느 군원로는 장비 망실자는 잘못하면 총살형에 처해질 수도 있었다고 회고한다. 총살형이 선고되던 적전 비겁 행동과 형량이 비슷했다. 대전차포 중대장 송모 대위는 심일 중위가 포 한 문을 망실하고 후퇴했다는 사실을 알고 흥분해서 심일 중위를 구타하고 소양강 변 우두산에 7연대 CP를 설치한 연대장 임부택 중령에게 달려가 무릎을 꿇고 57mm 대전차포 망실을 사죄하며 용서를 구했다. 전투가 한창 진행 중이라 누구를 처벌하는 것도 문제가 되기에 임부택 중령은 "어쩔 수 없지 않은가? 전투나 잘하게나!" 하고 포 망실을 문제 삼지 않았다.

57mm 대전차포 중대는 25일 오후 16포병대대와 함께 소양교를 넘어 소양강 남쪽 강안에 포들을 방열하였다. 다음 날 26일 심일 중위는 16포병대대와 같이 밀려오는 북한군에 포사격을 하며 전투를 했다. 26일 포병이 사농동 일대에 몰려오는 적군에게 전개한 포격전은 그날 오전 6사단 7연대 1대대가 옥산포를 향하여 대돌격으로 거둔 승리와 함께 춘천대첩의 핵심이 된다. 그러나 춘천에서 버티던 6사단 7연대는 전선의 정돈을 위해 낙동강까지 후퇴하며 싸워야 했다. 낙동강으로 후퇴하던 중에 대전차포 중대는 전원 포병으로 전과를 하게 되었다. 더이상 보병이 아니라 포병이 된 것이다. 심일 중위는 대전차포 중대장 송모 대위와 영 맞지 않았던 것 같다. 그는 불화를 버티지 못하고 춘천에서 잘 싸웠던 김성 소령의 16포병대대로 전속했다. 그러나 그가 옮겨간 16포병대대에는 대위로 진급한 심일에게 마땅한 보직이 없었다. 그는 할 수 없이 사단 사령부로 다시 전속했다. 북진할 때 사단이 그에게 부여한 보직은 7연대 파견 사단 포병 연락장교였다.

7연대는 육군의 최선두에서 북진하다가 춘천에서 잘 싸운 김용배 중령의 1대대가 1950년 10월 26일 압록강에 도달했다. 그러나 기쁨도 잠깐 대규모로 참전한 중공군의 공세로 급히 철수해야 했다. 철수하던 7연대는 10월 31일 자정 초산군 풍장면에서 철수로를 차단하고 맹공을 가하던 중공군에게 붕괴를 당했다. 대다수가 전사하거나 포로가 되었고 실종자도 부지기수였다. 국군 전사는 6사단 7연대가 이 전투에서 75%의 병력을 잃었다고 쓰고 있다. 6·25 초전 때 가장 잘 싸웠던 최강 7연대는 이곳에서 사라졌다. 살아남은 장병들은 삼삼오오 짝을 짓거나 분대나 소대 단위

로 중공군과 북한군 내무서원들이 놓은 살기 서린 포위망을 뚫으며 탈출해
야 했다. 열흘 만에 생존 중대원 20여 명을 이끌고 제일 먼저 탈출해서 나
온 1대대 1중대장 이대용 대위 같은 지휘관이 있는가 하면 무려 3개월 후
에야 단독으로 강화도를 거쳐 탈출해 온 3대대 인성훈 소령 같은 경우도
있었다.

　7연대 본부에서 근무하던 심일 대위는 안태석 소위와 팀을 이루어서
남쪽으로 탈출하였다. 탈출 도중 두 장교에게 병사 두 명이 합세해서 네
명이 된 그들은 무턱대고 남으로 향했다. 그들은 굶기를 밥 먹듯이 하며
하염없이 산길을 걸었다. 열흘간 걷던 그들은 11월 10일경 묘향산 부근
동창이라는 곳에서 화전민이 사는 외딴집을 발견하고 찾아 들어갔다. 이
들은 화전민 집에서 밥을 얻어먹고 너무 피곤해서 깜빡 잠이 들었다. 전
후 사정으로 보아 저녁에 찾아간 것으로 보인다. 국군이 북으로 진격할
때는 그래도 북한 주민은 국군에 협조적이었다. 그러나 중공군이 참전하
고 상황이 바뀌자 북한 주민은 180도로 바뀌었다. 집주인 화전민도 불쑥
찾아온 심일 일행에게 밥을 해주고 잘 대해주는 척 했지만 속은 전혀 달
랐다. 심일 일행이 잠드는 것을 본 그는 몰래 산 밑으로 내려가 중공군에
게 국군 출현 밀고를 하였다.

　새벽 무렵 심일 일행이 아직도 곤히 잠자고 있을 때 중공군 1개 소대가
나타나서 집을 포위하고 항복하라고 외쳤다. 안태석 소위와 병사 한 명은
앞문을 열고 손을 들고 나가서 포로가 되었지만 심일 대위와 다른 사병은
화전민 가옥의 뒷문으로 탈출하다가 매복한 중공군에게 사격을 당하고 전
사하고 말았다. 전사가 확인된 후 고 육군 소령으로 추서되었다.

심일 소령 집안에 대해서 7연대 간부들이 알게 된 것은 시간이 한참 지나서였다. 심일 아버지 심기연은 함경북도에 살다가 월남해 원주에서 살고 있었다. 그에게 4형제가 있었는데 막내만 빼고 아들 3명이 호국의 전장에서 모두 산화하였다. 이 딱한 사정을 알고 있을 때 또 한 가지 문제가 있었다. 당시 국군 소령급 이상에는 일본군 근무 경험자들이 많았다. 최고 무공훈장을 수여할 만한 전투와 대상자를 찾다 보니 심일 소령에게 적용할 만한 전사가 발견되었다. 6·25 한국전쟁 초전에 대전차전에서 적의 전차를 파괴한 것으로 상정하자는 의견이 간부회의에서 합의되어 상부에 건의하며 마침내 태극무공훈장이 추서되었다. 6·25 한국전쟁 초기에는 무공훈장이 남발되는 경향이 있었으므로 뒷말은 늘 따라다녔으나 별다른 문제가 없다가 줄기차게 그 부당성을 지적한 당시 목격자 이대용 장군에 의해 언론에 알려지면서 표면화되었다.

16. 가짜 영웅 심일 소령 파동의 진상

가짜 영웅 심일 소령 파동은 '北 탱크를 부순 호국 영웅의 불편한 진실'이라는 제목으로 최보식 선임 기자가 쓴 『조선일보』 2016년 6월 17일자 칼럼이 불을 붙였다. 반세기 이상을 진실 규명을 위해 애쓴 이대용 장군과 인터뷰하는 과정에서 알아낸 놀라운 조작 사실이었다. 이대용 장군은 6·25 한국전쟁 초전의 춘천대첩 영웅의 한 사람이다. 그 전투에서 싸우다가 도주한 심일 중위가 호국 영웅이 되어 있기 때문에 더는 참을 수 없었다. 그러나 진실은 규명되지 않았다. 호국 영웅을 가짜로 만든 당사자가 백선엽이기에 아무리 증거를 제시해도 당국은 까딱하지 않았다.

가짜 영웅 심일 소령 이야기가 세상에 퍼지자 전쟁기념관 4층 백선엽 사무실은 그를 추종하는 장군들이 모여 대책을 강구하느라 분주해졌다. 더욱 놀라운 사실은 예비역 장군뿐만 아니라 현역 장군들도 가세했다는 점이다. 국방부 정책실이 동원된 것이다.

이대용 장군에 이어 나 또한 1980년 육군본부 인사참모부 차장 재직 시 당연직 공적심사위원장으로 심사를 마치고 가짜 영웅임을 주장했지만, 국방부 정책실장은 신뢰감이 떨어진다는 공문을 육군본부 군사연구소에 보내어 박경석을 믿을 수 없는 장군으로 날조하고 있었다. 사학자인 육군군사연구소장 한설 장군은 사실 확인에 들어갔고, 내 서재까지 찾아와 진실 여부를 확인하는 사관史官의 임무를 수행했다.

아래 공문은 국방부 정책실장이 나를 모함한 공문이라며 보낸 질의서이며 거기에 해답을 쓴 나의 진실 기록이다.

우선 질의서와 해답에 들어가기 전에 조작해 영웅으로 만든 핵심 부분을 아래에 게재한다.

"심일 소대장 선두로 5인의 특공대가 북한군 탱크에 뛰어올라 포탑의 뚜껑을 열어 수류탄을 던지고 뛰어내리자, 불길이 솟아오르며 탱크는 불탔고 탱크 안의 괴뢰군은 모두 죽었다. 5인의 특공대는 '육탄5용사'로 기념하고 있다.

빗발치는 포화 속에서 육탄 돌격으로 북한군 탱크를 부순 고故 심일 소령은 6·25 호국 영웅 중 맨 첫 줄에 있다. 태릉 육사 교정과 원주 현충공원 등에 그의 동상이 서 있다. 육군에서는 매년 가장 우수한 전투 중대장을 선발해 '심일상'을 수여하고 있다."

국방부 정책기획관실 공문에 의거한 박경석 (예) 육군 준장의 답변서

백선엽 국방부 군사편찬연구소 자문위원장의 위계에 의한 가짜 호국영웅 심일 소령 사건이 마침내 국방부 측과 육군 측의 의견이 대립함에 따라 본인 박경석에 대한 신뢰성 문제로까지 비화되는 불쾌한 지경에 도달했다.

이에 본인은 국방부 정책기획관실 문건에 따른 육군군사연구소를 통해 보내온 질의서에 다음과 같은 내용의 본인 박경석의 입장을 밝혀 육군군사연구소를 통해 국방부에 답한다.

특히 국방부 측은 육군의 견해와 달리 위계에 의한 백선엽의 주장을 옹호함으로써 가짜 호국영웅을 기정사실화하고 있어 놀라움을 금치 못한다.

본인은 軍史 정의를 위한 史料로 후대에 교훈으로 남기기 위한 충정으로 여기에 게재한다.

다음 항목 기술 내용은 국방부 정책기획관실 보고(2015.11.11)에서 언급한 사안이다. 이어진 기록은 육군군사연구소에서 국방부 정책기획관실에 통보한 원문과 같다.

국방부 정책기획관실 공문에 의한 육군군사연구소 질의서 항목

1. 백선엽 장군의 친일 행적 비판
2. 인사참모차장 근무 시 참모총장이었던 이희성 장군과의 악연
3. 태극무공훈장에 대한 폄훼 발언

4. 1981년 실시한 '고 심일 소령의 공적진위조사'의 경과

5. '심일상' 제정 및 '심일 동상' 건립과 관련하여 배경 및 추진과정

박경석 장군의 답변

본인은 국방부 정책기획관실 공문(2016.11.11)과 관련된 사실의 확인을 위한 육군군사연구소의 질문을 받고 아래와 같이 진실을 밝힌다.

1. 백선엽 장군의 친일 행적 비판

백선엽 장군이 명예 원수로 추대된다는 내용을 접한 후, 대한민국의 건국 이념과 우리 군의 건군 이념에 배치된다고 판단하여 명예 원수 추대가 적합하지 않다고 결론을 내렸다.

이에 본인은 군사평론가협회 회장 직함으로 2009년 3월 27일, 2010년 4월 19일 각각 1, 2차 성명서를 발표한 바 있다(Daum 카페 '박경석 서재--진행 중인 연재' 참조).

아래의 기록은 일본인 작가와 백선엽이 1960년도 대담한 내용이며, 백선엽 자신의 회고록 '군과 나'의 내용과 일치한다.

주요 내용은 다음과 같다.

"…이와 같이 소규모이면서도 군기가 잡혀 있는 부대였기에 게릴라를 상대로 커다란 전과를 올렸던 것도 당연한 일이었다. 우리들이 추격했던 게릴라 중에는 많은 조선인이 섞여 있었다."

"주의 주장이 다르다고 해도 한국인이 독립을 위해 싸우고 있었던 한국인을 토벌한 것이기에 때문에, 이이제이 以夷制夷(오랑캐는 오랑캐로 잡는다)를 내세운 일본의 책략에 완전히 빠져든 형국이었다. 그러나 우리가 전력을 다해 토벌했기 때문에 한국의 독립이 늦어진 것도 아닐 것이고 우리가 일본을 배반하고 오히려 게릴라가 되어 싸웠더라면 독립이 빨라졌다고 할 수 없을 것이다. 그렇다 하더라도 동포에게 총을 겨눈 것은 사실이었고 그 때문에 비판을 받더라도 어쩔 수 없다."

"주의 주장이야 어찌 되었건 간에 민중을 위해 한시라도 빨리 평화로운 생활을 하도록 해주는 것이 칼을 쥐고 있는 자의 사명이라고 생각할 수밖에 없었다. 내가 근무하던 간도특설대에서는 대원 한 사람 한 사람이 그런 기분을 가지고 게릴라 토벌에 임하였다. …"

백선엽 자신은 당시 국방장관 김태영에게 보낸 공문에서 "본인은 간도특설대에 근무한 사실은 있으나 토벌작전에는 참가하지 않았다."라고 주장하였다. 그러나 그의 주장은 상기한 자술 기록을 통하여 비추어 볼 때 명백한 허위임이 밝혀졌다.

당시 국방장관 김태영은 본인 광화문 서재에서 국방부 인사복지실장(육군 소장)과 담당 과장(육군 대령)을 보내어 사실 확인 작업에 들어갔다. 한편, 채명신 장군과 상의하고 면밀히 검토한 결과 위의 내용이 진실임이 밝혀졌다. 따라서 백선엽의 명예 원수 추대는 백선엽 자신의 희망과는 달리 좌절되기에 이르렀다.

위 일련의 사실이 어찌 국가나 군을 위한 것이 아닌가. 대한민국의 정통성과 우리 국군의 숭고한 건군 이념이 훼손될 뻔한 중요한 사안이었음을 밝힌다.

만일 건국 최초의 명예 원수가 백선엽이 되었다면 세계 군사학계軍史學界의 웃음거리가 되었을 뿐만 아니라 북한 공산군의 남침 전략을 합리화시키는 자가당착의 우를 범할 뻔한 사건이었다.

2. 인사참모부 차장 근무 시 참모총장이었던 이희성 장군과의 악연

제1군단장 축출 사건의 내용은 명지대학교 교재로 사용되는 『박정희 시대와 한국현대사』(정성화, 강규형 교수 엮음. 선인출판사. 2007. 170~178P 박경석)에 기록돼 있다. 내용은 다음과 같다.

"박정희와 군부를 논할 때 가장 크게 부정적으로 인식된 사건이 '윤필용 사건', '하나회 정치군인 사건', '12.12 군사반란 사건' 등을 떠올리지만 세상에 널리 알려지지 않은 사건이 있었으니 '제1군단장 축출 사건'이다.

1976년 수도권 북방 방위 책임을 맡고 있던 제1군단은 양봉직 중장이 군단장이었다.

당시 군단장의 친형이 양순직 공화당 국회의원이었는데 박정희 대통령의 3선 개헌을 반대하고 나서자 박정희의 눈 밖에 났다.

이에 착안한 당시 진종채 보안사령관은 제1군단장 양봉직 축출을 구상했다. 그때 육사 8기생 군단장은 충청도 출신의 이재전 중장과 강원도 출신의 이범준 중장이었기 때문에 영남권 8기생들은 위기의식을 느끼고 있었다.

군단장을 거쳐야 군사령관 참모총장으로 이어지는 군권을 장악할 수 있는데 8기생 영남 출신이 자칫 전멸할 수 있다고 분석한 것이다.

따라서 진종채 소장과 이희성 소장의 음모가 시작되었다. 양봉직 제 1군단장을 축출하고 그 자리에 이희성 소장이 가고, 진종채 소장은 사단급인 육군 보안사령부를 해군과 공군을 통합한 군단급으로 격상하면 영남권 두 군단급이 만들어진다고 결론을 냈다.

그러나 강직하고 그 낌새를 알고 있던 양봉직 중장이 약점을 노출할 리가 없었다. 그러자 진종채는 최후 방책으로 양봉직 군단장이 방위 성금을 착복했다고 박정희 대통령에게 허위 보고해 단 하루 만에 제1군단장을 교체했다.

진종채는 육해공군 통합 보안사령부를 맡아 군단급으로 격상시켜 중장으로 진급했고 이희성은 제1군단장에 취임함으로써 두 명의 8기생 영남권 군단장직을 확보했다.

위의 기록에 대한 추가 사실은 다음과 같다.

공병여단장 황오연 준장은 양봉직 제1군단장에게 부대 운영비로 사용하라고 3천만 원을 건네자 "내가 부대를 운영하는 것이 아니고 참모장 박익주 장군이 부대 운영을 하는 것이니 박익주 장군과 상의하라." 하며 공병여단장을 되돌려 보냈다. 당시는 예산이 부족할 때였으므로 부대 운영비를 편법으로 조달하고 있었다. 이에 진종채 보안사령관은 양봉직 장군을 축출하기 위해 이 자금으로 양봉직 장군을 옭아매려는 계획을 세웠다.

이러한 사연이 있는 내용을 이용하여 박정희 대통령에게 양봉직 장군이 방위 성금 3천만 원을 착복했다고 허위보고 했다. 대통령은 격분하여 바로 그날부로 양봉직 군단장을 해임 예비역에 편입시키고 이희성 소장이 중장으로 진급 군단장으로 부임시켰다.

이러한 일이 있은 후 단 한 푼도 착복한 적이 없는 양봉직 군단장의 억울한 사정이 세상에 알려지기 시작했고 진종채 보안사령관은 어려움을 겪게 되었다.

당시 박익주 제1군단 참모장 후임으로 부임한 나는 어수선한 분위기가 팽배하고 있을 무렵, 진종채 보안사령관으로부터 만나자는 연락을 받았다. 나는 보안사령관실로 찾아갔다.

진종채 보안사령관은 나에게 "박 장군은 전도가 유망하니 이 문제에 대해서 더 이상 확대하지 말고 3천만 원 방위 성금을 양봉직 군단장이 착복한 것으로 알고 있어라. 대신 잔고(약 350만여 원)는 박 장군 개인이 사용해도 좋다."라고 말하는 것이었다.

나는 "양봉직 군단장이 단 한 푼도 착복하지 않은 것을 알고 있는데 제가 어찌 한 나라의 장군으로서 거짓말을 할 수 있겠습니까. 이 잔금 통장도 저는 받을 수 없습니다."라며 그의 회유를 받아들이지 않았다.

나는 앞날에 불길한 예감을 느꼈지만 정의를 택하는 편이 떳떳하다고 생각해 그대로 밀고 나갔다. 이 과정에서 나의 신뢰성과 관계되는 잘못이 있는가? 국방 당국자에게 묻고 싶다.

상기 내용이 제1군단장 축출사건의 숨겨진 진상이다.

이 사건으로 나의 앞길은 험난했다.

3. 태극무공훈장에 대한 폄훼 발언

나는 태극무공훈장을 폄훼한 적이 없다. 태극무공훈장은 우리나라의 1등급 무공훈장이며 군인 최고 명예의 상징이다. 다만 태극무공훈장이 수여되는 과정에서 예외의 경우가 있어 종종 문제가 발생하기도 한다.

상훈법에 의하면 무공훈장은 '적과 전투를 한 공적의 포상'임이 명시되어 있는데 그렇지 않은 경우가 있어 지적한 것이다. 즉 무공하고 관계가 없는 경우에 수여되는 아래와 같은 경우를 비판한 것이다.

가령 이인호 소령은 직접 전투와 관계가 없는데 그 숭고한 뜻이 살신성인이라 하여 예외적으로 수여되었다.

또한 월남전 안케패스Ankhe Pass 전투에 수여된 태극무공훈장은 분명한 패전을 감추기 위해 정책적으로 수여되었고 백마사단 대대장이 지뢰사고로 순직한 것에 대한 태극무공훈장 역시 전투 공적과 직접적인 관련이 없다는 것을 지적하였다.

즉 심일 중위에게 수여된 태극무공훈장과 같은 경우를 비판한 것이다. 이미 심일 소령의 행적에 대해서는 여러 번 언급 발표된 사항이므로 여기서는 언급하지 않겠다.

나의 문제 제기와 비판은 태극무공훈장을 폄훼한 것이 아니지 않는가. 수여 방법이 잘못되었다면 당연히 지적하고 비판하는 것이 군을 사랑하는 군사평론가의 책무일 것이다.

4. 1981년 실시한 '고 심일 소령의 공적 진위 조사'의 경과

6·25 한국전쟁 휴전 직후, 고 심일 소령의 태극무공훈장은 많은 장교들이 공분하게 이르는 뒷말을 남겼다.

심일 소령의 태극무공훈장이 계속 문제가 제기되자 마침내 1981년 초 내가 인사참모부 차장직에 있을 때, 심일 태극무공훈장에 대한 진정서를 접수하게 되었다. 분명히 잘못된 무공훈장 수여라는 것이었다. "도망간 자에게 태극무공훈장을 수여한 군대가 어디 있느냐."라는 것이 진정 내용이었으며, 육군본부는 이 문제에 대한 진상조사에 나섰다.

나는 당시 당연직 공적심사위원장으로 이 문제를 접수하였고 담당과 장 최준식 대령에게 철저히 조사하여 보고하도록 지시하였다.

당시는 많은 관련자가 생존하고 있었다. 심일 소령 주변 인물과 당시 문제의 현장 근처에 있었던 장병들 수십 명이 이구동성으로 허위날조라며 부당성을 지적하였다. 단 한 사람도 이의를 제기하지 않았다.

나 육군본부 공적심사위원장은 고 심일 소령의 태극무공훈장이 잘못 주어진 것으로 판단하고 인사참모부장 김홍한 장군에게 보고한 후 태극무공훈장 삭탈을 건의하였고, 이 문제에 대한 결론을 내렸다.

그러나 당시 전두환 정권의 출범으로 어수선할 때였으므로 더 이상 진척이 없었고 나는 동년 7월 31일 자로 군복을 벗었다.

5. 심일상 제정 및 동상 건립과 관련하여 알고 있는 사실

심일상 제정(2002년) 3, 4년 전에 미국 육군보병학교 유학 동기생인 손희선 예비역 장군이 나를 여러 번 찾아왔다. 당시 나는 백선엽 국방부 군사편찬연구소 자문위원장실 맞은편에서 군사평론가협회 회장, 전우신문사 회장으로 재직하며 사무실을 운영하고 있었다.

손희선 장군은 나에게 "박 장군이 군사평론가협회 회장, 전우신문사 회장이니 태극무공훈장 수훈자인 고 심일 소령을 영웅화시키는 데 앞장서 달라."라고 부탁하는 것이었다.

월남전 영웅으로 강재구 소령 동상이 육사에 세워졌고 재구상이 제정된 반면, 6·25 한국전쟁 영웅의 동상과 상이 없으므로 6·25 전쟁에 대한 인식이 멀어질 가능성이 있기 때문에 6.25 한국전쟁 영웅에 태극무공훈장을 수여 받은 심일 소령을 추대하며 심일상을 제정하자고 제의하는 것이었다.

나는 반색斑色을 하면서 "이미 1981년 육군본부에서 심일 소령의 태극무공훈장이 잘못 수여된 것으로 결론이 났으므로 불가능하다."라고 단칼에 잘랐다.

그러나 손희선 장군은 정색을 하면서 내 사무실 맞은 편에 위치한 백선엽 군사편찬연구소 자문위원장실로 안내하는 것이었다. 아마 백선엽 장군을 통해서 나를 회유하려고 하는 것을 느낄 수 있었다. 아니나 다를까 백선엽 장군은 나를 반갑게 맞으며 나를 향해 국보國寶님이 오셨다고 추켜세우며 다음과 같이 진지한 표정으로 나를 설득하는 것이었다.

"6·25 한국전쟁 영웅으로 추대합시다. 박 장군 말도 일리가 있지만 신이 아닌 이상 완전한 사람이 어디 있겠소. 일본의 '軍神 肉彈3勇士'도 알고 보면 불확실하지만 국민계도國民啓導를 위해 전쟁 영웅으로 추대하며 교과서에도 게재하였는데 태극무공훈장 수상자인 심일 소령상을 제정하고 동상을 세우는 게 뭐 그리 어렵게 생각하오." 라고 얼러대기에 나는 벌떡 일어나며 "저는 찬성할 수 없습니다."라고 말하며 백선엽 장군실을 나왔다.

몇 년이 지난 후 육사에 심일 동상이 세워지고 심일상이 제정되었다는 소식을 듣고 깜짝 놀랐다. 나는 즉시 손희선 장군에게 "어떻게 된 일이냐."라고 물었다. 대답인즉 자기가 뛰었으나 안 되었고 백선엽 장군이 직접 나서서 육군에 압력을 넣어 해결했다고 말했다.

따라서 심일상 제정과 동상 건립은 국방부와는 전혀 관계없이 백선엽 장군이 단독으로 추진 및 성사케 했으므로 이 일에 대해서 국방부가 나설 일이 아니다.

지금까지 기술한 내용에 대해 본인은 무한 책임을 진다.

군사평론가협회 회장
박경석 (예) 육군 준장

17. 역사와 전쟁에서 찾는 교훈

역사의 흐름에서 보면 전쟁은 질서의 파괴자가 아니라 질서의 결정자로서의 역할이 더 컸다. 어쩔 수 없이 발생하는 인간에 의한 의견 대립과 이해관계의 상충은 신이 해결해 주기 전에는 하나도 결말이 날 수 없는 복잡성을 가지고 있는 것인데, 여태껏 신이 해결해 준 사실은 그 옛날 신화밖에 뚜렷하게 나타나지 않았기 때문이다.

그렇다면 누가 그 대립과 벌여 놓은 복잡한 난제를 해결해 줄 것인가? 유일한 해결 수단으로 어쩔 수 없이 전쟁이라는 불행한 방법을 사용할 수밖에 없게 된다. 따라서 국가마다 이익을 관철하고 이익을 도모하려면 국력에 바탕을 둔 적절한 군사력을 갖지 않을 수 없게 된다. 그리하여 그 군사력을 직접 사용하지 않고 군사력의 위세만을 내세워 상대방을 굴복하게 하여 해결하든가, 그렇지 못할 때 군사력을 직접 사용하는 전쟁을 통하여 목적을 달성할 수밖에 없는 것이다.

국가의 군사력은 그 나라의 흥망과 밀접한 관계가 있다. 호전적인 지도자에 의하여 과도한 군사력과 군사 행동으로 멸망을 자초하는 경우가 있는가 하면, 전쟁을 두려워하거나 군사력 확보를 주저하였을 때 다른 나라의 침략을 막아내지 못하여 멸망하는 경우도 생긴다. 그런 사실은 역사에서 흔히 찾을 수 있다.

그러므로 역사에 기록된 사실은 경험을 통해서 생긴 것이기 때문에 가장 정확한 입증력을 가지고 있다. 따라서 적절한 군사력 구비와 국민의 상무 정신 고취는 역사상 위기를 극복하고 국가를 보전하는 데 직접적인 영향을 미쳐왔으므로 국가 보전의 측면에서 전쟁과 역사의 문제는 중요하다. 그것은 역사에서 찾아야 하는 엄숙한 교훈이기도 하다.

그렇다면 역사에서 전쟁의 의미는 가장 중요할 수밖에 없다는 명제에 당면하게 된다. 전쟁을 원하지 않는 인류의 공통적인 소망에 상당한 불쾌감을 안기는 일임에 틀림이 없지만, 또한 어쩔 수 없는 사실임을 긍정할 때만이 생존할 수 있다는 진리를 깨닫게 된다.

제2차 세계대전이 끝나면서 지구상에는 상당 기간 전쟁이 발발하지 않으리라고 많은 정치가나 군사평론가들이 전망했다. 그러나 그것은 평화를 염원하는 인류의 소망일 뿐이지 전쟁은 국부적이나마 계속되어왔다. 역시 인간의 의견은 항상 대립하며 인간의 이해관계는 언제나 상충할 수밖에 없기 때문에 그러한 혼돈을 인간 스스로 해결하지 않는 한 그 외의 해결은 불가능하다는 이치에 당면하게 된다.

정치 권력의 야망에 의해 터무니없고 일방적인 결정에 따라 무모한 전쟁 속에 뛰어들게 하여 자국민이나 상대국은 물론 모든 인류에게 커다란 불행을 남겼다. 참으로 인류 역사상 불행한 일이었다. 그러나 이러한 사실은 역사적으로 중요한 과오임에 틀림없지만, 역사적인 사실로 기록된 이상 역사학자는 물론 정치가나 군사 지도자에게 중요한 교훈이 된다는 것을 강조한다. 따라서 인류에게 무모한 전쟁으로 많은 인류가 죽고 자신마저 그 멍에를 쓰고 마침내 파멸한다는 명백한 사실을 다음 지도자가 역사에서 배우고 알게 된다면 그 교훈은 가치 있는 역사의 자료가 된다.

우리나라와 관련된 역사적 사건으로서 임진왜란 당시와 그 후 약 300년간의 역사를 살펴보면 그러한 교훈의 일면을 확인할 수 있다. 때는 임진년, 일본의 도요토미 히데요시는 야욕에 눈이 어두워 마침내 한반도를 침략하기에 이른다. 그는 단숨에 조선을 제압하고 대륙의 명나라까지 정복할 수 있을 것이라는 망상에 빠져 있었다.

임진년 이후 몇 년이 지나면서 조선을 침략한 왜군은 곳곳에서 난관에 봉착하게 되었다. 단숨에 조선을 정복할 수 있을 것이라고 믿었던 한반도에서는 작전의 진전을 보지 못하고 있었다. 왜군이 남쪽에서 북쪽으로 밀고 올라가면 남쪽에서 의병이 일어나고, 북쪽에서 남쪽으로 내려오면 북쪽에서 의병이 일어나면서 중요 도읍이나 성을 점령하였는데도 조선군의 저항은 계속되었다.

더욱이 남쪽 바다에서는 이순신 장군이 이끄는 조선 수군 때문에 왜군은 병력 보충은 물론 무기, 탄약 등 병참 물자의 수송에 장애를 입어 전투력을 유지하는 데 치명적인 타격을 받게 되었다. 이 무렵 왜군 내에서는 괴상한 유언비어가 돌기 시작했다. 신출귀몰하는 초인적인 이순신 장군에 관한 것이었다. 날이 갈수록 왜군의 사기는 저하되었다.

조선군은 말할 것도 없고 의병과 승병, 글만 알고 있었던 유생까지도 왜군을 괴롭혔다. 왜군은 엎친 데 덮친 격으로 일본 본토 사정이 더욱 복잡해지고 있었다. 마침내 침략의 최고 결정자 도요토미 히데요시가 화병으로 죽고 말았다. 원흉이 죽은 뒤 왜군은 본국으로부터 철수 명령을 받았다. 그러나 이순신 장군은 좋아하기는커녕 오히려 전의를 가다듬고 철수로를 확보하려는 왜군에게 철퇴를 가했다.

"7년을 두고 무수한 동포를 살상할 대로 살상하고, 강토를 유린할 대로 유린하다가 이제와서 저희들이 돌아가고 싶다고 해서 마음대로 돌아가게

끔 내버려 둘 수는 없다."라고 선언한 이순신 장군은 명나라 장수 진린의 철수 제의를 묵살하고 왜군에게 압박을 더욱 가했다.

"보라! 우리 민족의 원수를 갚을 때는 이때다. 한 척의 배도 못 돌아간다!"라고 진두지휘하면서 퇴각하는 왜군에게 결정적인 타격을 가한 뒤 마침내 통한의 전사를 맞는다. 이 역사적 사건은 여기서 끝난 것이 아니다. 도요토미 히데요시 이후, 일본의 새 통치기관인 도쿠가와 바쿠후德川幕府의 역대 통치자는 이 사건을 교훈으로 알고 280년간 조선의 침략을 포기하고 화친과 통상 관계를 맺어 왔다. 도쿠가와 바쿠후가 한반도가 탐이 나지 않아서 침략을 포기한 것이 아니라 바로 임진왜란 7년간의 국민적 저항과 마지막 퇴각할 때까지도 고삐를 늦추지 않고 섬멸적 타격을 가한 이순신 장군의 위세에 눌려 조선을 넘보지 못했던 것이다.

도쿠가와 바쿠후는 역사에서 교훈을 찾는 현명함이 있었기에 평화를 유지할 수 있었다. 그러나 일본의 군부는 이른바 명치 건군 이후 다시 망상에 사로잡혀 한반도를 병합하고자 하는 등 침략의 마각을 드러내면서 태평양전쟁을 일으켜 멸망의 길에 들어섰다. 젊은 혈기와 경망한 일본 군국주의가 준엄한 역사의 심판을 받은 것이었다.

역사에서 인과법칙因果法則은 가장 명확한 결론을 제시한다. 어느 중요한 사건들이 어떤 원인에 의해서 발생하였을 때 원인의 내막과 결과를 당시에 알아낼 수 없는 난관에 봉착할 때가 있다. 사실대로 밝힐 수 없는 방해 요인이 잠재되어 있기 때문이다. 시간이 흘러 그 사건이 역사적인 사실이 되었을 때는 그 원인을 찾아낼 수 있고 그 결과가 뚜렷하게 부각된다.

그것이 역사의 장점이다. 그러한 이유로 역사에는 교훈이 충만해 있다. 따라서 리더, 특히 지휘관이 전사戰史에 한정해서 교훈을 찾는 것은 현명하지 못한 생각이다. 전쟁을 알려면 전사만으로는 부족하다. 전사 자체는 전쟁에 대한 광범위한 요소가 포함될 수 없다.

오히려 전쟁은 전사 쪽에 가까운 것이 아니라 역사 속의 정치 분야나 시대적 배경에 더 밀접한 관계를 갖고 있다. 따라서 지휘관으로서 전략적 식견과 탁월한 통찰력을 구비하기 위해서는 역사를 인식하고 활용할 줄 알아야 한다. 더구나 분단의 비극 속에 있는 한민족의 현실을 감안한다면 동족 간 사상적인 승리가 최후의 승리자가 될 것이다.

18. 중국 사상 문화의 영향

중국은 역사를 통하여 우리나라와 숙명적이라 할 정도로 밀접한 관계를 유지해 왔다. 한반도는 지정학적·역사적으로 중국의 위협을 받지 않을 수 없는 위치에 있었으므로 중국은 어느 시대에나 경계의 대상국이었으며 잠재적 적성 국가였다.

6·25 한국전쟁에서 우리가 입은 상처는 너무나 컸다. 국군이 압록강에 도달하여 통일의 환희에 젖고 있을 때, 1950년 10월 중공군 대병력이 전쟁에 개입하여 남북통일의 꿈이 무산되었다. 그러나 지금은 경제적으로 상호 협조하는 과정에서 서로의 이익을 위한 관계를 유지하고 있다. 그러나 분단국가인 대한민국은 북한과 밀접한 관계를 맺고 있는 중국을 주의

깊게 의식하지 않을 수 없다.

김일성―김정일―김정은 3부자의 세습으로 인한 부작용과 핵 개발로 종전보다 다른 기류가 흘러 중국과의 거리가 옛날과는 달리 멀어진 것 같지만, 장차 한반도의 통일 과정에서 어떤 마각을 드러낼지 궁금한 일이다. 여하간 중국은 언제나 한반도의 운명에 직간접으로 영향을 미쳤다.

지난 5,000년 역사와 같이 한반도는 중국으로 말미암아 변화무쌍한 상황이 전개될 수 있으리라는 추정이 가능하다. 따라서 지휘관은 물론, 모든 분야의 리더들은 중국의 패권주의와 중화사상의 실상을 알아야 하고 철저히 대비해야 한다. 더욱이 중국은 동북공정이라는 명분을 내세우고 만주 땅의 고구려 흔적 지우기와 고구려를 복속 국가화하려는 실정이므로 우리가 대처해야 할 난제는 산더미처럼 쌓여 있다. 그런 이유에서 먼저 중국의 예상되는 패권 야심과 중화사상의 심층을 연구하기 위해 중국 문화의 근간으로부터 강론하기로 한다.

여기에서 언급하는 중국인의 사상이란 리더의 특성을 연구하는 데 필요한 분야임을 전제로 한다. 그러나 고대 중국의 병학 사상이 발전하며 초기 병법이 이루어지는 과정에서 필연적으로 영향을 미친 철학 사상을 비롯한 중국의 한자 학문에 관한 사항이 어느 정도 배제할 수 없음을 알게 될 것이다.

중국은 황하 유역에서 문명이 일어나면서 중국 대륙은 물론 주변 국가에까지 많은 영향을 미치게 됨으로써 마침내 광대한 한자 문화권을 형성하게 되었다. 중국의 모든 문화와 학문은 표의문자인 한자로부터 시작된다.

그만큼 한자는 중국인의 사상·문화와 밀접한 관계에 있으며, 심지어 중국의 문화와 학문을 한자 문화 또는 문자 학문으로 비유하는 학자도 있다.

한자는 4,000여 년 이상 중국을 지배하여 오는 과정에서 중국인의 학문으로서 금자탑을 쌓아 왔음에도 오늘날에는 문명의 낙후를 초래한 원인이 되었다고 비판받게 된 것은 역사의 아이러니이다. 더구나 인터넷을 통한 사이버 공간에서 한자의 비능률성은 매우 심각한 상태에 있음을 보여주고 전자과학의 발전에도 영향을 미치고 있다.

글자 자체가 학문을 형성하리만치 한자는 『강희자전康熙字典』에 수록된 것만 해도 49,030자에 이른다. 『강희자전』은 청나라 2대 황제인 성조 때(1716년) 칙명에 따라 편찬한 당시의 한자이고, 지금은 모든 한자 수가 무려 85,568자를 헤아린다. 온 생애를 통하여 한자 공부만 해도 시간이 모자랄 정도다. 한자 때문에 골치를 앓는 건 누구보다 중국인 자신이다.

그들은 자신의 글에 대해서 근본적인 결점을 말하고 있다. 글자가 많고, 꼴이 많으며, 소리가 많다는 것. 즉 '3다三多'가 그것이다. 때문에 알아보기 어렵고, 읽기 어렵고, 베끼기 어렵고, 쓰기 어렵고, 가리기 어렵다는 '5난五難'이 따른다. 게다가 모든 문자는 꼴을 나타내고, 뜻을 나타내며, 소리를 나타내는 복잡성이 가중되기 때문에 한자의 제약은 분명하다.

중국 당국은 마침내 문자 정책에 일대 단안을 내리기에 이르렀다. 즉 난해한 한자로부터 해방되기 위하여 문자 개혁을 단계적으로 추진하기로 결정한 것이다.

첫 단계는 글씨체를 간추리는 것으로부터 시작했다. 많고 복잡한 획을 줄여 간소하게 자체를 바꾸었다. 지금의 중국이 사용하고 있는 한자가 바로 1956년에 쓰기 시작한 간체자簡體字이다. 그러나 뜻한 대로 성공하지 못했다고 자평하는 한자학자가 많다. 중국만 사용하는 간체자로 바꾸고 보니 전통 한자를 전용하는 타이완이나 한자를 혼용하고 있는 일본과 서로 글꼴이 달라 혼돈되어 한자 문화권이 붕괴되었다는 주장이다.

더욱 문제가 되는 것은 중국 내부의 문제이다. 신세대 중국인들이 자기 나라의 고전을 연구하고자 할 때 옛 한자를 다시 배워야 한다는 부담이 가중되었다. 필자도 한자를 배운 사람에 속하지만 중국에 가서 간체자를 접하면 모르는 글씨가 태반이다. 더러 비슷한 글자도 눈에 띄지만 엉뚱한 한자가 더 많다.

두 번째로 한자 '표음화'안을 실천하는 일이다. 이것은 참으로 문자뿐만 아니라 중국인의 의식 구조 면에서도 일대 개혁이 아닐 수 없다. 계발을 위해 신강 위구르 자치구에서 로마 자모 26자로 표음문자를 한자 대신 시험적으로 사용하도록 시도했으나 잘 되지 못하고 중단된 상태이다. 한자의 표의문자화의 성공은 뜻밖에도 베트남에서 먼저 이루어졌다. 17세기 중엽에 프랑스 지배하에 있을 때 포르투갈의 신부 알렉산드르 드 로드 Alexandre de Rhodes에 의해서 한자인 베트남어를 라틴어체로 문자 개혁을 단행했다. 따라서 베트남은 현재 라틴어체로 표기해서 사용하고 있으므로 문자에 관한 한 중국보다 선진국이 된 격이다.

한자에 관한 현재 상황에 대해 알아본 것은 중국인에 대한 것을 아는 데에 무엇보다 중요한 것이 중국인들의 문화 생활을 지배하여 온 한자에 대한 점을 이해해야 그 심층을 알 수 있기 때문이다. 4,000년 동안 중국인이 한자를 사용함으로써 입은 피해는 엄청난 결과를 가져왔다고 그들 자신이 지적하고 있다. 오늘날 13억 인구가 현대문명과 뒤처진 끝에 많은 인민이 빈곤에서 벗어날 수 없었다고 판단한 것이다.

한자를 익히는 학문이 전체 학문처럼 인식되어 온 중국인의 사고 과정을 볼 것 같으면 한문을 읽고, 익히고, 쓰는 것만큼이나 어려운 문제로 가득 차 있었다고 보는 것이다. 대륙성이라는 성격은 대륙에 상주하기 때문에 형성되는 성품이지만, 중국인의 성격에 관한 한 한문이 상당히 영향을 주었다는 점을 지적하고 싶다. 글자를 익히는 학문이 한평생 걸리니 다른 생각을 할 겨를이 없었을 것이다.

특히 아무리 간소하게 한자를 고쳤다고 하지만, 컴퓨터 시대에는 타자하는 데 너무 속도가 느려 새로운 문제에 봉착했다. 가령 우리 한글은 같은 문장을 타자하는 데 중국의 한자보다 무려 10배 이상 빠르다. 한자의 타자 시 속도가 느린 것 말고도 여러 복잡한 문제 때문에 골머리를 앓는다.

이런 점에서 세종대왕의 한글 창제 위업에 고개가 숙여진다. 여하간 중국은 한자로 말미암아 많은 분야에서 제약을 받고 있다는 것을 알고 현대화를 위하여 전진하고 있다. 그러나 문자혁명을 통하여 중국인의 의식 구조까지 변조되면서 그들 전통 사상에 영향을 미치게 될 때까지는 상당히 오랜 세월이 필요할 것이다. 중국은 한반도를 지배하는 과정에서 군사력과 함께 한자 문화를 이용하였다.

한글은 세종대왕 이후 늘 음지에서 천대를 받아 왔다. 중국에 대한 사대주의가 보편화되어 있었기 때문에 조선시대에는 한자만이 학문 대접을 받았다. 그래서 한글은 언문諺文, 암클(여인이 쓰는 글), 반절反切 등으로 불려 조선시대 내내 나라의 글로서 자리를 잡지 못했다. 한글의 위대한 가치는 컴퓨터 시대에 들어서면서 빛나기 시작했다. 세계 어느 나라 글보다 제일 신속히 의사를 전달하는 수단으로 인정된 것이다.

50년 전만 하더라도 누가 한글이 한자를 역전할 것이라고 상상이라도 했겠는가. 이제 4,000년 동안 광채를 뿜냈던 한자가 음지로 들어가는 신세가 되었다. 그런데도 일각에서 한자 혼용을 주장하고 나서고 있으니 참으로 안타까운 일이다. 내가 이런 강론을 한다고 한자를 무시하자는 것과는 근본적으로 다르다. 한자는 동양철학의 근원이며 동양사상의 골격이므로 오히려 학문으로서의 가치로 높이자는 것이다. 더구나 우리가 쓰는 어휘 상당 부분이 한자로부터 연유했기 때문에 한자를 무시하고서는 학문의 심층을 이해하기 힘들다. 다만 늘 쓰는 글로 한글을 전용해야 한다는 이치이다.

한자는 전공 학문으로 돌리자는 것이다. 바로 북한의 어문 정책이 그러하다. 나는 한글 전용 문제에 대해서 낙관한다. 정부나 어떤 기관에서 강제하거나 권장하지 않았어도 문학 작품을 비롯한 모든 서적이 거의 100% 한글을 전용하고 있기 때문이다. 더구나 우리나라 가상공간에 올라오는 글 모두가 한글 일색이다. 한자 혼용을 주장하는 사람들의 요구하는 대로 시행된다면 컴퓨터 문화에 큰 혼란이 닥칠 것은 당연하며, 그 혼란을 극복한다 해도 정보 전달 기능이 5배 이상 지연될 것이다.

한글은 21세기 컴퓨터 시스템을 위한 맞춤형 명품으로 4,000년 역사의 중국의 한자를 576년 역사의 한글이 굴복시킨 승리자라고 자랑할 수 있다. 한글 문화가 중국의 한자 문화를 이겨낸 것이다.

그 여세를 몰아 우리의 한글 세대 젊은이들이 문화 면에서 아시아는 물론 유럽에 이르기까지 한류韓流를 떨치게 되었다. 이 충격은 매우 중요한 의미를 갖는다. 우리 조상들이 마음 한구석에 가지고 있었던 사대주의 사상으로부터 비로소 해방되는 역사적 변환점이 되었기 때문이다. 이 충격파로 대한민국의 입지가 강화되었다는 사실을 부인할 수 없다. 광활한 중국 대륙 구석구석에서 한류가 위세를 떨치고 있으며, 우리의 공장들이 중국 곳곳에 세워져 자동차를 비롯한 선진 제품들이 쏟아져 나오고 있다.

19. 일본군 리더십의 퇴조

구 일본군의 「군대내무령」에는 다음과 같은 강령이 있다. 제2장의 '복종'에서 "명령은 근엄하게 이를 지키고 이를 시행해야 한다. 결코 명령의 옳고 그른 것을 논하거나 원인과 이유 등을 질문하는 것을 허용하지 않는다."라고 못박고 있다.

명령과 복종 관계에서 이 강령은 정답이다. 그러나 내가 지적하고 싶은 것은 그 명령이 정당해야 한다는 전제 조건이다. 군대는 명령에 의해 행동하는 조직이기 때문이다. 이를 악용한 초창기 국군에서는 정당하지 못한 것까지 명령으로 둔갑시켜 악용하는 폐습이 있었다는 데에서 많은 문제를 야기했다.

가령 정당하지 못한 명령이란 지휘관 자신이 개인 용무를 위한 부하에의 지시를 말한다.

당시에는 후생사업이라고 해서 거의 모든 부대들이 영업행위를 하고 있었다. 군용 차량을 민간 차량으로 위장하여 수송 영업에 사용하는가 하면 상당한 병력을 산판에 보내어 벌목에 종사시켜 그 장병의 임금을 착복하는 일 따위였다.

심지어 1949년 5월부터 채병덕 제2대 육군 총참모장은 업자를 시켜 전략물자인 의약품 등을 북측에 보내고 그 대가로 명태 등을 받는 통탄할 일까지 벌였다.

이 문제가 세상에 알려지자 이승만 대통령은 1949년 9월 31일부로 명태 교역에 정면으로 항거했던 제1사단장 김석원 준장과 함께 채병덕 총참모장을 파면했으나 웬일인지 1950년 4월 10일부로 채병덕만 제4대 총참모장으로 기용 복직시켰다.

정의감에 넘친 장교들은 반발했고 그로부터 인사상 불이익을 당하는 파행이 연이어 자행되었다. 불법 영업 행위로 축재한 일부 장성들은 그 여력으로 승진 가도를 달렸고 청렴을 기조로 하여 그런 행위를 비판하고, 정도를 향하던 일부 장성들은 도태되는 비극을 맞았다.

모함에 의해 군복을 벗은 청렴 장성 가운데 중국군 육군 소장과 광복군 참모장 출신인 김홍일 장군이 있고 일본군 출신으로는 김석원 장군 등이 있다.

오늘날의 우리 국군은 다른 어느 선진국 군대와 비교해도 손색없는 자랑스러운 체제를 갖추었다. 군사제도를 비롯하여 전략 전술, 현대 장비 조작, 인력 운영과 리더십에 이르기까지 비약적인 발전을 이룩했음은 대견스럽다. 나는 현재의 우리 국군을 세계 1급 군대로 평가한다.

1965년 10월, 육군의 맹호사단과 해병의 청룡여단이 월남전에 출진할 당시에는 모든 여건에서 후진성을 벗어나지 못하고 있었다. 가령 미국 등 다른 선진국 군대의 기본 병기는 M14 또는 M16 소총과 그에 버금가는 수준의 자동 소총인 데 반하여 우리는 고작 M1 소총과 카빈 소총으로 장비하고 있었다. 한마디로 삼류 군대로 빗댈 수 있었다. 맹호사단과 청룡여단은 베트남전에 투입되면서도 제1진은 구식 장비 그대로 전투에 임했다.

인사관리 면에서 결정적인 문제가 많이 발생했다. 육군의 인사 운영의 침체로 장교들의 사기가 극도로 저하된 상태였다. 당시에 있었던 문제점들을 되돌아보면서 오늘의 선진 국군이 어떤 험로를 걸어왔는가를 아는 것이 앞으로 잘못을 되풀이하지 않는 교훈으로 작용한다고 보기 때문이다.

군은 철저한 계급사회이다. 따라서 임관 서열과 능력 위주로 평가된 승진과 진출의 기회는 공정성이 전제되어야 한다. 또한 일정한 정년제도를 적용하여 후진에게 기회를 열어주는 것이 정상적인 군사 운영의 요체라 할 수 있다.

군 초창기에는 군사영어학교 출신들이 요직을 독점하면서 95%의 장성 진급율을 기록했다. 세계 군 역사에 유례가 없이 일이다. 군사영어학교라고 하지만 그 자체가 다른 장교 양성기관의 1개 기에 지나지 않는다.

군사영어학교 전체 임관자는 110명으로 일본군 출신 87명, 만주군 출신 21명, 중국군 출신 2명이다. 이 가운데 공산주의자 10명을 포함한 19명이 파면되었고 전사자 2명을 포함하여 사고사 등으로 27명을 제외하고 78명이 장성으로 진급함으로써 장성 진급에 누락된 장교는 5명에 불과했다. 이 78명 장성 진급자 가운데 대장 8명, 중장 26명이 배출됨으로써 이들의 고위직 독점이 얼마나 심각했던가를 말해주고 있다.

육군의 경우 이응준이 초대 총참모장을 맡았고 2대 채병덕, 특별임관 신태영의 3대를 거쳐 4대 총장으로 채병덕이 다시 복귀한 후 장장 20년 간 18대 김계원까지 군사영어학교 출신이 총참모장을 독점하고 있었다. 그 20년 사이에 6대 이종찬만이 특별임관자였다. 그러나 특별임관 신태영이나 이종찬은 같은 일본군 출신으로서 군사영어학교 출신과 성분 면에서 같다고 보아야 한다.

어디 그뿐인가. 채병덕을 비롯한 정일권, 백선엽 등 일본군 만주군 출신 장성들은 각각 두 번씩 총장을 연임하였다. 합참의장의 경우 초대 이형근으로부터 9대 장창국에 이르기까지 13년간을 군사영어학교 출신이 독점하였다. 합참의장도 김종오는 3대를 연임하였으며 이형근, 정일권, 백선엽, 최영희, 김종오 등은 총장과 합참의장을 각각 중복 연임했고, 특히 정일권과 백선엽은 총장 2회, 합참의장 1회를 연임함으로써 극심한 인사 적체를 가져왔다.

이와 같은 인사 적체는 현대적 개념의 군사 시스템하에서는 생각할 수 없는 파행이었으며 이로 인한 폐단은 전체 장교들의 극심한 사기 저하로 이어지고 있었다.

급기야 육사 8기생의 하극상 사건이 발생하여 군 내부뿐만 아니라 세상을 시끄럽게 했지만, 육군 일각에서는 당당한 욕구 불만으로 보고 그들의 탈선행위를 오히려 옹호하는 장교도 있었다.

군사영어학교 출신 장성들에 의해 군 수뇌직이 장기간 독점되었기 때문에 후진들은 진급과 진출의 기회를 놓침으로써 비능률과 함께 불평과 불만이 군 전체에 파급되기에 이르렀다.

육사 8기생의 경우 소위에서 소령까지 승진하는 데 4년이 걸린 반면에 소령에서 중령으로 승진하는 데는 8년이 걸렸다. 소령까지의 빠른 진급은 육군의 증편 때문이었고 한 계급 8년의 정체는 군사영어학교 출신의 상위직 독식의 여파였다.

김종필 중령 등에 의한 육사 8기생 하극상 사건은 마침내 5·16 쿠데타의 원인으로 작용하였다. 5·16 이후, 인사 적체로 인한 여러 폐해를 의식한 혁명정부는 계급정년, 연령정년, 근속정년 등 각종 정년제도를 포함한 인사법을 1962년 제정하였다. 이는 상당히 발전적인 인사 운영 체계로의 진입이었다. 그렇다고 군 인사 운영이 정상궤도에 오르지는 못했다. 이른바 혁명주체 세력은 전자와 못지않게 인사의 파행을 계속했기 때문이다.

하극상 사건으로 군복을 벗은 예비역 중령 김종필 등 8기생들은 현역으로 복귀하자마자 모두 대령으로 특진하였고 장성 이상의 실세로 권력을 행사하기 시작하였다. 그 후 김종필 대령 등 8기생 26명은 자신들이 제정한 인사법을 무시하고 육군 준장으로 특진하고 이어서 예비역에 편입한 뒤에 정치권력 제일선에 뛰어들었다. 이 무더기 장군 진급은 당시

영관장교들에게 커다란 충격을 안겼다. 그리고 그들 자신이 주장하고 있
었던 '5·16 군사혁명의 대의명분'이 훼손되어 불평불만의 소지를 만들
었다. 박정희는 정권을 장악하면서 소장에서 중장 그리고 대장으로 별 넷
을 달았다.

프랑스의 드골은 준장이었다. 그는 국민의 여망에 따라 얼마든지 별을
더 달 수 있었지만 끝까지 별 하나로 그쳤으며, 프랑스의 영광된 대통령이
되었다. 그에 비하여 박정희 스스로 대장 특진은 전례가 되어 그의 후광으
로 성장한 하나회 정치군인 전두환과 노태우도 줄줄이 별 넷을 달았다.

이상은 지난 우리 군의 부끄러웠던 족적이었지만 한편 한 국가의 건국
과정이 얼마나 많은 문제점을 헤쳐 나아가야 하는가를 보여준 역사의 과
정으로 소개해 둔다.

우리 군의 상층부는 모두 일본군과 만주군 출신으로 우리 장병들은 일
본군대식 군제와 리더십하에서 성장한 것을 알 수 있다. 그러나 1950년
대 초부터 많은 장교들이 미국에 유학해서 새로운 군사제도와 군사사상
에 접하면서 일본군대 리더십과 미국군대의 리더십이 상충하는 문제에
당면하게 되었다. 여기서 전제하는 초점은 일본군 리더십은 무조건 나쁘
고 미군 리더십은 좋다는 것이 아니라는 사실이다.

6·25 한국전쟁 초기 일부 일본군대 출신 지휘관의 리더십은 그런대로
효과를 발휘한 경우도 있었다. 특히 전투 중 특출한 지휘관의 리더십은
매우 효율적인 결과를 가져왔다.

6·25 한국전쟁 초전에 제6사단장 김종오 대령의 탁월한 전투 지휘는

북한 인민군 제2군단의 남진을 지연시킴으로써 북한 인민군의 남침전략을 궤도 수정해야 할 정도로 리더십을 빛냈고, 김석원 준장은 진두지휘와 철저한 군인정신 면에서 귀감으로 전사에 남겼다. 그러나 일부 장성들이 승진을 의식하고 미군 장성에게 지나치게 영합하고 개인의 영달에 치우친 경우도 있었다.

1960년대 중반까지 우리 군대는 일본군대의 잔재인 비틀어진 리더십 하에서 많은 모순과 불합리 속에서 근무했다고 보아도 틀린 말이 아니다. 6·25 한국전쟁 기간 중 일본군 출신 장성에 의해 개인 감정으로 희생된 장병이 상당수 있었음도 여기 기록으로 남긴다. 휴전 후에도 초법적 폐해는 계속 이어졌다. 일본군이라고 해서 폭행을 정당화하지 않았다. 다만 폐습일 뿐이었다. 그 폐습으로 인해 사건들이 빈발했다. 그 대표적 예를 들자면 일본군 출신 육사 2기 서정철 제28사단장에게 울분을 터뜨린 대대장 정구헌 중령의 하극상 사건이 있다.

육사 8기생인 정구헌 중령은 나와 함께 1953년 미국에 유학해서 포트 베닝 육군보병학교 장교 기본과정을 함께 공부했다. 매우 합리적인 장교였으며 독실한 기독교 신자였다. 그런 정구헌 중령이 1959년 2월 18일 대낮에 직속상관인 사단장 서정철 준장을 권총으로 사살하였다. 그 후 정구헌 중령은 군법회의에 회부되어 사형 선고를 받고 이슬로 사라졌다.

이 사건은 일본군 출신들의 리더십 폐습이 몸에 밴 일방적, 강압적, 폭력적인 사단장과 미국에서 새로운 개념의 현대적 리더십을 터득한 대대장과의 상충이 빚어낸 참극이었다. 이 사건으로 일부 일본군·만주군 출신 장성들이 리더십 궤도를 수정하는 변화를 맞아 그 이후는 폭거적 지휘가 자취를 감추는 듯했다. 그러나 그 폐습은 좀처럼 사라지지 않았다.

창군 이후부터 1975년 초까지 모든 장군 계급에 일본군대식으로 각하
閣下라는 경칭이 붙었으며, 대령급 부사단장도 부각하副閣下로 부르는 해
프닝이 있었다. 그 폐단을 인지한 박정희 대통령이 금지 지시를 내려 오직
박정희 대통령 자신만이 각하로 남게 되었다.

일본군·만주군 출신 장군들은 부하들이 보는 앞에서 그들 상관에 대
해 발길질을 예사로 해서 '조인트 깐다'라는 용어까지 등장했을 정도였
다. 부하의 인격은 존재하지 않았고 오직 계급과 직책만으로 일방통행식
으로 지휘였으니 곳곳에서 하극상 사건이 발생하였다.

이러한 환경에서 우리 군이 정상적인 리더십으로의 발전하기란 뜻있
는 장교들의 희망사항일 뿐이었다. 그러나 한국군에게도 새로운 리더
십에 접근할 수 있는 좋은 기회가 다가오고 있었다. 그 돌파구의 하나는
1952년부터 한국군 장교의 미국 군사학교 유학의 길이 개방되었고, 둘째
는 1965년 월남전 전투부대 참전이 실현됨으로써 열리기 시작했다. 도미
유학과 월남전 파병은 우리 국군 현대화와 일급 군대로의 진입을 달성하
게 한 결정적 계기가 되었다.

월남전 참전 지휘관들은 일본군 리더십과 미군 리더십의 상충 관계에
서 얻은 교훈을 거울 삼아 한국군의 독자적인 리더십 계발 선구자로서의
역할을 톡톡히 해 나갔다.

2장　　　베트남전 참전과 빛나는 유산

1. 불타는 베트남 1965

한국군 베트남전 파병 문제 대두

월남과 월맹의 내전에 미국이 본격적으로 뛰어들자 예상과는 달리 자유 진영 국가의 별다른 호응 없이 미국만의 고독한 전쟁으로 이어졌다. 사태는 좀처럼 진정되지 않고 점점 확전의 길을 달리고 있었다. 1965년에 들어서자 국지전에서 남북 베트남 전역은 북폭과 함께 불타오르는 전역화를 지향했다.

미국이 베트남전에 개입한 명분은 한국전쟁에 개입할 때와 별반 다르지 않았다. 자유 월남 공화국의 자유민주주의 수호와 평화를 위해 공산화 방지를 내세웠다.

미국은 우리나라 전투 병력이 참전할 것을 희망했지만 우리나라는

1964년 7월 15일 월남 정부의 요청이라는 형식을 빌려 1개 이동외과병원과 태권도 교관단을 파병했다. 실제로는 미국의 요청에 의한 파병이었다. 우리나라는 차선책으로 한발 물러섰다.

박정희 대통령은 불확실한 전쟁에 말려들어갈 위험성이 있다고 판단했다. 한편 월남 공화국의 내정에 대해 불안감도 가지고 있었다. 빈번하게 쿠데타가 발생하고 있어 월남 국민의 마음이 이미 월맹의 호찌민을 추앙하는 기현상 때문이었다. 적국의 지도자를 추앙한다면 그 전쟁의 향방은 매우 불안할 것이라는 것은 상식에 속한다. 더구나 월남의 부정부패는 극도에 달해 수습할 수 없을 정도였다.

채명신 소장은 제5사단장을 마치고 5·16 군정에 관여 후 원대 복귀를 하고 육군본부 작전참모부장의 직책에 있었기 때문에 베트남전에 대한 정세 분석의 책임자였다. 채명신은 월남전 국군 파병 문제를 검토하는 과정에서 자기에게 다가오는 어떤 예감을 느꼈다. 그 예감은 한국군 전투부대가 종국에 가서는 베트남전에 투입될 것이라는 사실이었다.

그 이유는 다음과 같았다.

첫째, 북한 공산군의 6·25 남침 때 대한민국을 수호하기 위해 미국이 직접 전쟁에 개입해 패망 직전인 우리나라를 구해 주었다는 사실.

둘째, 미국은 북한 공산군의 남침으로부터 우리나라를 보호하기 위해 제2사단과 제7사단 병력은 물론 공군과 해군력으로 한국 방어에 기여하고 있다는 사실.

따라서 미국 은혜의 보답에 대한 부담이 있는 것은 분명하다고 생각했다. 만일 미국이 한국군 전투부대를 파병해 달라는 요청이 왔을 때 우리가 거부한다면, 한국 방어를 위한 미군 2개 사단을 월남전에 투입하게 되어 한국 방어에 결정적인 방어 공백이 생긴다는 점이 채명신을 압박하는 정세의 흐름이었다.

한편 전혀 다른 각도에서 생각한 더 중요한 문제가 그를 괴롭혔다. 그것은 순전히 한국군 자체에 관한 문제였다. 1965년 당시 한국군은 삼류급의 군사력 수준을 벗어나지 못하고 있었다. 한국군이 가지고 있는 개인 화기는 단발 M1 소총과 카빈총이었다. 당시 미국을 위시한 자유 진영 국가의 개인화기는 모두 자동화기로 바뀌어 있었다. 더구나 북한 인민군까지 AK 자동 소총으로 장비하기 시작했다. 공용화기는 더 낡았고 트럭을 비롯한 기동장비도 폐차 직전의 고물이었다.

우리나라 국가 재정으로는 무엇 하나 해결할 길이 없었다. 만일 우리 국군 전투부대가 월남에 파병된다면 미국으로부터 장비 교체가 이루어질 수 있다고 생각했다.

아니나 다를까. 미국은 한국군 전투부대 파병 요구를 강력하게 독촉하기 시작했고, 일부 반론이 제기되자 한국 방어의 미군 사단의 전환 배치를 언론에 흘렸다.

박정희 대통령 전투사단 파병 결심

채명신 소장은 한국군 전투부대 파병이 불가피하다고 결론을 내리고 육군본부 작전참모부에 은밀히 기획단을 구성해 전투부대 파병에 대한 대비를 시작했다.

육군 참모총장 김용배 장군이 채명신을 불렀다. 김용배 장군은 6·25 전쟁 시 채명신의 직속상관이었고 상호 믿음이 두터운 사이였다.

"채 장군, 청와대에서 호출이 왔네. 함께 가야겠네."

급변하는 내외 정세에 따라 언젠가는 박정희 대통령이 부를 것으로 생각하고 있던 채명신은 총장을 따라 청와대에 들어갔다. 박 대통령은 그를 반갑게 맞아 주었다. 총장의 보고가 끝나고 총장과 채명신이 나갈 채비를 하고 일어서자 박 대통령이 총장을 먼저 보내고 채명신만 다시 자리에 앉게 했다.

"채 장군, 월남에 전투부대를 보내면 한국군이 잘 싸우겠지?"

"낙관을 할 수 없습니다. 게릴라전이니까요."

한국군 파병에 대한 문제가 구체적으로 언급된 것은 이 자리가 처음이었다. 두 사람의 파병 문제에 대한 격의 없는 의견이 오갔다. 이 자리에서 한국군 전투부대 파병에 대해 박 대통령이나 채 소장이나 결론은 같았다.

미국의 6·25 참전에 대한 보은, 한국 방어에 대한 미국의 보장, 한국군 현대화에 기여, 한국 경제 발전의 기회 포착 등의 이유로 어려운 결정이 내려졌다.

박 대통령과 채 소장이 격의 없이 대화를 나눌 수 있었던 것은 두 사람의 각별한 관계 때문이었다. 육사 후보생대대 중대장 박정희 대위와 육사 5기 후보생, 임관 후 백골병단이 적지에서 귀환 시 환대한 대령 박정희 제9사단 참모장과 중령 채명신. 이어서 5·16 거사 시 동지 관계인 박정희 소장과 채명신 준장. 뒤이어 최고회의 의장과 감찰위원장 등의 인연으로 밀접한 관계를 계속 유지하고 있었다.

5·16 후 채명신 소장은 혁명공약 준수를 내세우고 국가재건최고회의 감찰위원장직을 사퇴했다. 박정희 의장은 정계 진출을 권했지만, 채명신은 '평생 군인이고 싶다'라고 사양한 후 육군본부로 원대 복귀를 했다.

전투사단 파병 준비 착수

이 무렵 언론은 일제히 국군의 베트남전 파병 문제를 보도하기 시작했다. 국회, 군부, 학계, 종교계 등 모든 분야에서 목소리를 높였다. 그 가운데 국회에서는 여당과 야당이 극렬하게 대립각을 세웠다.

여당은 6·25 전쟁 시 미국이 우리를 도왔고 지금도 미군 2개 사단이 한국 방어의 중요 부분을 맡고 있으므로 공동 전선을 펴야 한다고 했고, 야당은 미국의 청부전쟁請負戰爭에 용병이 될 수 없다며 맞섰다. 국민 또한 찬성과 반대로 갈라져 열을 올리며 토론이 이어지고 있었다.

국군만은 육, 해, 공, 해병대 모두 한결같이 베트남전 참전을 원하고 있었다. 가장 큰 이유는 국군 현대화 때문이었다. 장비 면에서 삼류 군대 수준을 벗어나지 못하고 있는데 정부는 속수무책이었다. 예산이 없었기 때문이었다. 장비 노후화는 말할 것도 없고 유지 또한 막막하였다. 겨우 미국의 군사 원조에 기대고 있었지만 모든 보급품이 터무니없이 부족하였다.

최전선의 연대장이 전방 GOP 대대에 정찰을 위해 지프차로 떠나려 해도 고장나기 일쑤였고 설혹 수리했다 해도 휘발유가 모자라 주춤하게 되는 경우가 흔했다. 실탄이 모자라 사격훈련도 제한을 받았다.

국군의 직업군인 대부분은 전투 경험을 갖기를 원했다. 북한군은 DMZ

등에서 도발을 해오고 있었기 때문에 절대 우위의 전투력을 유지하려면 전투 경험이 필요하다고 생각하고 있었다.

강한 국가, 강한 군대를 유지하기 위해서는 미군과 공동 전선을 펴가며 미국의 군사 지원을 활용하자는 의견이 지배적이었다. 결론적으로 삼류 군대를 벗어나기 위한 기회가 왔으므로 이 기회를 적극 이용해 참전해야 한다는 것이 국군 장교들의 거의 일치된 생각이었다.

채명신 소장은 베트남전 국군 파병에 대한 전반적인 여론의 흐름에 촉각을 세웠다. 그 가운데서 육, 해, 공, 해병대의 동향을 주시했다. 그 결과 예상보다 베트남전 참전 찬성이 압도적으로 우세하다는 것을 파악한 후 파병 준비 작업에 정식으로 착수해야겠다고 마음을 정했다.

채 소장은 본격적인 작업에 착수하기 위해서는 참모총장의 승인이 필요하다고 생각해 김용배 총장실로 향했다.

"보고사항이 있습니다."

"그래, 어디 들어보지."

"베트남전에 전투부대 파병을 준비해야 할 것 같습니다."

"각하께서 아직 결정하지 않았는데?"

"지금 상황으로 국민의 여론과 정계의 동향에서 찬성 쪽이 우세합니다. 야당이 반대하지만 제가 앞장서서 돌파해내겠습니다. 중요한 것은 우리 국군의 동향입니다. 육, 해, 공, 해병대 공히 압도적으로 참전 의견이 우세합니다."

"전쟁터에 간다는데도?"

"그렇습니다. 국군 현대화가 시급하다고 생각하고 있으며 전투 경험

축적을 바라고 있습니다."

"허, 그거 바람직한 흐름인데? 좋아. 내가 오늘 중으로 각하에게 보고 하겠네."

그날 오후 대통령의 승인이 내려왔다. 채 소장은 연구 목적으로 착수하고 있던 파병 준비 작업을 실제 파병을 위한 준비 기획단으로 발족시켰다. 파병 준비 작업은 전략가로 유명한 작전참모부 차장 이병형 소장에 의해 주도되었다. 이 소장은 채 소장보다 선배인 육사 4기생이다. 제1사단장을 역임한 후 채 소장 아래 작전참모부 차장직을 맡고 있었다. 작업은 착착 진행되었다. 당시 미군이 요청한 전투부대는 보병 1개 사단이었다. 그래서 파병 부대로 군단 예비로 있는 강원도 홍천의 수도보병사단으로 잠정 결정하였다.

다음으로 대대장급 이상 고급 지휘관에 대한 선발 기준을 정했다. 모든 고급 지휘관은 우선 6·25 전쟁 참전 경험과 무공훈장을 받은 전투 유공자를 자격 기준으로 정했다. 다음으로 현대전 경험과 미군과의 연합작전을 고려해 미국 군사학교 졸업자, 이어서 당해 지휘관을 이수한 경력자를 기준으로 추가했다. 즉 대대장의 경우는 이미 대대장을 성공적으로 마친 대대장 경력자라야 그 기준에 포함되는 것이다. 위와 같은 기준으로 기본적인 파병 계획은 완성되었다.

국군 전투사단 파병안 국회 통과

국회에서 '베트남전 파병 결사반대'를 외치던 야당 진영에서 반대의 목소리가 줄어들기 시작했다. 국군의 동향에서 영향을 받은 것이다. 국군이 '스스로 싸우러 간다'고 하는데 반대의 명분이 줄어든 결과였다.

채 소장이 국회에서 브리핑 말미에 국회의원에게 설파한 내용은 다음과 같다.

"야당 위원님께서 지적하신 국군 파병을 '미국의 청부전쟁에 말려든 용병'이라는 점에 대해 말씀드리겠습니다. 모든 경비가 미국으로부터 지원되므로 경제 논리대로 본다면 '미국의 용병'이 맞습니다. 저는 그 비난을 달게 받겠습니다. 그러나 의원님, 지금 세계의 거의 모든 나라 군대의 개인화기는 자동 소총으로 바뀌었습니다. 심지어 북한군까지 AK 자동 소총입니다. 우리는 제2차 세계대전 때 쓰던 낡은 M1 소총입니다. 정부에 소총 교체를 여러 번 요청했지만 예산이 없어 불가능하다는 답변입니다. 제 나라 군대의 소총 하나 사지 못하는 빈털터리 나라에서 네 돈 내 돈 따질 때입니까? 의원님 여러분, 명분상 반대는 하시되 눈감아 주십시오."

이때 뒷줄에 앉아 있던 야당 중진 의원 두 분이 반기를 들고 일어났다.

"나는 당론과 관계없이 국군 파병에 동의합니다."

"나도 동의합니다."

모든 의원이 뒤를 돌아보았다. 야당을 이끌던 예비역 육군 중장 김홍일 의원과 박순천 의원이었다. 이후, 1965년 8월 13일 마침내 '국군 전투부대 파병 안'이 국회를 통과했다.

한국군 작전지휘권 문제

육군본부 작전참모부장 채명신 소장에 의해 기획 완성된 베트남전 국군 파병 세부안은 그대로 승인되었다. 파월 사단은 수도사단이 원안대로 지정되었다. 그러나 당시 해병대가 적극 참전을 원하고 있었으므로 수도사단의 제26연대를 남겨두고 그 대신 해병여단을 편성에 포함시켰다.

채명신 소장에 의한 계획안에는 파월 수도사단의 지휘관으로 그의 차장으로 있던 이병형 소장이 건의되었으나 대통령의 결재 과정에서 채명신 소장으로 바뀌었다. 채명신 소장이 주월한국군 사령관 겸 수도사단장으로 임명된 것이다. 이어서 수도사단을 맹호사단으로 호칭하게 되었다.

그 무렵까지 한국군의 작전지휘권 문제는 완전히 결정되지 않았다. 다만 박정희 대통령이 브라운 미국 대사와 대담하는 가운데 한국에서처럼 미군사령관의 작전 지휘하에 두는 것이 타당할 것는 말이 오갔을 뿐이었다. 그리하여 미국 당국자는 물론 주월미군 사령부에서도 한국군 맹호사단이 월남에 도착하면 자연스럽게 주월미군사령관 휘하에 들어오는 것으로 이해되고 있었다.

채명신 소장은 다른 의견이었다. 한국군 사단을 비롯한 모든 부대는 주월한국군 사령관인 자신이 직접 지휘해야 한다고 마음을 정해 놓고 있었다. 다만 작전은 주월미군 사령관과 월남군 사령관 삼자 협의와 합의 과정을 통해 이루어져야 한다고 보았다.

한국에서는 북한 공산 집단의 남침 기도에 대한 우리 군사력의 한계 때문에 전시작전권이 미군 사령관에 주어졌지만, 외국에 파견되면서까지 미군 사령관의 지휘를 받는다면 '청부전쟁에 말려든 한국군은 용병'이라는 오명을 벗어날 수 없다고 생각했다.

채명신 장군의 전략 개념

채 소장은 이 민감한 작전지휘권 문제에 관련해 혼자 결정할 문제가 아니라 박 대통령의 생각도 달라져야 이 문제가 해결된다고 생각했다. 며칠 후 박 대통령과 단 둘이 대담하는 기회가 생겨 청와대로 향했다. 박 대통령은 반갑게 맞아 주었다.

"오, 주월한국군 사령관 어서 오시오."

"각하의 기대에 어긋나지 않게 잘 싸워 이기고 돌아오겠습니다."

"그래, 꼭 승리하고 돌아와야지."

소파에 앉자마자 채 소장은 급한 김에 어려운 문제를 꺼냈다.

"각하, 제가 듣기에는 브라운 미국대사에게 주월한국군의 작전지휘권을 미군사령관에게 위임한다는 의중을 말씀하신 게 사실입니까?"

"그래, 한국에서처럼 미군과 협조도 잘 될 것이고 미군으로부터 직접 지원도 받을 수 있고… 그게 어째서?"

오히려 의아하다는 듯이 채명신을 바라보았다.

"각하, 안 됩니다. 작전지휘권은 우리가 가져야 합니다."

"왜? 안 된다니…"

"주권 국가의 군대로 파견되는데 왜 미군의 지휘를 받습니까? 지금 파병을 반대하는 목소리를 듣지 못했습니까? 미국의 청부전쟁에 말려든 용병이니 하며 외치고 있잖습니까? 베트남전에서 월남군도 미군의 작전지휘를 받지 않고 있습니다."

"그렇다면 나더러 어쩌란 말이야?"

박 대통령은 흥분한 얼굴빛이었지만 마음을 누르고 있었다.

"브라운 미국대사에게 말한 것은 그저 나 혼자 생각했던 것이고 관계관의 의견을 들어보니 작전지휘권은 그대로 한국군이 행사하되 미군과 긴밀한 협조하에 싸우는 것이 더 효과적일 수 있다고 넌지시 말씀만 하시면 됩니다. 국방장관에게도 각하가 말씀하시면 나머지는 제가 해결하겠습니다."

"알았어. 그렇게 하지."

채 소장은 결론이 났다고 확신했다. 박 대통령이 한국군 독자 작전지휘권을 결심한 이상 이제 자신이 해결할 문제만 남았다고 생각했다. 박 대통령은 그날 바로 국방장관에게 한국군 작전지휘권에 대한 자기 의중을 밝혔다. 그러나 그 문제는 쉽사리 풀리지 않았다. 난제는 더욱 멀고 먼 길을 이어가고 있었다.

채명신 소장이 직접 박 대통령에게 밝힌 한국군 독자적 작전지휘권의 당위성과 명분 가운데 밝히지 않았던 또 다른 이유가 하나 있었다. 사실은 그 내용이 가장 실질적인 핵심이었다. 만약 한국군이 미군 지휘하에 작전을 한다면 미군사령부에서는 가장 힘든 곳과 어려운 국면에 한국군을 투입할 것이 뻔하리라 생각했다. 매우 어려운 전쟁, 불확실한 전쟁에서, 계속되는 혼전에서 상상 이상의 많은 희생자가 생긴다면 국민에게 뭐라고 변명할 수 있을 것인가.

　싸움터에 가는 장수가 부하의 생명에 대해 마음을 쓰는 것은 당연하지만 자칫 이를 표면에 내세우면 '비겁한 장수'라 할 것이고 미군은 '그럼 너희는 편하게 싸우고 우리는 사지에서 싸우란 말이냐'고 불만을 털어놓을 것이다. 채 소장이 판단한 베트남전은 미국이 아무리 군비를 쏟아 붓는다 해도 베트콩과 월맹군을 완전히 제압하기에는 난제가 쌓여 있다고 보았다.

　당시 대대장급 이상 지휘관이라면 누구나 채명신의 예측과 크게 다르지 않았다. 월남에 군부 쿠데타가 연례행사처럼 일어났고 월남군의 군기 문란 부패 상태가 갈수록 심각하기 때문이었다. 이런 추세에 따라 채명신 장군의 전략 개념은 가장 작은 희생으로 명분을 세울 수 있는 방법에 지향할 수밖에 없었다.

2. 맹호사단 재편성과 훈련

재편성과 지휘관의 번민

　베트남전 파병 사단은 홍천에 주둔한 수도보병사단으로 결정되면서 맹호사단으로 일반 명칭이 부여되었다. 이제 한국군이 생전 처음 정글전을 치르게 될 전술훈련을 시작하기 전 임무 완수를 위한 재편성에 들어가야 한다. 지금의 편성으로 파월할 수 없다는 것은 군 고위층은 물론이고 파병 당사자들 또한 같은 생각이었다.

1965년 8월 3일 맹호 사단장으로 부임한 채명신 소장의 꿈은 컸다. 어디 채명신뿐이랴. 주월한국군 전투부대에 부임하기 시작한 대대장급 이상의 모든 지휘관은 같은 생각을 가지고 있었다. 이들 지휘관은 6·25 전쟁에 참전하여 무공훈장을 받은 전투 유공자들이다. 그리고 모두 미국의 군사학교에서 유학해 새로운 군사학문을 익힌 고급 장교들이었다.

일본 군대, 일본의 괴뢰국인 만주 군대 출신 지휘관 밑에서 일본군 리더십에 의해 혹독한 근무를 모두 겪었다. 일방적이고 강압 일변도의 리더십은 오직 계급만이 존재했다. 절대적인 그들 장군의 말은 한마디 한마디가 질서였고 법이었다. 그러다가 미국 군사학교에 유학해 새로운 학문에 접하고 보니 전혀 다른 세상을 발견했다.

강압적이 아닌 정해진 질서에 따라 부하의 의견도 존중하는 새로운 질서의 길을 발견한 것이다. 그렇다면 어느 길을 따를 것인가. 일본군의 길인가, 미군의 길인가. 혼돈의 과정은 미국 유학파 장교들이 겪어야 했던 번민이었다.

맹호 사단장 채명신 소장은 제일 먼저 주요 지휘관 회의에서 훈시한 내용은 한국군다운 한국군 건설을 주창했다. 우리는 일본군도 아니고 미군도 아닌 한국군이다. 그러므로 한국군 독자적인 정신을 세우고 한국군의 전술 교리를 계발해 한국군만의 학문을 발전시켜야 한다는 내용이었다. 이어서 충격적인 말이 채명신 소장의 입에서 흘러나왔다.

"월남전에서는 목숨을 버리면서까지 탈취할 목표는 없다. 다만 조국과 군인정신을 늘 의식한 길을 걸어야 한다." 군대에서 명령이 내려지면 정해진 목표 탈취를 위해서는 결사적으로 책임을 완수해야 한다. 따라서 목숨을 버리면서 목표 탈취를 이행하는 것이 군인의 길이다. 목표 탈취 시 목숨을 버리지 말라고 미리 말하는 군대는 없다. 그러나 채명신은 분명히 월남전에서는 '목숨을 버리면서까지 탈취할 목표가 없다'라고 말했으니 결국은 목숨을 아끼면서 전투를 하라는 것이므로 한편 생각하면 비겁해질 수 있는 사안이다.

그러나 대대장급 이상 지휘관들은 베트남전을 겪으면서 그 의문이 풀렸다. 베트남에 도착해 상황을 살피니 목숨을 버리면서까지 싸워야 될 전쟁판이 아님을 확인했기 때문이다.

베트남전에서 앞장서야 하는 당사자인 월남군의 군기 타락은 상상을 초월했다. 중대장 정도만 되면 싸움판에 여자를 데리고 다니는 것이 예사고 중대원의 반수 가까이 행방이 묘연했다. 알고 보니 중대장이 돈을 받고 부하에게 자유를 주고 있었던 것이다. 더구나 고급 장교들과 대화하면 자기들과 싸우는 상대국의 수괴인 호찌민을 제일 존경한다고 했다. 아니나 다를까 사이공에서는 군사 쿠데타가 연례 행사처럼 일어난다.

이런 정세하에 투입된 한국군이 목숨을 버리면서 목표를 탈취한다는 것은 개죽음이 아니겠는가. 그러나 군인이기 때문에 전투에는 승리해야 한다. 패배할 수는 없다. 또한 조국을 의식한 애국심에 의한 군인의 길은 지켜야 할 덕목이다.

채명신 소장이 주요 지휘관 회의에서 설파한 '베트남전에서는 목숨을 버리면서까지 탈취할 목표는 없다'는 경구는 베트남전에 참전하는 한국군에게는 진리라고 할 수 있는 명구였다.

맹호사단의 파월을 위한 재편성은 국군 역사상 전무후무하게 파격적으로 이루어졌다. 사단장으로부터 소대장까지 100% 교체가 진행되었기 때문이었다. 전술 기본단위인 보병 대대장의 경우 파병이 결정된 제1연대와 기갑연대 6개 보병 대대장을 자격 기준에 맞추다 보니 보병 대대장 6명 전원이 육군대학 교관으로 강의 중인 중령급이 선발되었다. 박경석(필자), 배정도, 이필조, 박한영, 김용진, 최병수 등이 그들이다.

육군대학에서 강의 중이던 교관 6명이 일시에 빠져버리니 육군대학의 교육에 차질이 생겼다. 육군대학 총장 박중윤 소장은 당황한 나머지 이를 수습하기 위해 진해에서 서울 용산(현 전쟁기념관) 육군본부를 찾아가 김용배 육군참모총장에게 항의하는 소동이 벌어졌다.

"총장 각하, 지금 육대에서 주무 교관 6명이 한꺼번에 빠져나가게 돼 강의 중단 사태가 염려됩니다. 3명 정도만 빼 주십시오."

김용배 총장은 잠시 입을 열지 않고 생각하다가 난처한 표정으로 육대 총장을 달랬다.

"박 장군의 사정도 알겠지만 우리나라 역사상 최초로 해외 원정군의 임무를 띠고 출정하는 맹호사단의 입장도 이해해주시오. 대대장은 주력 전술 지휘관이니 지휘 조직의 핵심이오. 국위를 떨칠 전투부대이니 어쩔 수 없잖소."

박중윤 총장은 더이상 말을 못하고 총장실을 나와 진해로 향했다. 전투의 핵심인 전투 중대장 또한 전군에서 우수한 중대장 선발에 착수했다. 중대장급은 전투 경험이 없었으므로 주로 근무 성적 중심으로 선발했다. 선발하다 보니 모두 육사 출신이었다.

제1연대 제3대대 전투편성

강재구 대위가 부임한 소속 대대는 박경석(필자) 중령 지휘하의 제1연
대 제3대대였다. 제3대대 전투 편성은 다음과 같다.

대대본부

대대장	박경석 중령 (육사생도2기)
부대대장	한학수 소령 (육사12기)
정보관	권준택 대위 (육사15기)
작전관	이규봉 대위 (육사16기)
	강재구 대위 순직 후 작전관 이중형 대위 (육사16기)
대대부관	노영철 대위 (육사16기)

전투중대

제9중대장	용영일 대위 (육사16기)
제10중대장	강재구 대위 (육사16기)
	강재구 대위 순직 후 10중대장 이규봉 대위 (육사16기)
제11중대장	이재태 대위 (육사16기)
중화기중대장	방서남 대위 (육사15기)

전투 편성을 완료한 날짜는 1965년 9월 4일이었다. 물론 소대장 또한
100% 교체되었다. 그렇다고 파병 준비가 완료된 것이 아니었다. 사단 구
성원 가운데 병사들의 동요가 심각했다. 탈영병이 갑자기 증가하였고 병

사들의 부모들이 몰려와 아들에게 탈영을 종용하는 경우까지 생겨 지휘 관들은 이를 막느라 신경을 쓰지 않을 수 없었다.

채명신 소장은 대대 단위로 돌아가면서 정신훈화를 통해 이탈 방지를 위해 번민하고 있었으며, 대대장은 중대 단위로 순회하면서 정신 교육에 전력을 다했다.

부산항에서 출항할 날짜가 정해진 것은 아니지만 대략 10월 중순에 출항할 것이라는 예측이 가능해 2개월도 안 되는 짧은 시간에 전투훈련을 마쳐야 하는 문제 또한 각급 지휘관의 고민이었다.

전투훈련에 돌입

9월 초부터 본격적인 전투훈련이 시작되었다. 그러나 홍천 일대의 사단 주둔지에서 훈련장 확보가 심각한 문제로 대두되었다. 각 중대별로 일시에 훈련이 시작되다 보니 중화기의 사격 훈련장, 수류탄 투척 훈련장이 중복되어 제대로 훈련이 진행될 수 없었다. 더구나 대부분 실탄을 사용하는 훈련이기 때문에 곳곳에서 민원이 야기되어 지휘관들은 마을을 찾아다니며 사과하러 다니느라 정신없었다.

강재구 대위가 소속한 제3대대도 예외가 아니었다. 특히 수류탄 훈련장이 마땅한 곳이 없어 대대장이 직접 나서서 훈련장을 찾아다니기도 했지만 별 소득이 없었다.

대대 숙영지가 과거 군단 하사관학교 자리였고 군단 하사관 후보생 수류탄 훈련장이 있었지만 훈련장 구조가 위태로웠다. 수류탄 투척선의 지면보다 위로 경사진 탄착점 때문에 자칫 던진 수류탄이 굴러 내려올 수 있기 때문이었다.

대대장이 주재한 회의에서 중대장의 의견을 종합한 결과 1군단 하사관학교에서 사용하던 수류탄 훈련장 외 대안이 없었다. 특히 10중대장 강재구 대위는 얼마 전까지 1군단 하사관학교 수류탄 교관으로 있었기 때문에 강재구 대위의 대안 없음이 결정적으로 작용했다.

비록 그 수류탄 훈련장이 최적의 장소는 아니지만 안전 대책을 세워 그곳에서 수류탄 훈련을 하기로 결정된 것이다. 그 날은 훈련이 막바지에 오른 9월 26일이었다.

단 한 발의 수류탄 폭발음

이범영 일병의 일기

1965년 10월 4일. 오늘은 내 일생에 잊으려야 잊을 수 없는 날이다. 큰소리로 수류탄 투척 요령을 일러주시던 강재구姜在求 중대장님이 불과 몇 분도 되기 전에 부하 중대원이 잘못 던진 수류탄 사고로 유명을 달리했다. 내 동료가 잘못 던진 수류탄을 되받아 던지려다 그만 실패하자 몸으로 수류탄을 덮어 사랑하는 부하들을 죽음으로부터 살려낸 인간 강재구 대위님. 나는 그 위대한 희생정신을 하늘같이 우러러보지 않을 수 없었다

베트남전 맹호사단 재구대대在求大隊 제1진으로 참전한 젊은 병사의 내적 갈등이 사실적으로 기록된 이 일기는, 파월 준비 기간이던 1965년 9월 24일부터 시작해 1967년 5월 14일까지 씌어졌다. 이범영 씨는 앞장서 전장을 지휘한 장교도, 장군도 아니었지만 그가 쓴 기록은 '작은' 현대사를 굽이쳐 온 지류일지 모른다.

그가 진중일기를 『월간조선』에 전달한 사연은 이렇다.

2014년 3월 17일 자 『조선일보』에 실린 '박경석 예비역 장군'의 인터뷰 기사를 읽고 이범영 씨가 장문의 편지를 신문사로 보내왔다. 박경석 장군은 지난해 국립묘지 사병 묘역에 안장된 고 채명신 파월사령관의 전기를 쓴 인물이다.

박경석 장군은 "장군은 봉분 있는 8평 자리에 묻고, 대령 이하 장교와

사병은 화장해 1평짜리 묘에 안장하는 규정은 세상 어느 나라에도 없다."
라고 말했었다. 채명신 장군은 베트남전에서 전사한 부하들의 1평 묘역
에 묻히기를 자청했던 것이다.

이범영 씨는 "그 인터뷰 기사를 읽고 어찌나 눈물이 나던지 정말 감격
스러웠다."라며 "당시 박경석 장군님은 제 대대장님이셨다."라고 했다.
그러면서 "당시 전쟁터에서 쓴 일기가 있다."라고 전해왔고, 『월간조선』
은 약 50년 전에 기록된 빛바랜 일기장을 입수할 수 있었다.

"정말로 어렵고 힘든 일이었지만 그날그날 일어난 일들과 보고 느낀
것을 기록해 갔어요. 땀과 비에 젖은 종이를 참호 속에서도 잘 지켜 작전
이 끝나면 일기장에 옮겨 적었습니다. 되돌아보면, 마치 기적과 같다는
생각이 들어요."

월남전에 참전하기 위한 마지막 훈련 도중 부하가 잘못 던진 수류탄을
보고 몸을 던져 산화한 고 강재구 소령에 대한 기억도 실려 있다. 1965년
10월 4일의 일이다. 이범영 씨는 바로 곁에서 참상을 지켜봤다고 한다.

"제 옆에서 일어난 일이에요. 수류탄이 터지고 하늘로 검은 물체가 튕
겨 올랐는데, 가만히 보니 강재구 대위님의 다리였어요. 그래도 사고 직
후엔 살아계셨어요. 신음을 하고, 대원들이 달려가 지혈을 했지요. 그분
은 동료 부대원이 잘못 던진 수류탄을 몸으로 깔고 앉으려 했어요."

1965년 10월 4일

파월 전 나는 진해 육군대학 대부대학부 교관으로 영관급 정규 과정 학생 장교에게 강의하고 있었다. 강의를 한창 진행하고 있는데 갑자기 교수부장 백문오 대령이 교실에 들어와 강의를 중단시켰다. 40여 명의 학생 장교와 나는 놀라는 기색으로 교수부장을 바라보았다.

"박 중령, 강의는 나에게 맡기고 당장 총장실로 가 보시오."

말하는 기색으로 보아 나쁜 일은 아닌 것 같았다. 나는 대답과 함께 총장실로 향했다. 총장실로 들어서자 총장은 웃음 지으며 나를 반기더니

"축하해, 파병 맹호사단 보병 대대장으로 선발됐네. 만사 제치고 곧바로 홍천 맹호사단 사령부로 가보게. 어려운 선발 과정을 거쳤으니 영광 아닌가?"

나는 그러잖아도 맹호 제1진 대대장으로 선발되었으면 하고 바라고 있었다. 6·25 한국전쟁 화랑무공훈장, 제1사단 15연대 3대대장 경력, 육군대학 정규 과정 졸업, 미국 보병학교 졸업 등 모든 선발 기준에 부합되기 때문이었다. 나는 총장실을 나와 숙소로 가서 대충 정리하고 강원도 홍천 맹호사단 사령부로 직행했다.

다음날 사단 사령부에 도착한 나는 채명신 소장에게 전입 신고를 마쳤다. 채명신 장군을 6·25 한국전쟁 최고의 영웅으로 알고 있었기 때문에 그의 직속 부하가 된 것이 영광스럽다고 생각했다.

이날이 1965년 8월 초였다. 육군본부 인사명령에는 9월 4일로 돼 있지만 명령 발령 전 사전 부임한 셈이다.

제1연대장 김정운 대령에게 신고를 마치고 제3대대 숙영지를 찾아갔다. 대대 막사에 도착한 나는 묘한 인연에 내심 놀랐다. 블록 단층 건물인 대대본부와 중대 막사가 1962년 4월 6일부 첫 대대장 근무 시 제1사단 제15연대 제2대대 바로 그 건물이었기 때문이다. 소속 사단은 다르지만 3년 만에 같은 건물 대대장실로 들어서게 된 것이다.

강재구 대위와의 첫 만남은 대대장 부임일로부터 한 달 만인 8월 30일이었다. 검은 얼굴에 키도 크고 야전형의 씩씩한 모습이었다. 그로부터 전입 신고를 받고 담소하는 가운데 서울고등학교 출신에다 육시 16기라고 했다. 사흘 전에 부임한 제9중대장 용영일 대위와 서울고, 육사 동기임을 알았다. 그 또한 드문 인연이 아닌가.

장교 전입은 계속 이어졌고 선발권에서 빠져 다른 사단으로 전출되는 기존 기간 장교의 쓸쓸한 모습에 가슴에 연민이 울렁거렸다. 군대 생활을 하는 동안 돌아가는 장교들의 뒷모습이 떠오르면 내가 죄인인 것처럼 느껴진다. 적합하지 않다고 해서 보병 사단의 장교를 약 한 달간에 걸쳐 100% 교체한 경우는 이때가 처음이 아닐까 생각된다. 그만큼 당국에서 첫 해외 원정군에 대해 중시했던 경우라고 보아야 할 것 같다.

훈련은 본격적으로 실시됐다. 끝자락 실탄 훈련이 본격 궤도에 오르면서 마침내 운명의 10월 4일이 다가왔다.

그날 아침 장교 식당에서

대대 장교 식당에서 대대장을 중심으로 오손도손 모여 대화를 나누는 시간은 상호 이해와 협조를 위해 좋은 일이라고 나는 생각하고 있었다. 일본군 출신 지휘관에 의해 장악되는 엄격한 분위기와는 사뭇 다른 경우라 할 수 있다. 그렇게 된 이유는 내가 미국 보병학교에 유학해서 배운 상하 간의 의사소통의 리더십에서 영향을 받은 탓이었다. 얼핏 다른 사람이 그 광경을 보면 마치 친구 사이의 자유분방한 대화 장면으로 볼 수도 있겠다.

그날 아침 식사 때 대대장을 중심으로 정보관 권준택 대위, 중화기 중대장 방서남 대위, 제9중대장 용영일 대위, 제11중대장 이재태 대위 등이 같은 식탁에서 대화가 이어졌다. 그날은 종일 수류탄 투척 훈련이 계획돼 있어서 자연히 수류탄 이야기가 화제의 중심이었다. 먼저 제10중대장 강재구 대위가 이야기를 꺼냈다.

강재구 대위는 대대에 부임하기 전 바로 대대 숙영지인 이곳 1군단 하사관학교 수류탄 교관으로 있었다 한다. 그런데 어느 날 수류탄 투척 훈련 시 병사 하나가 수류탄을 잘못 던져 바로 강재구 교관 근처에 날아와 수류탄을 받아 탄착지점 근처로 되돌려 던져 아슬아슬한 경우를 당했다고 털어놓았다. 그 말을 듣던 장교들은 모두 오늘의 수류탄 투척 훈련에 긴장하는 분위기였다.

나는 재빨리 6·25 전쟁에서 소대장으로 공격 시 인민군 수류탄에 의해 중상을 입고 죽을 고비를 넘겼다는 이야기로 화제를 끊고 각각 일어서며 수류탄 훈련장으로 향했다. 나는 대대장실로 돌아와 의자에 앉았지만 알수 없는 불안감 때문에 안절부절 못했다.

살신성인의 숭고한 현장

대대장실에서 작전관으로부터 훈련 성과에 대한 브리핑을 듣고 있을 때 전화벨이 울렸다. 송수화기를 들자마자 거친 숨소리와 함께 날카로운 음성이 들려왔다.

"대대장님 10중대장 강재구 대위가 수류탄을 안고 폭사했습니다. 여기는 수류탄 훈련장입니다."

나는 브리핑을 중단시키고 지프차를 불러 무섭게 현장으로 달려갔다. 훈련장은 대대본부에서 가까워 금세 도착했다. 현장의 중대원은 모두 무릎을 꿇고 앉아 있었다. 강재구 대위는 복부와 하체가 처참하게 부서졌지만 아직 숨은 쉬고 있었다. 나는 즉각 강재구 대위 앞에서 무릎을 꿇고 눈을 감았다. 이 상태에서 내가 할 수 있는 일은 아무것도 없었다. 뒤이어 달려온 구급차로 제2이동외과병원으로 후송 조치했다. 당시 사단을 지원하는 제2이동외과병원은 가까운 거리에 있었으므로 신속한 후송이 가능했다. 구급차가 떠난 후 소대장들로부터 사고 경위를 확인했다. 그 내용을 종합하면 다음과 같다.

중대원 위치에서 거리를 둔 사선에 1개 분대씩 도열, 순서에 따라 중대장 구령으로 1명씩 차례대로 탄착 지점을 향해 안전핀을 뽑고 수류탄을 투척한다. 첫 순서로 박해천 일병, 다음 순서에 이범영 일병 등. 박해천 일병 차례에서 사고가 발생했다. 구호에 따라 안전핀을 뽑은 박해천 일병은 수류탄을 쥔 채 벌벌 떨었다. 사선의 병사들은 물론 거리가 있는 중대원들 시선이 일제히 집중된다. 불안한 자세에서 전방으로 던진다는 수류탄이 반대 방향으로 솟아올랐다. 이때 강재구 대위가 되받아 던지려고 수류탄을 향해 뛰어갔다. 그러나 되받기에 실패했다. 수류탄은 대기중대원 쪽에 떨어졌다. 강재구는 떨어진 수류탄을 몸으로 덮친다.

1965년 10월 4일 10시 37분, 단 한 발의 폭발음 "쾅".

강재구 최후의 순간이었다. 살신성인殺身成仁의 순간이었다.

3. 재구대대 탄생과 육군장

쓸쓸한 장례식

지금까지 살아오는 동안 완전히 뜬눈으로 밤을 새워 본 적이 많지 않다. 그 가운데 자괴의 슬픈 일로, 위대한 살신성인의 귀감을 발견했을 때의 충격으로의 밤새움은 1965년 10월 4일 밤과 10월 5일 새벽일 것이다.

새벽 3시가 되자 나는 잠자리에서 벌떡 일어나 기도하는 자세로 정성 들여 글을 쓰기 시작했다. 그 글 첫머리에 강재구 대위의 수류탄 사고에 지휘 책임을 지고 예비역 편입을 자원했다. 아무리 생각해도 자신의 책임이 크다고 생각했다. 수류탄 훈련장 선정의 책임이 대대장에게 있다고 생각했기 때문이었다.

　다음으로 사고 현장 첫 감상을 세밀하게 썼다. 강재구 대위의 죽음을 사고사로만 생각할 것이 아니라 강재구의 행동 하나하나에서 위대한 군인정신을 찾아야 한다고 했다.

　특히 내가 강재구였다면 어떻게 행동했을까를 상상해보았다. 나는 부하가 잘못 던진 수류탄이 날아온다면 탄착점 반대방향에서 엎드렸을 것이라는 생각이 들자 강재구 대위야말로 살신성인의 귀감으로 영원히 국군사에 그 정신을 기려야 한다고 결론지었다. 즉 이번 사고는 위대한 군인정신의 구현이라는 국면에서 종결지어야 한다고 강조했다. 끝으로 본인 박경석은 군에서 물러나지만 강재구 대위만은 위대한 귀감으로 빛내달라고 간곡히 청원했다.

　내 청원서한은 사단 헌병참모를 통해 사단장 채명신 소장에게 전달되었다. 바로 다음날 제2이동외과병원에서 강재구 대위 장례식이 있다는 연락을 받았다. 당시 언론은 지금처럼 민활하지 못한 탓인지 일간 신문 사회란 구석에 강재구 대위 사고사 기사가 조그맣게 게재되었을 뿐이었다.

　예정대로 제2이동외과병원에서 장례식이 열렸다. 가족으로는 강재구 대위 부인 온영순 씨가 참석했다. 나는 죄인처럼 한쪽 구석에서 눈물을 흘리며 앉아 있었다. 너무나 간소한 장례식이었다. 물론 조화도 보이지 않았다.

채명신 사단장 현장 방문

　다음날 채명신 사단장으로부터 전화를 받았다. "내일 강재구 대위 순직 현장을 방문할 테니 대대장이 사고 내용을 설명하라."라는 내용이었다. 나는 즉시 브리핑 준비를 마치고 순직 현장으로 달려갔다. 현장에 여러 흔적 표시를 하기 위해서였다.

사선의 병사 위치, 수류탄을 잘못 던진 박해천 일병의 위치, 수류탄이 날아가는 방향과 탄착점, 중대 병력의 위치 등이었다. 이어서 연대장 김정운 대령에게 보고하고 내일 그 자리에 참석해줄 것을 건의했다. 연대장 김정운 대령은 육사 7기로 6·25 한국전쟁에서 혁혁한 전공을 세운 과묵한 지휘관이었다. 이번 사고에 대해서도 일체 말이 없어 나는 매우 어려운 처지에 있었다.

약정된 시간에 연대장을 비롯해 연대, 대대 참모, 중대장 일동이 모두 수류탄 사고 현장에서 기다리고 있었다. 나는 브리핑 차트를 준비해 놓고 만반의 태세를 갖추고 있었다. 이윽고 지프차에서 내린 사단장은 내 앞에 다가서더니 어색한 웃음을 띠면서 "박 중령, 군복 벗을 필요 없어." 하면서 내 어깨를 두드리며 야전 의자에 앉았다.

재구대대 탄생

대대장은 현장에 브리핑 차트를 준비해 놓고 기다리고 있었다. 그는 죄인인 양 몸 둘 바를 모르고 어려워했다. 나는 웃으며 손을 내밀었다. 그의 손은 차가웠다. 나는 속으로 몹시 긴장하고 있다고 생각하며 손을 놓고는 눈을 감고 조용히 기도를 올렸다. 이윽고 대대장의 브리핑이 시작되었다.

그 내용인즉 이번 순직 사건은 위대한 부하 사랑으로 육군사에 영원히 남길 살신성인의 역사적 순간임을 강조한 뒤, 그러나 대대장의 위치에서는 수류탄 훈련장을 잘못 선정한 책임이 있으므로 마땅히 처벌 받아야 한다고 전제하고 뜻밖의 제안을 하여 나와 연대장을 당황하게 하는 것이었다. 자기가 지휘하는 '제1연대 제3대대를 오늘부터 재구대대로 선언하여 영원히 고 강재구 대위의 부하 사랑의 정신과 살신성인의 거룩함을 육군사에 남기겠다'고 했다.

연대장, 사단장 직속상관 앞에서 자기 대대를 멋대로 이름 지어 선언한다는 것은 아무리 생각해도 당돌하다고 생각했다. 처음에는 기분이 나빴지만 대대장의 유창한 브리핑을 계속 듣다 보니 대대장이 밉지 않았다. 나는 마음속으로 '이 녀석 쓸만한 녀석이구나.' 라고 생각하며 상했던 기분을 누그러뜨렸다. 그는 육군대학에서의 강의와 국방대학원의 특강에서 명성이 있었다는 말을 들은 적이 있었으므로 과연 호소력이 있었다. 그는 말미에 나와 연대장의 당황해하는 모습을 눈치챘는지 "저의 재구대대 선언은 오로지 대대장인 자신의 마음속의 메아리일 뿐 그 공식화는 여기 계신 존경하는 사단장 각하의 영단에 달려 있습니다."라고 했다.

대대장의 명쾌한 브리핑과 빛나는 눈동자에서 나는 마음이 움직였다. 이때 대대장 박경석 중령의 생각과 일치하는 순간이었다.

나는 벌떡 일어나 앞으로 나아가 대대장을 가볍게 안았다. 그리고 오른손의 지휘봉을 왼쪽으로 옮겨 잡고 오른손으로 대대장의 어깨를 가볍게 쳤다.

'그래 경석아, 오늘 이 시간부터 네 대대는 재구대대로 탄생했다. 뒷일은 나에게 맡겨라.'

나는 대대장에 이어 두 번째 재구대대 선언에 가담한 격이 되었다. 연대장 김정운 대령은 어리둥절해 서 있었고 대대장은 눈물을 줄줄 흘리고 있었다.

나는 사단사령부로 돌아와 육군참모총장 김용배 대장과 김성은 국방장관에게 자초지종을 보고한 후 재구대대 명명을 구두 승인 받았다. 이후 국방부는 일반명령으로 수도사단 보병제1연대 제3대대를 재구대대로 명명했다

『베트남전쟁과 나』(채명신 회고록125.126.127P 발췌)

육군장, 일계급 특진, 태극무공훈장 추서

제2이동외과병원에서 쓸쓸한 장례식이 끝난 이틀 후인 1965년 10월 8일 우리나라 모든 조간신문에 강재구 대위의 살신성인의 순직 사실이 공개되면서 육군본부 광장(현 전쟁기념관 터)에서 고 육군소령 강재구의 육군장이 거행된다는 소식이 일제히 발표되었다.

보도에 의하면 강재구 대위의 일계급 특진과 함께 군인 최고의 명예인 태극무공훈장이 추서되었으며, 이번 장례식이 국군 역사상 첫 위관 장교의 육군장임을 공개했다.

특히 박정희 대통령이 채명신 장군의 서한 형식의 사실보고에 접하고 크게 감동하여 고인에 대한 장례 예우 하나하나를 직접 지시했음이 알려졌다. 채명신 장군의 서한과 함께 '박경석 대대장의 청원서'도 함께 전달되었음이 그 후에 확인되었다.

이처럼 신속히 절차가 진행된 이면에는 육군의 정식 행정 절차에 의하지 않고 박정희 대통령과 채명신 장군의 개인 친분관계에 의한 채명신 장군의 직보 때문임이 알려졌다.

상상을 초월한 거국적 추모 열기

고 강재구 소령의 육군장이 끝난 다음날 거의 모든 보도 매체에서 강재구 소령의 살신성인의 거룩한 희생정신을 찬양하느라 다른 뉴스들은 관심권 밖으로 밀려났다. 홍천의 맹호사단 사령부와 1연대 3대대 숙영지는 시민과 기자들로 야단법석이었다. 이를 계기로 베트남전 참전 반대론은 자취를 감추고 참전 장병은 승전 용사처럼 대우가 격상돼 어린 학생들의 태극기 축복 속에 자랑스러워했다.

한동안 부모의 반대 때문에 탈영병으로 속앓이 하던 출정 부대들은 갑작스러운 분위기 변화에 따라 탈영병이 생기지 않았다.

강재구 소령의 출신 육사를 비롯하여 모교인 서울고등학교에서는 재빠르게 동상 건립 움직임이 일기 시작하는가 하면 홍천군에서는 순직 현장에 기념공원 건립 움직임이 보였다. 그러나 나는 추모 열기가 기쁘지만은 않았다. 내 사랑하는 직속 부하가 죽었고 그 책임의 일단이 나에게 있다고 생각하고 있기 때문이었다. 나는 기자와의 접촉을 피하고 참선하는 자세로 다음과 같은 「소령 강재구」라는 시를 눈물을 흘리며 써서 내 진중일기에 올렸다.

훗날 「소령 강재구」는 홍천 강재구 기념관에 헌정되고 학교 교재에 게재되는가 하면 한국문단에서는 한국의 명시로 선정되었다.

아, 강재구

박경석

참사랑 하늘을 울린다
의로운 기개 강산에 메아리친다
옛 화랑 충절 빛낸 것처럼
강재구 그대는
오늘의 화랑이었노라

목숨 잦는 아픔
뉘 모를까마는
부하 사랑 때문에
한 줌 재로 자진하는 숭고함에
우리 모두 고개 숙이도다

아, 강재구 소령
그대 죽음의 길 택했을지라도
모든 전우와
뒤따르는 젊은이에게
영원한 생명의 의미
심어 주었도다

그대는 살아 있으리

그 숨결

그 정신

살신성인의 귀감 되어

만세에 길이길이 보전되리라

1966년 10월 5일 씀

4. 재구의 유산 '신화 창조'

재구의 유산

"맹호사단 제1진 재구대대는 베트남에서 잘 싸워 대대단위 최고의 무공훈장 수훈을 기록했다. 불과 1년 사이 고 강재구 소령의 태극무공 훈장에 이어 대대장 박경석 중령의 을지무공훈장 2개를 비롯하여 중대 장 용영일 대위, 소대장 김무석 중위, 소대장 김길부 중위 등 을지무공 훈장 5개와 충무무공훈장 15개, 화랑무공훈장 32개, 인헌무공훈장이 재구대대 장병들에게 수여되었다. 나는 그때의 재구대대 명명을 되돌 아 보며 재구대대 명명을 잘했다고 자랑스럽게 생각하고 있다."

『베트남전쟁과 나』(채명신 회고록 127p 발췌)

채명신 장군의 회고담에서 밝힌 재구대대의 성공 요인은 두 가지 측면 에서 그 근원을 찾을 수 있다.

첫째, 강재구 대위 순직 후 거국적으로 벌어진 추모 열기로 재구대대 장병이 책임감과 함께 고도의 자랑스러운 긍지를 갖게 되었다는 점이다. 대대 장병 한 사람 한 사람이 강재구가 된 것처럼 극도로 긴장하면서 출 진하게 되었다. 가령 부산항 제1부두에서 맹호 전투부대 주력이 출진하 는 환송 행사에서도 많은 국민들의 눈에는 오직 재구대대만 의식하며 '재 구대대'를 연호하는 환송식처럼 열광하는 것이었다. 나는 이 사기 충천의 의미를 '재구의 유산'으로 이름 붙이게 되었다. 누구도 막을 수 없는 이 열기는 임무 수행 고비고비마다 원동력으로 작용하였다.

둘째, 재구대대 장병이 일치단결하여 임무를 수행하면서 대대장부터 병사에 이르기까지 채명신 사단장의 작전 개념과 전략 전술 의도를 100% 복종하면서 실행했다는 점이다. 특히 채명신 장군이 창안한 중대 전술기지 개념은 국군사는 물론 세계 전사에서도 찾을 수 없는 특별한 것으로, 이의 실행을 미군 당국자는 물론 맹호 참전 단위부대 지휘관까지 회의하는 가운데 재구대대는 그 개념을 철저히 준수했다. 이 개념의 선택은 대대장만의 의지로 해결될 일이 아니었다. 중대 단위 전술이기 때문에 중대장의 수용 태도에 달려 있는 것이다.

더구나 소총 중대장 3명 모두 고 강재구 소령과 육사 16기 동기생이었던 점에서 중대장의 결속력이 성공할 수 있도록 작용했다. 그 문제의 중대전술기지 개념을 설명하고자 한다.

채명신의 중대전술기지 개념

베트남전에 맨 먼저 상륙한 한국군 전투부대 제1진은 맹호사단 제1연대와 기갑연대 등 2개 연대와 해병 청룡 1개 연대를 합한 1개 보병 사단 규모였다. 이 전투부대는 무늬만 한국군이지 군제軍制를 비롯한 전술 교리 등 모든 것이 미군 것이었다. 당시 육군대학을 비롯해 모든 군사학교의 교재는 번역본이었다.

한국군에서 계발한 전술 교리는 물론 기초학문 교재는 단 한 건도 없었고 모두가 미군 매뉴얼이었다. 이런 실정에서 뜻있는 장교라면 그 문제를 고민하며 한국학 계발의 필요성을 절감 할 수밖에 없었을 것이다. 그 시발이 1965년 파월 제1진의 장교단에 의해 이루어지고 있었다.

그 선구자가 채명신 소장이었다. 미군의 베트남전 평정 전략은 목표가 정해지면 그 지역에 폭격 등 많은 화력을 퍼붓고 헬리콥터를 이용한 공중기동작전으로 강습해 적을 소탕하는 개념이었다. 그 전략은 목표지역의 적을 격멸하는 데는 효과가 있었지만 미군이 떠나가면 바로 베트콩 지역으로 원상태 회복되는 결정적인 단점이 있었다. 따라서 미군과 배트콩 간의 베트남전 양상은 술래잡기를 되풀이하는 모양새를 보여주고 있었다.

날이 갈수록 적 지역을 점령해 평정지역을 넓혀가는 게 아니라 오히려 적 저항만 더 키워가는 미군의 전략과 전술에 채명신은 주목했다. 미군의 월남전 전략은 '탐색과 섬멸search and destroy'이었다. 그러나 탐색하고 섬멸하는 데까지는 좋은데 미군이 철수하면 전과 다름없는 그들의 세상으로 돌어온다. 이런 형상을 보아온 채명신은 미군의 전략과 전술을 따를 수 없다는 결론을 내리고 독특한 대책 계발에 몰두했다.

채명신은 적을 치고 눌러앉아 그 지역이 평정될 때까지 주민과 함께한다는 전략이었다. 영문으로 표현한다면 'hit and stay'가 될 것이다. 채명신은 이미 작전지휘권은 확보했겠다 자신이 마음껏 월남전을 수행하기 위해 미군의 전략과 전혀 다른 중대전술기지 개념을 창안했다. 이 중대전술기지 개념은 누구도 생각하지 못했던 엉뚱한 것이었다.

중대전술기지 개념은 다음과 같다.

사단에 할당된 광활한 전술책임지역TAOR이 있다. 사단의 전술책임지역을 대대별로 다시 할당한 후, 그 지역에 목표를 정해 공중기동작전으로 강습 점령한 다음 복귀하는 전술에서 벗어나 사단의 모든 중대를 광할한 전술책임지역에 중대별로 깔아놓는다. 그 중대는 각각 사단 포병화력의 지원 사격을 받을 수 있도록 사단 포병을 연대 또는 대대에 분할 배치한다.

중대전술기지는 중대장 책임하에 원형의 사주방어 진지를 구축해 적의 공격에 대전할 수 있도록 48시간 전투에 소요되는 탄약 등 전투물자를 확보한다. 중대는 48시간 적과 교전할 준비를 갖추는 것이다. 그 중대전술기지에 침투하는 적을 격멸 또는 격퇴한 뒤 지역이 완전히 평정되면 공중기동작전으로 다음 목표지역으로 공격, 중대전술기지를 설치하고 차기 작전에 들어간다.

채명신은 적 지배지역이 많은 베트남 작전지역에서 평정지역을 넓혀 가려면 이렇게 중대를 분산 배치하는 것이 불가피하다고 결론을 내린 것이다.

채명신의 명령에 의해 파월 제1진 한국군은 일제히 광활한 전술책임지역 일대에 중대전술기지 설치 작업이 시작되었다. 이 엄청난 공사판을 확인한 미군은 눈이 휘둥그레졌다. 한국군이 베트남전에 적을 공격하기 위해 온 것이 아니라 방어를 하기 위해 온 것이 아닌가. 전쟁을 하지 않겠다는 것이 아닌가. 의문이 커졌지만 이미 작전지휘권이 채명신 소장에게 넘어갔으니 뭐라고 간섭할 수도 없고 냉가슴만 앓을 뿐이었다. 월남군도 놀랐고 적인 베트콩을 비롯 월맹군 당국도 회의의 눈초리로 한국군을 주시했다.

사면초가가 된 채명신은 눈 하나 깜빡 않고 중대별 전술기지 공사를 강행했다. 한국군은 보급지원을 미군으로부터 충분하게 받을 수 있었기 때문에 사단의 전술책임지역 내에는 중대전술기지가 예상보다 빨리 완성될 수 있었다.

중대전술기지 설치로 가장 곤궁에 빠지게 된 쪽은 베트콩이었다. 맹호사단의 전술책임지역은 월남 중부의 최대 곡창지대인 고보이 평야였다. 여기에 맹호 중대들이 느닷없이 들이닥쳐 중대별로 공사판을 벌이고 물러날 생각을 안하니 베트콩은 싸워보지도 못하고 고보이 평야를 잃게 되어 졸지에 밥줄이 끊어진 것이다. 광활한 고보이 평야에서 2모작 또는 3모작을 해서 식량을 조달했는데 난감하게 된 것이다.

베트콩은 얄금얄금 기어들어와 중대전술기지를 하나하나 공격해 축출하기 위해 야음에 침투공격을 시도했지만 공격과 동시에 포병화력의 날벼락을 맞아 곳곳에서 주검만 남기고 도주할 수밖에 없었다. 채명신에 의해 모든 중대전술기지가 사단 포병으로부터 보호받게 한 지원책에 놀랄 수밖에 없었던 것이다.

그러나 미군 일각에서는 언젠가는 중대전술기지가 베트콩이나 월맹군에게 유린될 것이라고 생각했다. 왜냐하면 미군은 대대나 연대도 적의 공격으로부터 자유롭지 못한 상황을 겪었기 때문이었다. 따라서 채명신은 중대전술기지를 순회하면서 포병화력을 지원받고 있는지, 48시간 싸울 수 있는 탄약 등 보급물자를 비축하고 있는지 일일이 확인하고 다녔다.

채명신은 사단 포병의 지원권 안에서 보호받는 상태하에서 중대원이 48시간 적의 공격에 대비한다면 중대전술기지를 적이 유린할 수 없을 것이라고 확신하고 있었다.

재구대대의 '신화 창조'

재구의 신화 창조

재구대대 제1진 각 중대는 내가 지휘한 베트남전 13개월 동안 중대전술기지에서 적의 침투를 단 한 차례도 허용하지 않았고 침투를 시도한 적은 모두 진전에서 사살되었다. 이를 빗대 채명신 사령관은 '재구의 신화 창조'로 이름 지었다.

재구의 유산으로 기록될 자랑스러운 이 신화는 적 사살보다 귀순병을 포함한 포로 264명에게 있다. 싸우지 않고 대적 선무공작과 대민 지원사업을 통한 재구대대 제1진의 전과 가운데 귀순병의 수는 맹호사단 전체 귀순병의 숫자보다 많았다는 데에 각별한 의미가 있다.

5. 밤을 되찾은 재구대대

밤은 월맹군과 베트콩의 세상

채명신 장군의 리더십 특징은 두 가지가 있다. 첫 번째는 자신의 경험에서 얻은 자료로 새롭고 유익한 창안을 완성하는 방법이 있다. 그 대표적인 창안이 중대전술기지 개념이었다. 두 번째는 채명신 자신이 방안을 제시하여 예하 지휘관으로 하여금 창안으로 유도하게 하는 방안이다. 그 대표적인 전술개념은 바로 야간침투 공격작전이었다.

채명신은 6·25 전쟁에서 야간을 활용해 많은 전과를 올렸다. 특히 백골병단을 이끌고 적지에서 게릴라전을 지휘할 때 늘 야음을 교묘하게 이용하였다. 베트남전에 참전하면서 채명신 장군이 가장 놀란 것은 미군이나 월남군이 야간작전을 기피한다는 사실이었다. 그 결과 월남전선의 야간은 100% 베트콩과 월맹군의 전유물이 되어 있었다.

미군과 월남군은 밤이 되면 거의 모든 작전을 중단하고 기지 방어에만 신경을 썼다. 더구나 전쟁 기피 현상이 뚜렷했던 월남군은 야음을 공포의 세상으로 여기고 있었고 야간 작전은 생각하지도 않은 별개의 세계로 이질시했다.

한국군이 되찾은 베트남의 밤

채명신 장군은 작전회의를 통해 예하 지휘관으로 하여금 야간작전에 관심을 갖도록 자극을 주기 시작했다. 야간작전은 명령에 의해 실시하는 것보다 예하 지휘관이 필요성을 인식해 자발적으로 시행해야 효과를 극대화할 수 있다고 생각했기 때문이었다.

채명신 장군이 야간작전의 중요성을 강조한 후 첫 반응은 맹호사단에서 내가 지휘하는 재구대대에서 나타났다. 나는 6·25 한국전쟁 시 소총소대장으로 야간작전 경험이 있었고 화랑무공훈장까지 수훈해 누구보다 야간작전에 대한 효용성을 잘 알고 있었다. 사단장의 야간작전의 중요성을 강조한 작전회의를 마친 후 나는 야간침투공격을 구상하기 시작했다. 물론 미군이나 모든 군대의 야간작전 매뉴얼은 있었지만 대대장인 나는 보다 실용적이고 완전한 야간침투공격을 구상하기 시작했다.

우선 첫 단계 조치로 대대 일과시간표를 변경해 점심 후 오후는 전원 취침하게 하고 석식 후 야음을 이용한 수색 매복 등 야음에 익숙하도록 대대 장병을 길들여 갔다.

재구대대 9중대장 용영일 대위와 11중대장 이재태 대위는 야음을 이용해 방법 하나하나를 시험하면서 야간침투 공격작전에 익숙하도록 훈련을 쌓아갔다. 재구대대장인 나를 비롯해 중대장들과 합의해 실행에 옮긴 야간침투작전 개념은 다음과 같다.

1. 적 공격목표를 정한 뒤 그 지형을 익힌다. 특히 목표 후방지역의 적병 도주로에 대해 좌표를 확인한다.
2. 목표에 도달하는 침투루트를 상세히 파악하고 우회 정찰하면서 적

을 기만한다.

3. 목표 후방 지형 가운데 목표를 제압할 수 있는 지형을 정찰, 공격 개시 전에 침투 확보 계획을 수립한다.

4. 포병화력 지원 계획을 수립하되 적으로부터 발견되기 전까지는 화력 사용을 보류 대기한다.

5. 목표지역에 대한 조명 계획을 세워두되 목표 접근 전까지 대기하다가 돌격 개시와 동시에 조명 실시한다.

6. 끝으로 적 도주 예상 경로에 대한 포병사격은 돌격 개시와 동시에 실시한다.

이 기본개념에 의한 예행연습을 실시한 재구대대 9중대와 11중대는 만반의 준비를 완료했다. 연대를 거쳐 사단의 작전 승인을 얻은 재구대대는 10중대를 예비로 하여 공격을 개시했다. 이 공격은 침투로를 따라 은밀히 침투시켜 1개 소대씩 목표 후방 고지에 배치가 완료되고 공격 소대가 목표지점에 도착과 동시에 포병화력으로 목표지역을 강타했다. 이어서 목표 후방 도주로에 대한 제압사격을 실시하고 돌격을 감행하자 단숨에 적을 제압함으로써 9중대와 10중대의 목표를 각각 탈취하여 많은 전과를 올렸다. 이로써 베트콩의 전유물인 밤을 우리 한국군이 되찾는 쾌거를 이룩하였다.

대대 단위 야간침투 공격작전은 규모로나 월남전에 미치는 영향으로나 획기적인 승첩은 아니었지만 결과는 예상 외로 크게 관심을 끌었다. 한,미,월 연합군 첫 야간작전의 승첩이었기 때문이었다. 이 작전의 성공으로 맹호사단, 뒤늦게 베트남전에 투입된 백마사단, 청룡여단 등은 한결같이 야간작전을 관용전술로 사용함으로써 월남전에서의 야간작전의 주도권을 한국군이 갖게 되었다.

자유중국 영관 장교와 장군에게 강의

재구대대의 야간침투 공격작전의 성공은 국내외에 널리 보도되는 한편 이 작전을 종군 취재한 『시카고 트리뷴』 체슬리 맨리 기자가 작성한 기사는 미국 하원 의사록에 수록되기에 이르렀다.

비로소 한국군 최초의 독자적 중대전술기지 개념과 함께 야간침투 공격작전 교리가 탄생한 것이다. 외신들은 한국군이 계발한 이 두 전술교리와 작전 성공을 놀라워했다.

외신이 야간침투작전을 대서특필하자 이 소식을 접한 자유중국(현재의 대만) 장개석 총통은 박정희 대통령에게 친서를 보내 중대전술기지 개념과 야간침투 공격작전의 한국군 교리 특강을 요청해왔다. 박정희 대통령은 즉각 교수단 파견에 동의한다는 서한을 장개석에게 보내고 국방부에 교수단 파견을 지시했다.

국방부는 이 서한에 따라 교수 요원 추천을 채명신 주월한국군 사령관에게 요청했다. 채명신 장군은 이미 임기를 마치고 귀국한 승첩 당사자를 다음과 같이 교수 요원으로 추천했다.

교수단장　　최영구 육군 준장(맹호사단 파월 제1진 초대 참모장)

전임교수   박경석 육군 대령(초대 재구대대장, 대대 야간침투공격 담당)

전임교수   최병수 육군 대령(기갑연대 3대대장, 중대 전술기지 두코전투 담당)

전임통역   안수성 육군 대령(중국 황포군관학교 졸업, 중국군 중위 역임)

채명신 사령관으로부터 추천을 받은 교수단 요원에 대해 육군본부는 적격자임을 확인하고 1968년 7월 자유중국으로 파견했다. 그 후 교수단은 자유 중국군 전 장군과 영관급 장교들에게 주월한국군에서 계발한 한국군 독자 전술교리를 강의했다.

강의는 군단급 부대 단위로 이루어졌다. 금문도까지 가서 강의를 했다. 이때의 강의가 자유중국군 사이에 화제가 되었다. 그때까지만 해도 자유중국군도 기존 교리에만 의존하고 있었는데 이들 강의를 듣고 새로운 전술 계발의 필요성을 절감하게 되었다.

한국군의 베트남 파병 이전까지는 모든 군사학문이 전적으로 미 육군 군사교리에 의존했으나 베트남전을 통해 창안된 새로운 전술 개념으로 말미암아 비로소 군사학문 한국학이 탄생하였다.

6. 재구촌과 평화지대 선언

홍천 맹호사단 사령부에서 채명신 사단장이 대대장 부임 신고 시 "베트남전에서는 목숨을 버리면서까지 탈취할 목표는 없다."라고 강조하면서 "다만 군인 정신과 조국을 위한 충성심으로 베트남전에 임해야 한다."
라고 말을 맺은 점에 대해 늘 신경을 쓰지 않을 수 없었다.

월남의 도지사 성장은 영관급이 맡고 있었고 군수는 중위 또는 대위
가 책임지고 있는 군정 체제였다. 그들과 대화해도 호찌민에 대한 부정적
언사는 일체 금기시 돼 있었다. 전쟁을 하면서 적국의 수괴에게 긍정하
는 것은 곧 패배를 자인하는 것이 아닌가? 비로소 채명신 사단장의 명언
인 '베트남전에서는 목숨을 버리면서까지 탈취할 목표는 없다'가 이해되
었다. 따라서 나는 전투에 중점을 두는 것보다 민사심리전에 주안을 두고
월남전에 임해야 되겠다고 마음을 굳혔다.

싸우지 않고 승리하는 묘책

어느 나라 군대나 싸우지 않고 승리할 수 있다면 그보다 더 좋은 방책
은 없을 것이다. 그러나 쉬운 일이 아니다. 싸우지 않고 승리하려면 싸워
서 능히 승리할 수 있는 월등한 전쟁 역량을 갖춘 경우에만 가능하기 때
문이다. 싸우지 않고 승리하는 리더십은 소프트파워 리더십이지만 하드
파워 리더십의 뒷받침 없이는 싸우지 않고 승리하기란 어렵다. 그러므로
싸우지 않고 승리하는 리더십이야말로 스마트파워 리더십이라고 할 수
있다.

『손자병법』도 싸우지 않고 승리하는 방책을 상책이라고 강조하고 있
다. "전쟁을 하지 않고도 목적한 바를 달성할 수 있다면 가장 바람직한 일
이다. 백 번 싸워 백 번 승리한다 하더라도 피아 공히 유혈과 피폐를 면할

수 없다." 당연한 주장이다. 우리나라 역사에도 싸우지 않고 승리한 기록이 있다. 고려를 건국한 왕건이 신라의 경순왕으로부터 국권을 상납받은 이야기는 싸우지 않고 승리한 경우라 할 것이다.

고려 성종 12년(993년)에도 싸우지 않고 통쾌하게 이긴 이야기가 있다. 거란은 80만 대군으로 고려를 침략하였다. 화친론자들은 전세가 불리하다고 보고 서경(지금의 평양) 이북의 땅을 거란에게 내주고 항복하자고 했다. 그러나 서희徐熙 장군은 이에 반대했다. "한 치의 땅도 내줄 수 없다." 라고 선언하면서 국서를 휴대하고 거란 장수 소손녕과 담판을 짓기 위해 나섰다.

서희는 문관 출신 정치외교가였다. 거란 침략 당시는 병관어사兵官御事(지금의 국방장관)로서 무관 총괄직을 수행하고 있었다. 서희는 거란의 침략 의도가 송나라와 고려의 관계 차단에 있다고 판단하고, 거란의 요구를 들어주는 대신 고려에서 거란으로 가는 길목인 압록강 일대를 고려의 영토로 편입하는 데 동의할 것을 요구했다. 고려와 외교관계가 있던 송나라가 거란 침략에 따른 원병 요청을 고려 조정에 해왔지만 서희 장군은 거부하기로 결정한 터라 송나라와의 외교관계 단절은 불가피한 정황이었다.

서희는 송나라와 외교관계를 단절하고 거란과 외교관계를 성립하는 조건으로 소손녕과 담판하고 압록강 이동 280리 지역에 강동6주를 설치하게 되었다. 서희 장군은 싸우지 않고 거란의 80만 대군을 돌려보냈을 뿐만 아니라 강동6주까지 얻었다. 그 결과 고구려 멸망 이후 잃었던 옛 영토를 부분적으로나마 회복하여 고려 국경이 압록강에 이르게 되었다. 이와 같이 싸우지 않고 승리하는 리더십은 군사력 외에도 정치외교 정황을 면밀히 분석한 후 현명한 판단력으로도 성사시킬 수 있다는 전례를 남긴 것이다.

20세기 소련과 미국의 대결 국면에서 레이건 미국 대통령의 강력하고 현명한 리더십은 소련과 동구권의 공산 정권을 붕괴시키는 데 일조한 것으로, 스마트파워 리더십의 성과라 할 것이다. 지금까지 강론한 정치외교 사례 외에 전장에서 있었던 야전지휘관의 리더십 성공 사례를 들어 보겠다.

대민 심리전과 대적 선무공작의 효시

맹호사단 제1진은 중대별로 중대전술기지를 완성하고 본격적인 전투 준비를 하고 있을 때이다. 내가 지휘하던 맹호사단 제1연대 재구대대는 색다른 준비에 들어갔다. 베트남전쟁의 특수성을 분석한 나는 대대 참모와 대민지원을 통한 심리전 계획을 입안하였다. 이 과정에서 대대 정보관 권준택 대위가 임관 후 소대장과 중대장 근무를 마치고 미국 육군특수전학교를 졸업한 심리전 전문가임을 알게 되어 그에게 대적 선무공작의 임무를 부여했다. 그는 그 타당성에 적극 호응했다.

권준택 대위는 며칠 동안 연구 끝에 보고서를 작성하였다. 그가 세운 기발한 아이디어를 확인하고 나는 수정 없이 승인하였다. 권준택 대위가 수립한 대적심리전 계획은 대략 다음과 같다.

1개 특수임무 소대를 편성하고 거기에 대대 군의관과 위생병을 보강한 다음에 베트콩이 드나드는 길목에 대민지원 초소를 운영하겠다는 내용이었다. 초소에는 의약품을 충분하게 준비해서 인근 마을사람들을 치료하면서 베트콩을 유인해 귀순시킨다는 것이었다. 마을사람들과 베트콩은 말라리아 환자가 늘어나면서 고통을 받고 있었다. 말라리아 치료제를 충분하게 확보하는 것이 시급하다는 내용이었다.

권 대위와 나는 심리전 모든 분야에서 일치된 개념을 확인했다. 즉 '싸우지 않고 승리하는 묘책'에 뜻을 함께한 것이다. 권준택 대위는 행동을 개시하여 베트콩이 비밀리에 내왕이 있다고 예상되는 요소에 구호소를 설치하고 대대 군의관과 위생병을 배치한 후 찾아오는 월남인 환자 치료에 나섰다. 미군 군수지원사령부에 요청하면 소요 보급품을 지원해주었기 때문에 의료 약품은 충분히 보급됐다. 한편 베트콩 기습에 대비하기 위해 몇 곳에 잠복조를 배치하고 철저한 경계 대책도 세웠다.

기적은 약 한 달 뒤부터 일어났다. 구호소에 베트콩 귀순병이 나타나기 시작한 것이다. 이때의 베트콩 귀순병은 베트남전 한국군에게 심리전 최초의 경사였다.

그러나 상급 부대인 연대와 사단의 일부 참모들은 재구대대를 헐뜯기 시작했다. "재구대대는 베트남전에 싸우러 온 것이 아니라 대민사업을 하기 위해 왔다."라는 빈정거림이었다. 이런 소문을 듣고 채명신 사단장이 직접 대대를 방문했다.

나는 브리핑을 통해 "사단장 각하의 지휘 방침에 따라 전투보다 대민 심리전과 대적 선무공작을 통해 적을 제압하겠으며 앞으로도 심리전에 중점을 두고 대대를 지휘하겠습니다."라고 보고를 마친 후 벌써 귀순병이 나오기 시작했다고 하자 채명신 사단장은 벌떡 일어나 가볍게 포옹하고 만면에 웃음 지으며 "과연 맹호 제일의 재구대대야." 하며 칭찬하는 것이었다.

이후 사단은 대민 심리전과 대적 선무공작에 관해 깊은 관심을 두었으며 몇몇 참모의 빈정거림도 사라졌다. 바로 이때 시작한 한국군의 대민 심리전과 대적 선무공작이 베트남전 심리전의 효시가 되었다.

백 명의 베트콩을 놓치는 한이 있어도
한 명의 양민을 보호한다

재구대대의 대민 심리전과 대적 선무공작은 대대 정보관 권준택 대위 주관하에 계속되었다. 권 대위는 대대 군의관 박재구 중위와 함께 대민 구호소에서 상주하다시피 하면서 정성을 쏟았다. 더구나 구호소에 귀순 베트콩이 이어지자 더 신명이 났다. 베트콩 거점지역에는 말라리아가 유행되면서 많은 베트콩이 고통을 받고 있었다. 말라리아 치료제를 대대 구호소에서 나누어준다는 소문을 듣고 베트콩 귀순이 이어진 것이었다.

대민진료에 쓰일 의약품은 무제한 공급되었다. 그 가운데 말라리아 치료제는 가장 많이 공급받았다. 미군 당국에 요청하면 군말없이 헬리콥터로 실어다 주었다.

베트콩 귀순이 계속되자 그들로부터 정보를 얻는 것은 물론이고 이어지는 베트콩 귀순병으로 인해 싸우지 않고 전과를 올리기 시작한 것이다. 이런 과정에서 부자父子 베트콩이 함께 귀순한 사연이 널리 퍼졌다. 이 이야기가 고국의 일간지 여러 곳에 크게 보도되자 권준택 대위는 대민 심리전 성공 사례로 유명해졌다.

재구대대에 베트콩 귀순병이 계속 이어진다는 보고에 접한 채명신 장군이 헬리콥터를 타고 대대를 방문하였다. 채명신 사단장은 주월한국군 사령관을 겸직하고 있었기 때문에 거주처를 사이공(현 호찌민)에 두고 있었다. 나는 브리핑을 통해 심리전과 대민지원사업의 중요성을 설명하면서 '백 명의 베트콩을 놓치는 한이 있어도 한 명의 양민을 보호한다'는 대대장 지휘지침을 보고하자 함께 자리하던 연대장은 못마땅한 표정이었으나 채명신 장군은 벌떡 일어서더니 "지금 대대장 박 중령이 말한 그 지휘지침 가운데 백 명의 베트콩을 놓쳐도 좋다고 했는데 그게 무슨 뜻인가. 나는 이해할 수 없다."라고 말하면서 고개를 갸우뚱했다. 나는 다음과 같이 설명했다.

"우리의 주적은 정규군이 아니고 게릴라들입니다. 상당수 민간인이 포함되어 있습니다. 전투를 하다 보면 양민 학살이라는 누명을 쓸 수 있습니다. 이 지침은 양민을 보호한다는 의미가 있어 월남전의 특수성에 입각해 심리전을 효과적으로 실시하겠다는 의지가 담겨 있습니다."

연대장은 어리둥절한 표정이었지만 채명신 장군은 알았다는 듯이 고개를 끄덕이며 사이공 사령부로 돌아갔다. 그날 밤 채명신 사령관으로부터 전화가 걸려왔다.

"박경석 중령, '백 명의 베트콩을 놓치는 한이 있어도 한 명의 양민을 보호한다'는 귀관의 지휘지침을 주월한국군 사령부 훈령으로 격상시켜 전 주월한국군 부대에 하달할 생각인데 박경석 중령이 양해해 주겠느냐." 하는 내용이었다. 나는 즉각 "무한한 영광입니다."라며 명료한 답변으로 이 일을 매듭지었다.

주월한국군 사령부의 '백 명의 베트콩을 놓치는 한이 있어도 한 명의 양민을 보호한다'는 훈령이 계속 주월한국군 대민 지침으로 유지됨으로써 월남전에서 양민 피해를 극소화할 수 있었다. 어느 전쟁을 막론하고 군인보다 민간인 희생이 훨씬 많다. 이를 두고 양민학살로 몰아대는 것은 전쟁의 본질을 이해 못 한 데서 생긴다.

재구촌 준공과 되찾은 평화

베트남에서 미군은 여단급 단위로 전술책임지역을 할당받고 지역 평정 작전을 수행하지만 채명신 장군은 더 광범위하게 평정지역을 확장하기 위해 대대 단위로 지역 평정을 맡겨 작전하게 했다. 재구대대의 첫 전술책임지역은 1번도로와 19번도로가 교차하는 남탕 지역이었지만 의외로 쉽게 평정되자 채명신 장군은 적정이 가장 드센 푸캇군 일대에 전술책임지역을 할당했다. 미군이 평정하지 못해 철수한 지역이므로 적정이 첫 전술책임지역과 달랐다. 박격포탄이 날아오고 중대전술기지에 침투를 시도하기도 했다. 그러나 중대전술기지에 접근하기 전에 매복병에게 발견돼 시체를 남기고 도주하는 일이 잦았다.

재구대대의 병력은 배속되는 병력이 증가해 항상 1,000명 수준을 유지하고 있었다. 배속된 병력은 105mm 곡사포 1개 포대를 비롯하여 4.2인치 박격포 소대, 1개 공병소대 등이었다.

대대의 전술책임지역은 다시 4개 지역으로 구분해 대대본부 지역, 3개 소총중대 지역으로 할당하여 임무를 분담하고 있었다. 새로운 지역에서도 대대의 주 임무는 대민 심리전과 대적 선무공작에 지향되었다.

이 무렵 깊은 산속으로 피했던 월남인이 떼로 밀려오기 시작했다. 재구대대가 의약품을 나누어주는 착한 군인들이라는 소문 때문이었다. 그런데 돌아온 피난민의 거처가 절대 부족하였다. 특히 용영일 대위의 제9중대 지역이 주거난이 심각했다. 중대장의 건의를 받아들여 피난민을 수용할 마을 건설에 나섰다. 시멘트 등 자재는 미군의 지원으로 해결했고 일부 골격은 대나무를 베어 충당했다. 이곳은 우리나라와 달리 난방이 필요없어서 집짓기에 훨씬 수월했다.

제9중대는 중대장 용영일 대위의 지휘하에 집짓기에 전력을 쏟아부어 작은 학교와 50여 채의 민가를 완성하여 돌아온 월남인을 모두 수용했다. 이에 감동한 빈딩성의 성장은 행정 명령으로 재구촌在求村으로 명명하고 큰 행사를 열어 월남의 명물 마을로 주목을 받았다.

이때 건설한 재구촌이 고국에까지 알려져 기자들이 취재하러 대대를 찾았으며 VIP들의 방문 코스로 각광을 받았다. 이어서 재구대대장 박경석 중령의 이름으로 '대대 주둔지역을 평화지대로 선언하고 적대 행위가 없으면 일체 군사력을 행사하지 않겠다'는 베트남어 전단을 만들어 미군 헬리콥터로 푸캇군 일대에 뿌렸다. 그 후 약 10개월간 작전 임무 수행차 출진하는 전투지역을 제외한 대대 관할 지역에는 단 한 건의 베트콩의 적대 행위가 없었다.

채명신 사령관은 고국에서 오는 귀빈들을 재구촌으로 안내하느라 재구촌을 수십 차례 방문했을 것이다. 채명신 사령관은 재구촌에 올 때마다 '재구의 유산'이라며 흡족해 했다.

재구촌과 평화지대 선언

내가 착상한 재구대대 관할 평화지대 선언을 아군과 적이 묵계로 합의해 그 약속이 이행된 경우는 베트남전의 불가사의였다. 퇴역 후 채명신 장군은 그 평화지대에서 혹시 무슨 일이 일어나지 않을까 조마조마했다고 술회했다.

보복과 응징

재구촌 건설 초기 양민과 함께 대나무 벌채 과정에서 있던 일이다. 베트남은 겨울이 없는 나라이므로 주거 시설이 간단하다. 대나무를 엮어 시멘트를 입히면 벽이 완성된다. 시멘트는 요청하면 미군이 얼마든지 운반해 준다. 제9중대 2개 소대가 중대장 용영일 대위의 지휘로 대나무 벌채를 하고 있을 때 양민으로 가장한 베트콩이 기습사격을 가해와 순식간에 병사 3명이 쓰러졌다. 세 병사는 현장에서 숨졌다. 보고를 받은 나는 절차를 무시하고 즉각 105mm 곡사포대와 4.2인치 박격포소대, 그리고 제12중대 81mm 박격포에 사격명령을 내려 그 마을을 표적으로 포탄을 퍼부어 박살냈다.

첫 포탄으로 제12중대장 방서남(육사 15기) 대위가 지휘하는 81mm 박격포탄이 작렬하였다. 제12중대는 중화기중대라서 늘 대대장과 대대본부 경계를 전담하고 있었으므로 작전 참가 기회가 거의 없던 방서남 대위는 박격포소대를 신속하게 지휘하여 포탄을 발사했다.

마을은 십여 호에 불과했다. 월남 관할 월남인 마을에 대한 포탄 사격은 연대와 사단을 거쳐 월남 군청과 성장의 승인이 있어야만 가능했다. 절차를 밟으면 베트콩이 모두 도망가기 때문에 나는 사격명령을 내렸다. 내가 사격 중지명령을 내릴 때까지 계속 포탄을 퍼부어 가옥을 박살내고 예상 도주로까지 한동안 포격을 계속했다.

연대와 사단에서는 난리가 났다. 사이공의 주월한국군 사령부에서도 유무선 가릴 것 없이 연락이 빗발쳤다. 나는 처벌을 각오하고 전화도 받지 않고 포격을 계속했다. 맹호사단 포병사령관이 달려와 포병사격 중지를 호소했다. 나는 "내가 모든 책임을 진다."라고 소리치면서 사격을 중단시키지 않았다. 결국 마을은 잿더미로 변했고 시체 5구를 확인했다. 다행히 마을 사람들은 사전에 피신해 희생이 적었다.

이 사건이 알려지자 성장과 군수 등이 크게 문제를 일으켰다. 월남군 사령부는 물론 월남 정부도 항의 대열에 나섰다. 이틀 후 대대본부로 진

재구촌

상 조사와 항의차 성장과 군수 일행이 찾아왔다. 이어서 연대장 김정운, 유병현 사단장, 채명신 장군도 도착했다.

나는 각오를 단단히 하고 일행을 야전의자에 앉게 하였다. 나는 당당한 어조로 상황을 설명했다. 이어서 빈딩 성장이 장황하게 항의했다. 나는 월남 당국의 항의에 다음과 같이 격한 말로 쏘아댔다.

"촌락 건설을 위한 대민사업을 수행하는 병사들을 저격해 내 부하 3명이 죽었다. 이 과정에서 절차가 무슨 필요 있는가. 절차를 밟는 동안 적은 도주할 것이 아닌가. 전쟁은 응징과 보복으로 이어지는 무절차의 연속이다. 나는 내 부하를 사살한 적의 거점을 응징한 것이다. 앞으로도 전투행위가 아닌 평화로운 대민사업 중에 불법 저격을 가하면 더 가혹하게 응징할 것이다."

197

내 말이 끝나자 성장과 군수는 아무 말도 못하고 돌아갔다. 채명신 장군, 사단장, 연대장도 말없이 돌아갔다. 이 일은 더이상 확대되지 않고 마무리되었다.

내가 지휘하는 재구대대 제1진은 13개월간의 전투에서 전체 사망자는 소대장 김무석 중위 1명과 사병 17명이었다. 그 가운데 사고사는 이때 숨진 3명뿐이고 나머지 15명은 전사자였다. 전 제대별 대대 단위 사고사 통계에서 재구대대 사고사 3명은 가장 적다. 전사 15명 또한 가장 적다.

채명신 장군은 전역 후 재구대대 제1진 전사 15명과 사고사 3명 합계 18명의 희생은 기적에 가까운 적은 수임을 강조하면서 재구 정신在求精神의 구현이라고 했다.

나는 이 사건 며칠 뒤 전단을 만들어 헬리콥터를 타고 재구대대 전술책임지역 내의 행정관서와 마을에 골고루 뿌렸다. 내용은 다음과 같다.

"재구대대는 양민 보호와 구호에 계속 힘쓸 것이다. 작전명령에 따른 전투 시 외에는 어떤 경우도 사격을 하지 않고 양민을 보호한다. 다만 평시 대대 전술책임지역에서 평화로운 활동을 방해하거나 위해를 끼칠 때는 몇 배로 응징할 것이다."

맹호 재구대대장 육군중령 박경석

귀순 베트콩 심문을 통해 빈딘성 베트콩 지휘부에서는 '푸캇군 한국군을 한국군 지역에서 건드리지 말라. 보복을 받는다'는 비밀 지령이 내려졌음을 확인할 수 있었다.

'싸우지 않고 승리하는 리더십'에는 '보복과 응징'이라는 뒷받침이 필수적이다. 허술한 대처는 급소를 피격당하기 마련이다. 나는 이때의 독단 전횡을 후회는커녕 정당방위로 생각하고 있다.

7. 영욕의 함정

전우애

맹호사단 재구대대 후임 3대 대대장 노태우 중령은 대통령이 된 후에도 재구대대장 경력을 자랑스러워 했다. 또한 초대 대대장인 내 무공에 대해 사석에서 경의를 표한 바 있다. 내가 전역 후 한국군사학회와 군사평론가협회를 창립하여 10여 년 동안 군사 발전에 기여하고 있을 무렵 노태우의 묵시적인 후원이 이어지는 것을 느낄 수 있었다.

용산 전쟁기념관에는 필자의 시비詩碑, 서시序詩, 조국추모시祖國追慕詩 3점이 건립돼 있다. 문단의 원로 시인을 비롯해 후보 작품이 많았으나 모두 필자의 작품 3점만 전쟁기념관 시비로 선정됐다. 시가 탁월한 문장임은 말할 것도 없지만 그 시를 지은 시인이 한 점 부끄럽지 않은 인물이어야 한다는 점이 전제 조건이었다. 이 또한 노태우 대통령의 배려인 듯싶다.

재구대대 대대장 전후임 간의 전우애가 보여준 멋진 경우가 아닐까? 노태우 장군은 전역사에서 '육군에서 가장 영광스러웠던 근무처로 맹호사단 재구대대장 시절'임을 밝힌 바 있다. 나 또한 초대 재구대대장이 가장 의미 있는 근무처였다. 이처럼 알게 모르게 강재구 소령의 거룩한 살신성인의 연緣은 조국을 보위하는 전사들의 귀감이 되어 영원히 죽지 않고 살아 있을 것이다.

영광 후 불행의 질곡

채명신 장군이 기획한 맹호5호작전, 맹호6호작전에서 대대장 임무를 완수하고 정글 속 지휘소 생활을 마감했다. 정글 근무 13개월 동안 더위와 모기 그리고 베트콩의 위협으로부터 벗어나 자유의 몸이 된 것이다. 1966년 11월 하순 귀국선을 타고 부산항에 상륙하자 몇 가지 경이로운 사실이 내 눈앞에 전개되었다.

첫째, 모든 국민이 예상 밖으로 베트남전에 대해 관심이 있었고 한국군의 연전연승에 환호하고 있었다. 베트남전 참전을 긍정적으로 보는 점은 말할 것도 없고 자랑스러워했다. 특히 주월한국군 사령관 채명신 장군의 인기는 추앙의 경지까지 이르렀다. "다음 대통령은 채명신 장군이야." 하는 말이 공공연하게 들려오고 있었다.

나는 이런 상황에 기뻐하기는커녕 고민에 빠져들었다. 6·25 한국전쟁 초전 한강 방어의 영웅이자 일명 5성장군으로 불리던 김홍일 중장이 하늘 찌르는 인기 탓에 느닷없이 예비역으로 편입되고 자유중국 대사로 유배 아닌 유배를 당한 사실을 알기 때문이었다.

나의 예측은 적중하였다. 채명신 장군은 빛나는 전공을 세우고 귀국했지만 4성 장군에 오르지 못하고 2군사령관을 끝으로 예비역에 편입되면서 스웨덴 대사로 유배를 당했다. 그 후에도 계속 귀국하지 못하고 그리스 대사, 브라질 대사를 전전하다가 박정희 대통령이 세상을 떠난 후 10여 년 만에 귀국할 수 있었다.

이어지는 불행의 족쇄

그 족쇄는 채명신 장군에 이어 나 박경석에게까지 미쳤다. 『조선일보』 기자인 선우 휘 작가가 재구대대 11중대에 상주하면서 보낸 귀국 리포트가 지상에 연속 게재하면서 재구대대의 명성과 함께 내 이름이 오르내렸다. 그 여파로 정글에서 집필한 진중수기 『十九番道路』와 『그대와 나의 遺産』 가운데 『十九番道路』가 베스트셀러가 되었다. 수입 인세는 전액 파월 가족 후원단체에 기부했다. KBS 1TV에서는 〈1967년을 빛낸 사람〉으로 선정돼 박경석 중령의 출연 인터뷰 영상이 보도되는 등 박경석의 이름은 많은 사람의 입에 회자되었다. MBC TV에서도 베트남전 대하 실록 〈그날〉이 독서 토론 시간에 방영되었다. 이 같은 TV 출연은 모두 육군본부 정훈감실의 공식 절차에 따랐을 뿐이었다.

1966년에는 신성일, 고은아 주연 영화 〈소령 강재구〉가 제작되어 상영관마다 매진되었다. 교과서에는 내가 기초한 「소령 강재구 이야기」가 실렸다. 더구나 육군본부에서는 주요 지휘관 회의에서 참모총장 김계원 대장

재구촌

이 나 박경석에게 베트남전에서의 두 번째 을지무공훈장을 달아주며 베트남전의 영웅으로 명명함에 따라 시샘과 질시가 따랐다. 뒷말도 무성하였다. "박경석이 혼자 싸웠나?", "재구촌 만들어 쇼만 했다지." 등등. 틀린 말이 아니다. 나 혼자 싸운 게 아니라 부하 장병이 싸웠고 재구촌은 평화지대 유지를 위해 베트콩에게 쇼를 했기 때문이다.

유명세 탓에 나는 중령, 대령, 준장 시절 10회 10년의 진급 탈락을 겪으며 육군 준장 8년 차에 만기 전역했다. 장교 진급은 선발된 진급심사위원들이 합숙 심사하기 때문에 무공, 근무성적 등의 영향은 받지 않을 경우가 있었다. 기록이 좋을 경우 진급에서 누락되는 폐단이 있어 늘 뒷말이 무성했다. 민감한 시기에 보이지 않는 손에 의해 엉뚱한 방향으로 선발되는 경우도 있었다.

나는 2022년에 예편한 지 42년을 맞이한다. 그 인고의 세월 10년을 후회하지 않는다. 당시는 자살 직전의 고통을 겪었을지라도 작품의 소재가 풍성해져 계속 작품을 쏟아낼 수 있었기 때문이다. 험난했던 길이지만 정의롭게 걸어왔다는 자긍심은 보람이다.

무너지는 박경석의 자존

1965년 10월 4일 10시 37분의 박경석이 되어 본다. 10중대장 강재구 대위를 내 자존에 포갠다. 그 결과 내 자존이 무참히 무너진다.

지금이나 그때나 수류탄이 부하 앞으로 날아가고 있다면 나는 강재구처럼 달려가 그 수류탄을 몸으로 덮쳐 부하를 살리지 못하고 수류탄 반대방향에 엎드릴 것이다. 소령 강재구는 내 부하 중대장이지만 나의 군신이며 영웅이다.

8. 때로는 부하에게 굴복하는 리더십

나는 31년간 직업군인으로 근무하는 동안 덕과 슬기를 갖춘 직속상관 휘하에서 근무한 경험이 있다. 이름을 밝힌다면 베트남전에서 초대 맹호사단장, 주월한국군 사령관, 제2군사령관을 역임한 채명신 장군(육사5기)과 보병 제1사단장, 제5군단장, 제2군사령관을 역임한 이병형 장군(육사4기)이다. 두 분 모두 아쉽게도 중장으로 전역했다.

나는 제1사단과 맹호사단에서 대대장 직위에서 3년 근무했다. 두 장군은 육군의 최고위 장성 직에는 오르지 못했지만, 어찌 다른 4성 장군에 비길 수 있으랴. 별 숫자와 위대한 장군과는 아무런 연관이 없다. 나는 군 복무 중 두 분의 리더십을 되새기며 부대를 지휘하였다.

재구대대장 시절 내 고질적인 잘못을 시정해준 부하 중대장과의 일화를 소개하겠다. 1965년 10월 중순 빈딩성 퀴논 남부 남탕 지역에 첫 주둔지를 설정한 제1진 재구대대는 베트콩의 위협하에 진지를 구축하고 있었다. 나는 예하 중대를 순시하는 도중 제9중대 지역이 환경이 엉망인 것을 발견하고 난리를 피웠다. 그때 현장에는 중대장이 없었다.

나는 몹시 깔끔한 성격이라 남들로부터 결벽증이라는 소리도 듣고 있었다. 나는 가는 곳마다 주위 환경을 먼저 점검하면서 깨끗이 정돈되지 않으면 힐책하곤 했다. 아무리 전장이라고 해도 주위 환경의 청결할 것을 지나칠 정도로 강조했다. 그런데 제9중대 진지 주변에 C-레이션(미제 전투식량) 깡통, 종이박스, 담배꽁초 등이 널려 있어 화를 크게 냈다. 한참 소란을 떨고 대대장 지휘천막으로 돌아왔다.

몇 시간이 지났을까 제9중대장 용영일 대위가 긴장한 얼굴로 지휘천막으로 들어와 거수경례를 했다. 나는 중대장에게 뭐라 말하려고 그 앞에 다가갔다. 중대장은 철모를 벗더니 "대대장님. 저를 귀국시켜 주십시오."라며 정중하지만 결의에 찬 목소리로 말했다. 나는 의아하게 생각하면서 왜냐고 다그쳤다.

"대대장님, 제가 없는 사이에 중대원들에게 호통을 치고 힐책하신다면

제가 어떻게 중대를 지휘할 수 있겠습니까? 저는 이미 중대장 자격을 잃었습니다."

순간 기분이 상했지만 내 잘못도 있다고 생각했다. 내가 없을 때 연대장이 와서 소란을 피우고 갔다면 참을 수 없는 모독이라는 생각이 스쳤다. 그 중대장은 중대원을 단결시키고, 철저한 군인정신의 소유자로 알고 있었으므로 그를 놓치고 싶지 않았다. 나는 중대장을 덥석 안고 어깨를 두드리며 말했다.

"내가 잘못했네. 귀국하겠다는 말을 거두게." 내 말이 떨어지자 그는 철모를 쓰고 깍듯이 거수경례를 하고 "알겠습니다. 열심히 근무하겠습니다."라며 나갔다. 그 후부터 나는 중대장이 없을 때 예하 중대 순시를 삼가고 중대장의 지휘권을 존중해 주었다.

몇 달 후 그 중대장은 야간 기습작전에서 승전하고 적으로부터 밤을 되찾는 새 전사를 남겼다. 그는 재구대대 신화 창조의 주역으로 중대 단위 최고의 무공을 세워 을지무공훈장, 충무무공훈장, 월남 최고 무공훈장 등을 수훈했다. 을지무공훈장은 2등급이다. 1등급인 태극무공훈장은 살신성인으로 순직한 고 강재구 소령, 안케패스 전투에서 전사한 소대장 임동춘 대위, 백마사단에서 정찰 중 지뢰사고로 순직한 고 송서규 대령, 채명신·이세호 두 주월한국군 사령관 등에 수여되었으며, 특별한 의미가 첨가될 경우 수여된다. 실제 전투를 통해 받는 을지무공훈장은 최고 무공수훈의 의미가 있다.

용영일 대위는 귀국 후 성공적인 부대근무를 통해 3성 장군으로 승진하여 국가안보에 크게 기여한 후 전역했다. 맹호 제1진 재구대대 주요 간부는 모두 장군이 되었으며 이 기록은 육군사에 제1진 재구대대가 유일하다.

50년이 흘러간 지금도 '재구회'라는 모임을 정기적으로 갖는다. 그때마다 용영일 장군은 나에게 "대대장님"으로 호칭하며 인사한다. 나는 '장군' 호칭보다 '대대장' 호칭이 더 정겹다. 그만큼 전장에서 맺어진 전우애는 각별하다.

9. 한국군 최초의 군사교리

맹호사단은 1965년 10월, 베트남의 간선도로인 1번도로와 19번도로의 교차 요충지인 빈딩성의 성도 퀴논항에 상륙했다. 첫 상륙한 보병 제1연대와 기갑연대는 퀴논 북서쪽 1번도로와 19번도로를 연한 정글지대에 분산 배치되었다.

맹호사단 제1진의 연대장 2명과 대대장 6명은 모두 6·25 한국전쟁에서 무공훈장을 수훈한 전투경험자이며 미국 군사학교에서 유학을 마친 장교로 엄정한 선발 과정을 거쳤기에 긍지가 대단하였다. 특히 이들 지휘관 모두 해당 지휘관을 성공적으로 경험했기 때문에 자신만만한 기개로 야전근무에 임했다.

사단장 채명신 소장은 6·25 한국전쟁 시 백골병단을 지휘해 적진 깊숙이 침투하여 유격전을 전개해 혁혁한 전공을 세운 전쟁영웅이면서 이미 제5사단장을 성공적으로 끝냈다. 나 또한 2년 전 제1사단 재15연대 제2대대장직을 끝냈었다.

주월한국군의 최초 배치는 대대 단위로 할당된 전술책임지역에 한결같이 대대 단위로 주둔지를 정했다. 주둔지는 민가와 멀리 떨어진 정글지대이므로 지원 시설이나 편의 시설이 있을 리 없었다. 다만 미군이 헬리콥터로 휴대식량과 음료수를 운반해 줄 뿐이었다. 도착과 동시에 억수 같이 쏟아지는 비를 맞으며 각각 개인 판초 우의를 2매씩 연결해 주거 시설로 삼았다.

장병 어느 누구 불평하는 기색이 없었다. 첫 전투부대 원정군으로서 엄격한 선발 과정을 거쳤기에 명예로운 긍지를 한껏 뽐내고 있었다. 첫날 밤부터 쿵쿵거리는 포성과 멀리서 들려오는 기관총의 연발음이 몹시 신경을 곤두세웠다. 날이 밝자 사단장 채명신 소장이 대대 주둔지에 도착했다. 뜻밖에 사단장이 대대에 도착하자 대대 장병들은 환호성을 지르며 반겼다.

브리핑을 받기도 전에 사단장은 대대의 각 중대를 대대 전술지역 내에 광범위하게 산개해 중대별로 전술기지를 만들어 분산 배치하라는 명령을 내렸다. 나는 깜짝 놀랐다. 대대 단위로 주둔하면서 그 기지에서 주어진 임무에 따라 출진해서 작전에 임하는 것으로 알고 있었기 때문에 중대별로 분산 배치한다는 것에 의문이 갔다. 사단장의 첫 명령은 간단했다.

첫째, 중대는 사주방어 형식의 방어진지를 구축, 적의 공격으로부터 48시간 전투를 계속할 수 있는 대비와 함께 탄약 등 모든 보급품을 준비하라.

둘째, 각 중대기지는 모두 포병 지원화력의 엄호를 받도록 배치하되 일부 불가능할 시는 대대 화력으로 엄호할 수 있도록 하라. 필요하다면 대대에 야전포병 1개 포대를 직접 지원토록 한다.

뒤늦게 도착한 연대장 김정운 대령과 나는 매우 난감한 표정을 지으며 답변을 주저하고 있었다. 군대는 명령에 죽고 산다는 명제 앞에서 무엇을 주저하랴. 나는 큰 소리로 "네. 알겠습니다. 즉각 시행하겠습니다."라고 대답했다. 사단장은 이어서 "박 중령이 중대전술기지를 완성하여 1주일 내에 다른 부대가 표준으로 삼을 수 있도록 시범을 준비할 수 있겠는가?"라고 물어왔다. 그것 또한 막막하였다. 그러나 사단장의 의사 타진은 명령과 같다고 생각하고 더 힘차게 입을 열었다. "네. 1주일 내로 중대전술기지 시범 준비를 완성하겠습니다." 그때서야 채명신 장군은 얼굴에 웃음을 띠며 "한국군 유일의 재구대대장이 아닌가. 귀관을 믿는다."라는 말을 남기고 대대를 떠났다.

연대장과 나는 얼굴을 맞대며 걱정스러운 표정을 지으며 한동안 말을 잇지 못했다. 연대장이 떠난 다음 나는 즉시 제9중대장 용영일 대위를 불러 제9중대 전술기지 시범 준비를 지시했다. 용 대위는 책임감이 강하고 재치가 뛰어나 충분히 할 수 있다고 생각했다. 시범 준비는 착착 진행되어갔다. 나는 시범에 필요한 실탄, 철조망, 대인지뢰 등 필요한 보급품을 차질 없이 지원했다. 필요한 보급품은 품목, 수량에 관계없이 요청하는 대로 미군이 적시에 운반해 주었다.

예측한 대로 사단장의 중대전술기지 설치 안에 대해 곳곳에서 불만이 터져나왔다. 모든 지휘관이 내가 최초에 의문을 품은 것처럼 회의적으로 평가하고 있었다. 그러나 사단장 채명신 장군의 중대전술기지 개념은 확고했다.

이 무렵 미군사령부에서도 한국군의 중대전술기지 설정을 몹시 못마땅해했다. 당시 미군의 전략 개념은 3단계로 구분된 공세이전을 위한 것이었다. 그 3단계 전략은 다음과 같다.

제1단계　여단 또는 연대, 대대 기지를 확보한다.
제2단계　기지의 방어를 위하여 105mm 곡사포 사정거리 이내에서 작전을 전개하며 월남군과 연합작전하에 원거리 전투정찰과 공격을 결행한다.

제3단계 월남군이 필요로 할 때 기동타격부대를 지원하며 본격적인 방어로 이행한다. 이와 동시에 해안선 기지의 안전이 확보되면 내륙으로 이동하여 기지 확보를 목표로 작전을 전개한다.

이 3단계 전략 개념을 미군 당국은 '탐색 및 격멸전략'이라고 이름 붙였다. 그런데 한국군은 중대별로 전개시켜 놓고 어떻게 적을 섬멸하겠다는 것인지 알 수 없다며 은근히 연대나 대대 단위로 기지를 설정할 것을 희망하고 있었다.

채명신 장군은 오히려 미군의 전략 개념을 회의의 눈초리로 보았다. 채명신 장군의 전략 개념은 다음과 같다.

제1단계 전술책임지역 방위를 위한 거점을 구축하는 데 목표를 두고 부대를 배치하되 중대단위 전술기지를 설치하여 기지 주변의 전투정찰과 탐색을 실시.

제2단계 공세로 이전할 발판을 구축하는 것을 목표로 전술책임지역 내의 적의 지배지역을 수복, 평정 후 안정에 성공하면 전술책임지역 밖으로의 공격태세 완비.

제3단계 대부대작전을 전개하여 전술책임지역을 점진적으로 확대하며 경계선 밖에 있는 적을 격멸시키는 한편 월남정부의 평정계획을 지원.

이 3단계 전략 개념에 의거해 재구대대 제9중대의 중대전술기지 시범은 성공리에 마칠 수 있었고, 이 모델을 참고로 맹호사단 청룡여단 각 대대는 중대별로 전술기지 구축에 들어갔다. 채명신 장군의 중대전술기지 설치에 대한 일반지침은 다음과 같다.

첫째, 적의 연대규모 공격에 48시간 이상 지탱할 수 있도록 진지를 구축하고 소요되는 탄약과 식량을 비축한다.

둘째, 중대전술기지는 포병의 지원화력 사정권 내에 설치하며 기지와 기지 간의 간격을 야간 매복과 탐색으로 보강한다.

셋째, 기지는 모든 작전행동과 월남 당국에 의하여 추진되는 촌락작전 계획을 지원하는 거점으로 활용한다.

채명신 장군의 전략개념에 의한 중대전술기지는 주변의 반대에도 불구하고 베트남 도착 1개월 내에 완성되었다. 미군 당국은 물론 월남군 당국도 우려의 눈초리로 수많은 중대전술기지를 주시했다. 미군 측이나 월남군 측에서 '머지 않아 한국군의 중대기지가 적군에 의해 유린될 것'으로 생각했다. 자기들은 대대 아니 연대까지 기습을 받고 종종 큰 피해를 입고 있는데 한국군의 중대 정도는 베트콩의 먹잇감이 될 것이라고 추정했을 것이다.

더구나 미군사령관 휘하를 벗어나 한국군 소장이 멋대로 독단 행동을 한다는 질투도 있었을 것이다. 이런 시간이 흘렀지만 한국군 중대전술기지에서는 놀랄 만한 전과를 계속 올리고 있었다. 베트콩은 한국군의 기지쯤은 기습으로 단숨에 점령할 수 있을 것이라고 기회를 엿보았다. 중대전술기지 설치 후 보름이 지나자 평야지대에 드문드문 산개되어 있는 중대전술기지에 배트콩의 야간 기습이 강행되었다.

그러나 베트콩의 장담과는 달리 중대전술기지에 도달하기 전에 한국군 매복병에게 발견되어 사살되기 일쑤였다. 한국군에게 당하기만 하던 공산군 측은 분대 규모에서 소대 규모로 점차 기습병력을 증가하면서 재차 야간 기습을 시도했으나 번번이 실패했다.

공산군 측은 결전의 태세로 전환하고 더욱 강도 높은 작전을 준비했다. 맹호의 사단사령부나 연대본부에서 멀리 떨어져 있는 1개 중대전술기지에 눈독을 드리고 만반의 준비를 서둘렀다. 두코에 배치된 맹호사단 기갑연대 제3대대 9중대가 그들의 표적이 되었다.

두코는 중부 베트남과 캄보디아의 국경지대 부근에 있는 월맹군의 호찌민 루트상 요충지이다. 미군 당국의 요청에 따라 한시적으로 1개 대대를 보냈었다.

제9중대 전술기지에 야간공격을 감행한 적은 월맹군 제308사단 88연대 제5대대 예하의 4개 중대와 공병특공대의 3개 중대로 도합 증강된 2개 대대 규모였다. 밤새도록 혈전이 이어지는 가운데 맹호 용사는 미군의 포병화력과 전차화력의 지원을 받으며 방어에 성공, 월맹군을 통쾌하게 격퇴했다.

전투 결과 확인된 적의 시체 187구 외에 도주하면서 운반해 갔을 시체와 부상병을 추산하면 적의 손실은 300여 명이 넘었다. 아군의 손실은 전사 7명과 전상 42명이었다. 이 전투를 계기로 한국군의 중대전술기지 개념의 효용성을 반신반의하던 미군 당국은 태도를 바꾸고 합당성을 인정하기에 이르렀다. 그 후 미군 측은 중대전술기지를 화력기지 Fire Base 라고 명명하고 전술적 운영에 대한 연구개발에 착수하게 되었다.

두코전투의 승첩을 중요하게 보는 이유는 채명신 장군이 창안한 전략 개념이 실전을 통해 입증된 한국 최초의 군사교리라는 점이다. 두코전투 이후 공산군은 대패를 만회하기 위해 해병의 짜빈동 중대전술기지에 대공세를 가했으나 역시 참담하게 패배했다. 중대전술기지에서 이어진 한국군의 승첩과 함께 재구대대 야간침투작전의 성공은 세계의 이목을 집중시켰다.

재구대대는 제9중대와 제11중대를 투입하는 야간침투작전을 결행하여 한국군뿐만 아니라 미군도 시도하지 못한 야간 작전의 성공으로 새로운 군사교리를 창출하는 데 성공했다. 한국군의 새로운 군사교리는 국내 언론뿐만 아니라 미국의 『시카고 트리뷴』을 비롯한 외신에 보도됨으로써 한국군의 위상이 일시에 일류군대로 인식되는 쾌거를 이룩하였다.

후임 주월한국군 사령관 이세호 장군은 일본군 출신이다. 그는 부임 이후 폭압적 리더십을 구사하면서 사사건건 예하 사단장들과 의견 대립을 이어갔다. 그 결과 채명신 장군의 리더십으로 일사불란했던 주월한국군의 조직 체계가 흐트러졌다. 이와 같이 리더의 리더십은 조직의 성공과 실패에 직접 영향을 미친다는 사실을 명징하게 확인할 수 있다.

10. 긍정과 부정의 두 시각

2022년은 베트남전에 전투부대를 파병한 지 57주년이 되는 해이다. 우리 육군은 맹호사단으로 호칭하는 수도보병사단의 제1연대와 기갑연대가 제1진으로 파병되었다. 지금은 베트남전에 대한 역사적 의의와 베트남전으로 인한 국군의 발전과 국가 경제에 크게 기여한 점을 소홀히 하고 있는 경향이 짙다. 아마 망각하고 있을지 모른다. 그러므로 베트남전을 되돌아보며 국군이 기여한 업적을 평가하면서 우리의 자긍심을 고취하는 것도 좋은 일이라고 생각된다. 특히 베트남전 파병에 관한 긍정과 부정의 시각은 학계에서 예리하게 부상하는 사실에 주의가 필요하다.

동국대학교 강정구 교수, 성공회대학교 한홍구 교수는 베트남전 한국군 파병을 부정적으로 보는 대표적 장본인이다. 그들은 파병 자체가 국익에 보탬이 되지 않을뿐더러 미국의 청부전쟁 용병이며 한국군은 양민을 학살한 주범이라고 주장한다. 이들의 부정적인 시각이 먹혀들어 김영삼 정부의 교육부 장관 김숙희는 공개 강론에서 국군의 미국 청부전쟁 용병설과 함께 한국군 파병을 역사에 누를 끼친 실책으로까지 비하했다.

『한겨레21』 통신원 구수정은 공산 베트남을 이곳저곳 돌아다니며 확인했다는 내용을 언론을 통해 발표하는가 하면, 강정구 교수는 그 내용이 사실이라며 학술회의에서 발표하기까지 했다. 그들이 주장하는 한국군의 비행 내용은 다음과 같다.

- 1965년 12월 22일. 한국군 작전 병력 2개 대대가 빈딩성 퀴논시에 있는 몇 개 마을에서 깨끗이 죽이고 깨끗이 불태우고 깨끗이 파괴한다는 작전 아래 12세 어린이 22명, 여성 22명, 임산부 3명, 70세 이상 노인 6명을 학살했다.

- '랑'은 아이를 출산한 지 이틀 만에 한국군의 총에 맞아 숨졌다. 그의 아이는 군홧발에 짓이겨진 채 피가 낭자한 어머니의 가슴 위에 던졌다. 임신 8개월의 '축'은 총알이 관통되어 숨졌으며 자궁이 밖으로 나왔다. 남한 병사는 한 살배기 어린이를 업고 있던 '찬'도 총을 쏘아 죽였고 아이의 머리를 잘라 땅에 내동댕이쳤으며 남은 몸통은 여러 조각으로 잘라내 먼지 구덩이에 버렸다.

- 그들은 또한 두 살배기 아이의 목을 꺾어 죽였고 한 아이의 몸을 들어 올려 나무에 던져 숨지게 한 뒤 불에 태웠다. 그러고는 열두 살 난 '융'의 다리를 쏘아 넘어뜨린 뒤 산 채로 불구덩이에 던져 넣었다.

- 한국군이 마을에 들어가 주민을 체포하면 남자와 여자로 나눴다. 그러고는 남자는 총알받이로 데리고 나가고 여자는 군인들 노리개로 썼다. 희롱하고 강간하는 것은 물론 여성들의 가장 신성한 부분에 불을 지르기도 했다.

- 한국군의 민간인 학살 행위는 무차별 기관총 난사, 대량 학살, 임산부 난자 살해, 강간 살해, 가옥 등에 불 지르기 등이었고 아이들의 머리를 깨뜨리거나 목을 자르고 다리를 자르거나 사지를 불에 던져 넣고 여성을 돌아가며 강간한 뒤 살해하고 임산부의

배를 태아가 나올 때까지 군홧발로 짓밟고 주민들을 마을의 땅굴로 몰아넣고 독가스를 분사해 질식사시키는 것이었다.

위 글은 천인공노할 만행이며 태평양전쟁 때 일본군이 중국에서 저지른 만행을 방불케 한다. 또한 잔혹소설의 한 구절을 연상하게 한다. 우리가 가지고 있지도 않은 독가스를 분사해 질식사시켰다는 내용에 이르러서는 아연실색할 수밖에 없다.

이런 내용은 베트남전 당시 베트콩이 사용한 심리전 전단 내용과 흡사하다. 이런 모략 중상이 21세기에 학술회의에서 이루어지는 실태이다. 이런 내용이 학술지에 게재되어 세월이 흐르면 진실이 되고 역사의 한 페이지로 남는다. 따라서 당사자가 생존했을 때 이를 확실히 규명해서 명백한 반론을 남겨 한국군의 명예를 지켜야 한다.

위에 제시된 1965년 12월 22일이라면 필자가 맹호사단 제1연대 재구대대장으로 재직 중인 날짜이다. 또한 빈딩성 퀴논시 지역이라면 분명 제1연대 전술책임지역이다. 사단장은 채명신 소장이고 제1연대장은 김정운 대령이다. 1965년 12월 22일 제1연대가 퀴논지역에서 작전한 부대는 배정도 중령이 지휘한 1대대와 이필조 중령이 지휘한 2대대였다.

이 중대한 사건에 접해 당사자인 사단장, 연대장, 대대장이 모여 대책을 강구했다. 그 결과를 강정구 교수와 한홍구 교수에게 통보하고 학술회의를 제의했다. 두 교수도 수용한다고 해서 우리 측에서는 채명신, 박경석, 이선호, 지만원 등이 두 교수와 함께 학술회의를 열었다.

필자가 회장으로 있는 한국군사평론가협회가 주관하고 『동아일보』의 후원으로 이루어졌다. 필자가 기조연설을 하고 이선호, 지만원, 강정구, 한홍구가 발언을 했다. 강정구와 한홍구는 '한국군의 베트남 전 참전과 민간인 참상'이 주제였고, 우리 측 이선호와 지만원은 '한국군의 베트남 전 참전 재조명'이 주제였다. 주제 발표가 끝난 뒤 채명신 장군이 결론적인 연설로 끝맺었다.

그날 학술회의에서 강정구 교수와 한홍구 교수는 구수정 기자가 만들었다는 문제의 글을 낭독 주장한 외에 단 하나의 증거도 제시하지 못했다. 이로써 한국군의 양민 학살설이 사실이 아닌 것으로 일단락되는 듯했다.

그 후에도 한국군의 용병설과 양민 학살설이 학술지에 발표되는가 하면 학위 논문에도 인용되고 있기 때문에 책임을 절감하고 육군본부에서 발행하는 『군사연구지』에 기고하게 되었다.

주월한국군이 가장 중시한 것은 양민의 희생 방지였다. 채명신 사령관의 가장 강력한 훈령은 '백 명의 베트콩을 놓치는 한이 있어도 한 명의 양민을 보호하라"이다.

이 훈령에 따라 한국군은 희생을 각오하면서까지 양민 보호에 나섰다. 물론 전장에서 양민의 희생을 100% 막을 수는 없다. 어느 전쟁에서나 군인의 희생보다 민간인의 희생이 많다. 더구나 베트콩은 여자도 있고 어린이도 이용한다. 그래서 우리는 어린이의 수류탄에 희생되는 비극도 겪었다. 지금 학계에서 인용되는 한국군의 양민 학살 자료는 대부분 베트콩이 심리전에 이용했던 허위사실임을 분명히 밝힌다.

베트남전 참전은 우리나라 경제에 기여해서 오늘날 경제력의 바탕이 되었고, 한국군이 제1급 군대로 발돋움한 위대한 족적을 남겼다는 긍정적 시각이 더 우세한 것은 숨길 수 없는 사실이다. 그러나 우리는 부정적 시각에도 철저히 대비해야 하는 경계심도 갖추어야 한다. 참전 노병들은 매일 그런 간접침략을 분쇄하기 위해 분투하고 있음을 현역 후배들에게 밝힌다.

국군의 베트남전 파병은 조국과 국군에게 내린 하늘의 은총이라고 필자는 늘 생각하고 있다. 국군의 베트남전쟁 참전이 없었더라면 오늘의 경제대국 대한민국과 제1급 선진 국군은 이룰 수 없었을 것이라는 추정이 필자의 역사관이다.

참고 사항: 한국군 양민 학살설에 대한 조사 규명

필자가 조사 규명한 결과는 다음과 같다.

1965년 12월 하순, 맹호5호작전 시 맹호 제1연대 제2대대 작전지역에서 수색작전을 수행하던 강군길 대위가 지휘하는 제2대대 제7중대가 수류탄 공격을 받고 치열한 전투가 벌어졌다. 베트콩이 땅굴과 연결된 방공호로 도피하는 것을 발견하고 수류탄을 투척해서 베트콩을 비롯한 남녀 몇 명이 폭사한 사건이 있었음.

2011.03.07 12:29:00

몇 명의 민간인 희생이 있었던 것은 확인되었으나 해당 지역에서 입었

218

다는 희생자 수와는 엄청난 차이가 남. 전체 작전지역에서의 민간인 희생자를 합산한 것으로 추정할 수 있음. 전투에서 민간인 희생은 불가피하지만 고의적인 학살이 아닌 것만큼은 확실함.

2011.03.07 12:34:43

이 글이 나간 후 계속 전사를 비롯하여 많은 기록을 정밀 검토하고 이 작전에 연루된 관계 장병들을 추적하여 면접을 통하여 확인한 결과 구수정 기자의 글이 곡해, 과장되었을지라도 전혀 터무니없는 내용이 아님을 확인함.

2011.03.07 13:00:47

이 전투를 지휘한 제2대대장은 이필조 중령(소장 예편, 종합 출신)이며 중대장은 강군길 대위(대령 예편, 육사16기)인데 강군길 대위는 이 전투에서 총상을 입고 후송되었음.

2011.03.07 13:23:57

전투 중 민간인 희생은 어쩔 수 없는 불행한 일이다. 전투행위는 적에 대한 응징과 보복의 연속이므로 이 과정에서 민간인 희생은 불가피하다. 고금의 크고 작은 전쟁에서 전투 당사자인 군인의 희생보다 민간인 희생이 많음은 이를 입증한다. 따라서 민간인 희생을 무조건 학살로 보는 견해는 옳지 않다.

2011.03.07 13:46:19

11. 선진 육군 시대의 출발

수도보병사단의 제1보병연대와 기갑연대의 베트남전 파병이 확정되자 육군의 사기는 하늘을 찔렀다. 역사상 최초의 대규모 전투부대 파병이 갖는 충격과 함께 삼류 군대급인 육군의 전투장비를 일류급 군대의 장비로 현대화될 수 있다는 희망 때문이었다. 더구나 북한군과 대치하는 상황에서 전투 경험을 통한 우위의 전투력 확보가 당면 과제였다.

1965년 육군의 군제는 미군의 군제를 따르고 있었지만 거의 모든 분야에서 일본군 식의 리더십 잔재가 남아 있었다. 그 원인은 철저한 인사 적체 때문이었다. 그 예로 군사영어학교 출신들이 장성 진급을 독식하고 참모총장직을 독점한 것을 들 수 있다. 당시의 육군은 장비 면뿐만 아니라 지휘체제와 리더십에서도 선진국 수준에 훨씬 미치지 못하는 구태의연한 군대였다.

누적된 폐단을 인식한 혁명정부는 먼저 군 인사법을 제정하여 정년제를 통한 인사 적체의 병폐를 없애는 준비를 서둘렀다. 이러한 시기에 수도보병사단의 파병을 위한 재편성은 많은 장교들에게 관심을 갖게 했다. 특히 새로 임명되는 사단장과 주요 지휘관 선발에 이목이 쏠렸다.

박정희 대통령은 육군본부 작전참모부장으로 재직 중인 채명신 소장을 파병 수도보병사단장에 임명했다. 채명신 소장은 육사 5기생이며 미국 육군보병학교 OAC와 미국 지휘 및 참모대학을 졸업한 현대적 개념의 리더십을 소유한 장군이다. 특히 한국전쟁 시 적 후방에서 활약한 백골병단을 지휘했던 비정규전 전문가다.

많은 장교들은 채명신 소장이 파병 책임자로 임명된 것에 크게 환영했다. 이어서 연대장, 대대장 등 주요 지휘관의 선발 과정에 들어갔다. 기본 지침은 해당 지휘관의 직위를 성공적으로 역임한 경험자 가운데 육군대학 정규 과정을 졸업한 한국전쟁 경험자로 정했다. 이리하여 제1진 주요 지휘관은 예외 없이 그 기준에 적합한 지휘관으로 선발했다.

최초 주요 지휘관 선발 기준에는 미국 군사학교 졸업 자격이 없었는데도 공교롭게도 주요 지휘관 전원이 미국 지휘 및 참모대학이나 보병학교 졸업자였다. 제1진에 선발된 주요 지휘관은 다음과 같다.

제1보병연대장　김정운 대령
제1대대장　　　배정도 중령
제2대대장　　　이필조 중령
제3대대장　　　박경석 중령(필자)
기갑연대장　　　신현수 대령
제1대대장　　　박한영 중령
제2대대장　　　김용진 중령
제3대대장　　　최병수 중령

수도보병사단은 주요 지휘관은 물론이고 중대장, 소대장에 이르기까지 거의 전원 교체되어 재편성되었다. 편성이 완료되자 홍천 주둔지에서 채명신 장군이 창안한 비정규전 대비 훈련이 시작되었다. 이 무렵 국민의 공감대가 형성되면서 파병 사단에 대한 관심이 고조되었다. 이때부터 수도보병사단은 맹호부대로 불렸으며 〈맹호는 간다〉라는 가요가 작곡되어 유행하면서 전국 방방곡곡에서 그 노래가 흘렀다.

훈련을 마친 맹호부대 장병은 국민들의 관심과 환호를 받으며 부산항에서 베트남 전지로 향했다. 나는 이때의 감동을 잊을 수 없다. 정글에서 전사할지도 모르는데도 우울해 하거나 후회하지 않는 장병들을 지휘하며 전장으로 향하는 필자는 하늘이 축복을 내린 것이라 생각하며 부산항을 떠났다. 필자는 이 부산항 출항과 더불어 선진 육군의 서막이 올랐다고 회고하고 싶다.

12. 신화 창조의 전장

맹호사단장 채명신 소장이 주월한국군 사령관을 겸직하게 되었고 월남공화국 수도인 사이공에 주월한국군 사령부를 개설하였다. 이 내용은 별로 중요한 것 같지 않으나 매우 깊은 의미가 숨어 있다.

미군 당국은 한국군 전투부대가 도착하면 주월 미군사령관이 직접 지휘하려고 대비하고 있었기 때문이다. 그러므로 한국군의 독자적인 사령부 개설은 미군 당국에서 바라지 않았다. 사령부를 개설하더라도 맹호사단이 있는 빈딩성 퀴논에 개설할 것으로 알고 있었다. 그러나 채명신 소장은 미군의 작전지휘를 받지 않겠다고 하면서 주월한국군 사령부를 사이공에 설치하자 미군 당국은 당황하면서도 어쩔 수 없었다. 독립국가의 군대를 일방적으로 지휘하겠다고 강제하기에는 문제점이 있었기 때문이었다.

미군이 한국군을 지휘하겠다고 나선 데 대해서 그들 나름대로 이유가 있었다. 파월 전 서울에서 한미 양군이 회의를 개최한 자리에서 구두로나마 한국군이 베트남에 도착하면 미군 사령관이 지휘하는 것으로 양해되었다. 한국군 대표인 합참 작전국장 손희선 소장은 회의 석상에서 "한국군이 미군 사령관의 작전지휘를 받게 된 것을 영광으로 생각한다."라는 소리까지 너스레를 떨었기 때문에 미군 측에서는 한국군의 작전 배속을 당연하게 생각하고 있었다.

채명신 소장의 의중은 분명했다. 베트남에서 전투는 미군과 긴밀하게 협조하면서 한국군 독자적으로 작전지휘권을 행사하겠다는 것이었다. 출발 전 박정희 대통령에게 보고하는 자리에서 채명신 소장은 휘하 부대를 직접 작전지휘하겠다는 결의를 다졌고 그 문제에 관한 한 박정희 대통령은 채명신 소장에게 위임했다.

채명신 소장이 한국군이 독자적인 작전지휘권을 가져야 하겠다는 이유는 매우 진취적이며 타당성이 인정되었다.

첫째, 일부 야당 측에서나 공산권에서 한국군의 베트남전 참전은 미국의 청부전쟁에 말려든 달러 벌이 용병이라고 모략 선전하고 있었기 때문에 한국군의 자존을 위해서도 독자적 지휘권을 확보하겠다.

둘째, 베트남전의 양상이 불확실하므로 미군의 작전지휘를 받는다면 우리 한국군은 미군들이 가지 못하는 위험지역에만 투입될 수 있고 그렇게 되면 걷잡을 수 없는 많은 희생을 입을 수 있다.

셋째, 한국군 독자적 교리를 창안하고 실험하면서 발전적인 전투 경험을 확보하겠다.

넷째, 베트남전에서 당사국인 월남군이 미군 사령관의 작전지휘를 받지 않고 독자적인 작전지휘권을 행사하고 있는데, 같은 독립 국가의 군대인 한국군만 미군 사령관 작전지휘하에 둔다면 공산권에서 주장하는 청부전쟁 용병임을 자처하는 결과가 된다.

채명신 소장이 한국군 독자적 작전지휘권 확보의 당위성을 설파한 연설문은 유명하다. 그 연설을 경청한 웨스트모얼랜드 주월미군사령관 이하 장성들은 그 당위성을 인정하지 않을 수 없어 마침내 한국군 독자적 작전지휘권이 양해되었다.

그 연설문은 한국이 처한 어려운 문제부터 시작하여 미국과 미군에 의한 자유민주주의를 위한 성전이 자칫 한국군이 미국의 청부전쟁에 말려든 달러 벌이 용병으로 전락할 위험성을 제시했다. 또한 공산권의 모략 중상을 기정사실화할 수 있음도 지적하면서 미군과 한국군의 전통적 우의와 긴밀한 협조로 오히려 더 좋은 결과가 올 것이라고 강조했다.

작전지휘권 문제가 일단락되자 또 다른 문제가 대두되었다. 채명신 소장은 한국군이 부여받은 전술책임지역 내에서 미군과 월남군 방식과 전혀 다른 중대단위로 분산 각각 중대전술기지를 구축하라는 명령을 내렸기 때문이었다.

우리 육군의 변화가 베트남전에서만 성취된 것이 아니었다. 바로 155마일 휴전선에서도 혁명적인 변화가 일어났다. 파병 전만 하더라도 휴전선은 북한군의 훈련장이라고 할 정도로 DMZ 주도권을 북한군이 행사하고 있었다. 그러다가 베트남전에서 귀국한 소대장·분대장들이 휴전선에 배치되면서 DMZ에서 양상은 완전히 뒤바뀌었다. 1967년부터 그 효과가 극대화되면서 공비의 지상 침투가 완전히 봉쇄되고 침투하는 족족 우리 장병에게 사살되었다. 북한 당국은 마침내 지상 침투를 포기하고 해상 침투로 전환해야 했다.

베트남전은 우리 육군에게 현대전의 운영까지 터득하게 했다. 1965년 11월부터 시작한 맹호사단의 모든 기동작전에서 미군에 못지않는 지원을 했다. 헬리콥터뿐만 아니라 근접항공지원은 물론 B52 중폭격기에 이르기까지 보병대대장이 요청하면 폭탄을 퍼붓고 갔다. 한국군은 현대전 장비를 남용하지 않았다. 한국전에 필요한 전기 전술을 개발하고 익히기 위해서였다.

야간침투작전, 수색정찰, 매복, 유인전술 등 재래식 전기를 발전시켜 한국 방어에 기여하기 위한 노력을 계속했다. 그 결과 현대전 방식의 전술 적용 시보다 재래식 전술에서 베트콩과 월맹군을 압도하는 기적 같은 전과를 올렸다.

신화 창조의 주역인 전사들은 육군을 떠나 노병이 되었지만 육군을 사랑하는 마음은 변함이 없다. 노병들이 기대한 것보다 더 멋지고 씩씩한 후배를 보는 눈은 지금도 젊은이 못지않게 영롱하다. 필자는 다시 태어난다 해도 육군에 몸을 둘 것이다.

13. 역사의 장엄한 발자취

주월한국군이 베트남전을 통하여 세계 만방에 용맹성을 과시하면서 국위를 떨친 데 대해 누구도 부인할 수 없을 것이다. 특히 우리 육군은 베트남전에서 익힌 소부대 전술을 한국 방어에 적용함으로써 얻은 역사적 전환점은 교훈으로 길이 빛낼만 하다. 한국군이 독자 개발하여 성과를 올린 중대전술기지 개념과 야간침투작전은 세계 군사학계는 물론 일반 지식인 사이에서도 큰 화제였다. 이렇게 독자적인 전술로 한국군이 베트남전을 수행하자 깊은 관심을 갖기 시작한 것은 일본과 자유중국이었다. 일본의 신문은 월맹군과 베트콩이 무서워하는 것은 오직 한국군 맹호뿐이라는 기사를 대서특필하고 있었다.

채명신 중장이 귀국하고 새 사령관이 부임하자 모든 형태의 부대 운영과 리더십이 변하였다. 이 무렵 맹호사단 기갑연대의 안케패스 전투는 치열한 전투로 확대되면서 가장 많은 피해를 입는 치욕을 맞았다. 안케패스란 빈딩성의 성도인 퀴논에서 크메르 국경까지 관통하는 19번도로 중간 지점에 있는 고개를 일컫는다.

이 일대의 주요 지형은 안케패스 정상인 638고지를 비롯하여 553고지 544고지 등의 높고 낮은 고지군이다. 638고지는 안케패스 일대를 환히 내려다볼 수 있는 요지로서 19번도로의 안전 확보를 위해서는 절대적인 역할을 해왔다. 기갑연대 1중대는 중대전술기지를 이 고지에 설치하지 않고 그 하단부 경사가 완만한 구릉지대에 설치했다. 이게 화근이었다. 더구나 중대기지가 적으로부터 공격을 받기 1개월 전부터 중대전술기지 바로 눈앞 638고지 정상에 월맹군이 완강한 진지를 구축한 것을 까맣게 모르고 있었다. 그동안 단 한 번도 수색정찰을 하지 않았다는 증거였다. 공격을 받자 연대와 사단에서는 증원 병력을 투입한다는 것이 건제를 무시하고 병력을 축차 투입하면서 실패한 공격 축선상으로 재공격을 시도하는 변명할 수 없는 실책을 저질렀다. 결과적으로 적을 격퇴하여 19번도로를 개통시켰지만 너무나 많은 희생을 당하여 결코 전승을 뽐낼 작전이 아니었다. 이 단일 전투에서 입은 맹호의 손실은 베트남 파병 전 기간을 통하여 가장 컸다.

백마사단에서도 철수를 앞두고 긴장이 해이한 틈을 탄 베트콩의 기습으로 봉로만 사고라는 치욕을 남겼다. 맹호와 백마가 남긴 이 치욕이 베트남 파병 전 기간 중 가장 부끄러웠던 사건임을 그림자로 남긴다. 어느 나라 어느 군대나 전투에서 전승을 기할 수는 없다. 그러나 실패를 교훈삼아 실패를 되풀이하지 않는 대비가 현명한 리더십의 첩경이다. 그런데 전쟁기념관 베트남전 전시장에는 이 안케패스 전투를 자랑삼아 내놓고 있다. 관계자의 무지가 놀랍다.

끝으로 베트남전에 대한 평가가 바르게 기록되고 후대에 자랑스러운 파병임을 각인시키기 위해서는 베트남전 파병에 대한 역사가 긍정적이며 정확하게 이해되도록 노력해야 한다. 한편 학문적인 토대 또한 만들어 놓아야 한다.

베트남전에 파병된 한국군 32만여 명은 우리 육군을 세계 1급 군대를 성취시키는 데 기여한 영웅들이며 국위를 만방에 떨치고 경제발전의 초석이 된 애국자임이 분명하다. 미국의 청부전쟁에 말려든 용병도 아니며 양민 학살의 주범도 결코 아니다. 강정구와 한홍구 두 교수에게 천명한 필자의 기조연설로 파병에 대한 모독을 일단은 잠재웠지만 앞으로 다시 모함할 수 있는 세력은 살아있다. 이에 대비하기 위하여 당시 발표한 기조연설의 핵심 부분을 여기에 게재함으로써 반론의 토대로 남기고자 한다.

학술회의 시 발표한 나의 기조연설문(요지)

전쟁과 국제법은 불가분의 관계이다. 그러므로 전쟁규칙과 전쟁에 관한 각종 제한을 규정하고 있는 국제법을 모르는 사람이 함부로 "침략전쟁이다.", "청부전쟁 용병이다.", "양민 학살이다."를 정의 내리는 행위는 마치 돌팔이 의사가 암 환자 수술을 하겠다고 덤비는 것과 무엇이 다른가. 각종 통계에 따르면 세계 여러 전쟁, 특히 베트남전쟁에 참전한 미군이나 월남군에 비해 민간인 희생이 가장 적었다는 것이 연합군이 공유한 공식 통계라는 것을 참작하기 바란다. 세계대전을 비롯해 6·25 한국전쟁을 포함한 모든 전쟁에서 민간인의 희생이 전투 당사자인 군인의 희생보다 월등히 많다. 그러나 주월한국군은 그 통계에서 예외적인 것으로 공인되었다. 그 요인은 이 자리에 참석하신 당시 주월한국군 사령관 채명신 장군의 훈령 "백 명의 베트콩을 놓치는 한이 있어도 한 명의 양민을 보호하라"에 충실했던 휘하 장병의 인도주의 실천 때문이었다.

물론 내가 지휘했던 제1진 맹호 재구대대도 수많은 전투를 겪는 동안 민간인을 희생시켰음을 부인하지 않는다. 군인만 죽이도록 고안된 포탄이나 총탄이 나오지 않는 한 민간인 희생을 막을 방법이 없다. 그 과정에서 민간인 희생은 학살이 아니다.

분명히 말해두고 싶은 것은 전쟁이란 응징과 보복의 연속이라는 사실이다. 그 과정에서 민간인 희생은 어쩔 수 없다. 미국은 제2차 세계대전 당시 일본의 히로시마와 나가사키에 원자탄을 투하해 무고한 시민 수십만 명을 죽였다. 전쟁은 일어나지 말아야 한다는 것이 인류의 숙원이 아닌가. 히로시마와 나가사키에서 수십만 명의 희생자를 낸 일본이 양민 학살이라고 미국에게 항의하지 않았던 이유와 배경을 살펴야 한다. 그 희생된 수십만 명으로 하여 수백만 명이 더 희생될지 모를 전쟁을 종식시킬 수 있었다는 데 의미와 명분을 둔 것이다.

베트남전에서 적은 월맹군과 베트콩이었는데, 베트콩은 그들이 주장하는 양민이다. 노인도 있고 여자도 있고 어린이도 있다. 전장에서 상대가 적대행위를 할 경우 그 상대를 사살하는 행위는 정당방위이며 합법적이다. 베트남전쟁과 같은 게릴라전에서 양민 보호에 임했던 나와 내 전우들을 양민 학살의 주범으로 모는 행위는 분명 이적행위이다. 분노하지 않을 수 없다. 강정구와 한홍구 두 교수는 각성하기 바란다.

3장 영욕의 상흔

1. 맹호사단의 안케패스 치욕

주월한국군이 베트남전에서 세계 일급 군대로 명성을 떨치며 분전하고 있었지만 파병 중반을 넘어서자 여러 분야에서 생기를 잃고 크고 작은 스캔들에 휘말렸다.

첫 전투부대 파월 시의 당당하던 긍지와 명예 또한 석양처럼 스러져 갔다. 파월 지휘관 선발에서 잡음은 계속 이어졌다. 잡음은 대개 금전과 연관된 것이므로 군으로서는 명예에 큰 흠집으로 남을 수밖에 없었다. 일부 지휘관은 월남군으로부터 무기를 구입하는 등 무공훈장을 받기 위한 전과 조작으로 물의를 빚기도 했다.

이 모든 병폐는 1969년 5월 채명신 사령관이 귀국하고 일본군 출신 이세호 장군이 사령관으로 부임하면서 시작되었다. 이세호 장군은 육사 2기로 전임자 5기인 채명신 장군보다 3개 기수 선배이다. 이 기형적인 인사는 많은 지휘관들에게 회의를 안겼다. 더욱이 일본군 리더십의 퇴조를 베 트남전 참전으로 이루어졌다고 평가되는 시점에서 다시 일본군 리더십의 출현은 예하 사단장과 트러블을 일으켰다. 이세호 사령관과 김영선 9사 단장의 충돌은 위계질서에서 위험수위를 넘나들고 있었다.

안케패스 전투는 치욕의 판정패였지만 당시 주월한국군 사령부는 승전 으로 미화하여 홍보했다.

안케패스란 베트남 빈딩성의 성도 퀴논에서 크메르 국경지대까지 관통 하는 19번도로 중간 지점에 있는 고갯마루를 일컫는다. 월남군 제2군단 이 주둔하고 있는 플레이크로 관통하는 유일한 보급로로서 군사적 중요 성이 클 뿐 아니라 19번도로는 군사작전에 중요한 생명선이기도 했다. 안 케패스는 원래 미 제1기갑사단의 예하부대가 장악하고 있었으나 1970년 7월에 철수함에 따라 맹호 기갑연대 제1대대 제1중대가 인수하여 지키 고 있었다.

미군도 철수했고 한국군도 철수 준비가 한창이던 1972년 3월 29일 정 오를 기하여 월맹군의 일제 공세가 각처에서 시작되었다. 4월 11일 새벽 4시경 안케패스의 제1중대 기지에 조명지뢰 폭발음이 울려퍼지면서 공 격의 징후는 포착되었다. 이 과정에서 놀라운 사실이 확인되었다. 월맹군 이 이미 중대기지를 감제 瞰制 하고 있는 638고지를 점령하고 있었다는 사 실이었다.

월맹군은 일제히 중대기지에 공격을 가해 왔다. 기갑연대장 김창렬 대 령은 상황의 심각성을 파악하고 수색중대와 제3중대를 투입해 안케패스로부터 19번도로를 따라 동쪽으로 수색을 실시하라는 명령을 내렸다. 정오부터 쌍방의 치열한 공방전이 시작되었다.

이때부터 적은 유리한 지형에서 아군은 불리한 지형에서 맞붙었다. 2소대의 6명이 순식간에 전사했고 더 많은 전상자를 내기 전에 철수해야 했다. 급히 철수하느라 2소대장을 비롯한 시체 6구를 회수하지 못한 채 갈피를 잡지 못하고 우왕좌왕하다가 중대장까지 부상했다. 시체 회수를 위한 작전마저 뜻을 이루지 못하고 고전은 계속되었다.

사단장, 주월한국군 사령관은 연대장에게 제각각 명령 지시를 내리자 지휘의 혼선 속에서 연대장은 당황한 나머지 제2대대의 6중대, 제3대대의 10중대, 11중대 등의 혼성부대를 지휘계통상 전혀 관계없는 제1대대장이 지휘하여 638고지 탈취하라는 명령을 내렸다.

건제대대建制大隊를 새로운 방향에서 투입해야 함에도 각기 다른 부대를 동일 방향에서 축차 투입하자 피해는 계속 늘어났다. 제1대대장과 제1중대장 모두 작전 개시 1개월 전에 월맹군이 638고지에 그 전에 맹호가 구축해 놓았던 진지를 보강하고 점령 확보하고 있었던 것을 까맣게 모르고 있었다.

적은 계속해서 유리한 감제지형 638고지에서 아군에게 정조준하며 각종 화력으로 공격했다. 아군은 이에 대응하기 위해 포병화력으로 638고지를 강타했지만 견고하게 구축해놓은 진지는 끄떡도 않고 저항의 기세를 늦추지 않았다. 아군의 희생은 계속 늘어났다.

4월 14일에도 중대전술기지에 적의 박격포탄이 계속 떨어졌고 638고지 탈취는 엄두도 못냈다. 실패를 거듭하던 공격축선상에서 공격은 계속

시도되었다. 제3중대는 분대 단위로 전진시켜 겨우 7부 능선까지 오르는
데 성공했다. 그런데 638고지 일대가 조용해지면서 갑자기 적 측에서 반
응이 없자 '적이 철수한 것이 아닌가'고 의아해하며 9부 능선까지 접근하
자 숨죽이고 있었던 적은 일제히 수류탄을 투척하며 기관총 사격을 가해
순식간에 3명이 전사하고 19명이 부상당했다.

전투가 5일째가 되었는데도 아군 지휘관들은 적의 규모는 물론 상대가
월맹군인지 베트콩인지도 알지 못하고 있었다. 4월 15일, 638고지와 그
일대에 공중폭격이 시작되었다. 미 제7공군 소속의 F4 전폭기 41대가 네
이팜탄과 고성능 폭탄 14만 3천 파운드를 쏟아부었다. 이틀에 걸친 포격
과 폭격을 마친 4월 17일 오후 제1대대장은 638고지에 대한 공격을 개
시했다. 그때 판단으로는 포격과 폭격으로 모두 죽었거나 도주했을 것으
로 알고 접근했으나 뜻밖에 아군이 8부 능선에 도달하자 적이 일제히 사
격을 가해 희생자만 내고 철수했다.

재차 공격에 실패하자 비로소 사단장은 4월 18일 08시에 연대 규모 작
전으로 확대하는 명령을 내렸다. 동일 목표에 대한 공격이 중대작전에서
대대작전으로 대대작전에서 연대작전으로 확대하는 하책下策으로 발전
하였다.

4월 18일, 연대작전으로 다시 638고지에 대한 공격이 시작되었지만
건제가 다른 혼성부대의 지휘 혼란으로 이 공격마저 실패했다. 4월 20일,
F4전폭기 4대가 638고지에 폭탄 4만 2천 파운드를 퍼 부은 뒤 제61포병
대대의 공격준비 사격으로 강타하고 재차 공격했으나 역시 실패했다. 폭
격과 포격은 계속되었다.

4월 24일 06시 40분, 다시 공격을 감행했다. 단숨에 638고지 정상으로 치달았다. 그러나 적의 저항은 없었으며 텅 빈 638고지를 무혈 점령함으로써 치욕의 안케패스 작전은 끝났다. 적은 아군 몰래 철수를 완료한 것이었다. 19번도로가 개통되면서 기갑연대는 수많은 희생을 치른 12일간의 전투를 마감했다.

주월한국군 사령부는 안케패스 전투를 미화하여 매스컴과 고국에는 승전으로 알렸고 유공 장병이라 하여 태극무공훈장을 비롯하여 많은 훈장이 나뉘어졌다. 또한 638고지 정상에는 전승비가 건립되었다. 월남전 전 기간을 통한 최대의 난센스로 남는다. 이 전투의 희생자는 공식적으로 전사 75명, 전상 222명으로 발표되었지만, 그 숫자를 믿는 사람이 거의 없다.

이 전투의 결과를 분석하여 교훈으로 기록한다.

1. 모든 전투에서 지휘의 통일은 기본이다. 지휘의 혼선으로 참사를 맞았다.
2. 전투 시 건제를 유지한다는 것은 지휘의 혼선을 막는다. 건제가 뒤죽박죽이었다.
3. 중대전술기지를 638고지에 설치하지 않은 것은 최대의 실책이다.
4. 실패한 축선에의 축차투입으로 계속 공격을 시도한 것은 실패를 자초했다.
5. 638고지에 1개월 전 월맹군의 진지 구축 사실을 몰랐다는 것은 정보 수집, 수색정찰을 포기한 결과다.

6. 주월한국군 사령관 이세호 장군을 비롯한 지휘선상의 모든 지휘관
   의 리더십에 결정적인 허점이 있었다.
7. 한국군 베트남전 참전 전 기간을 통하여 가장 치욕의 패전으로 기
   록한다.

2. 백마사단 봉로만의 굴욕

문무왕 13년(637년) 김유신 장군이 노환으로 눕자 문무왕이 병석을 찾
아 장군을 위로했다. 김유신 장군이 병석에서 왕께 진언한 내용은 예나
지금이나 리더가 되새겨야 할 진리다.

"처음에 잘못하는 임금이 드물고 끝에 잘하는 임금이 적어서 애써
쌓아 놓은 공적을 하루아침에 망쳐 놓은 예가 많습니다."

노장군이 죽음에 처해 임금에게 충언한 글의 일부분이다. 이 간단한 진
리는 '유종지미 有終之美' 즉 시작한 일을 끝까지 잘해야 결과가 좋다는 것
과 맥을 같이한다. 누구나 알고 있는 말이면서 끝까지 이를 지키는 리더가
흔하지 않다. 이승만, 박정희 두 대통령은 큰 업적을 쌓고서도 끝에 실패해
불행하게 생을 마감했던 대표적 사례가 될 수 있다. 모든 일이 잘 풀리면 오
만해지고 탐욕이 생기기 때문이다.
김유신 장군은 삼국통일의 주역이면서도 권력을 탐하지 않고 끝까지

정도正道를 지킨 위대한 장군이다. 물론 그 성웅 반열에 정유재란 마지막 해전에서 이순신 장군의 순국을 빼놓을 수 없다. 충무공처럼 조국을 위해 자신의 몸을 사르고 승전한 예는 흔하지 않다. 적이던 일본인들도 가장 위대한 해장海將으로 이순신 장군을 추앙한다.

　전투 시 적의 목표를 탈취한 후 재편성하는 과정에서 적의 역습에 대비해 철저한 경계태세를 갖추는 일은 어느 나라 군대에서나 필수적인 야전 지휘관의 리더십에 속한다. 모든 군사 활동에서 끝마무리는 성공과 실패를 가름하는 열쇠가 된다. 월남전쟁에 참전한 한국군이 종전 무렵에 들어서면서 이 상식적인 진리를 일탈한 사건 사고가 곳곳에서 일어났다. 맹호사단에서는 19번도로 안케패스 전투의 치욕을 들 수 있고, 백마사단은 1번도로 봉로만 사고를 빼놓을 수 없다. 이세호 장군의 주월한국군 사령부는 지휘 기능을 잃고 갈팡질팡하는 추태를 보였다.

　1968년 1월, 월맹군과 베트콩의 구정 공세를 계기로 시작된 미국과 공산군 측의 평화협상으로 미군이 월남전에서 감축되기 시작했으며, 주월한국군도 철수 문제가 검토되기 시작했다. 이 시기부터 주월한국군의 기강이 해이해지면서 자질구레한 스캔들이 사람들 입에 오르내렸다. 미국은 정치적인 이유로 휴전을 위한 대책을 차근차근 진행시키고 있었다. 월남전이 심상치 않은 기류를 타고 있었음에도 미국은 휴전을 기정사실화하고 있었다. 미국은 마침내 1973년 1월 27일 자정(현지시간 1월 28일 08시)을 기해 휴전이 결정되었음을 공표하였다. 이에 따라 주월한국군의 철수 또한 확정되었다.

미군과 한국군의 철수가 시작되었다. 한국군은 제1단계 철수에 이은 제2단계 철수에서 차질이 생겼다. 철수 과정에서 베트콩이 1번도로를 차단한 탓이었다. 1번도로의 봉로만 고개는 백마사단 제29연대의 북단에 위치하여 이곳을 넘어 북쪽으로는 투이호아에 이르고 반대쪽 해안선을 따라 남하하면 나트랑에 이른다. 이 1번도로는 서울—부산 간 1번도로와 비견되는 중요성을 갖는다. 이 도로에서 봉로만 고개 경계책임은 백마사단 제29연대 제1대대가 담당하고 있었다.

휴전을 하루 앞둔 27일 밤 23시경 투이호아 남방 17km 지점인 제1대대 2중대 지역에 있는 봉로만 고개의 목교가 베트콩에 의해 폭파되면서 이 교량을 경계하던 소대 진지가 적에게 유린되는 사고가 발생하였다. 귀국에 들떠 경계를 제대로 안 하다가 날벼락을 맞은 꼴이었다. 베트콩은 '현상 동결의 휴전협정'에 따라 그들의 지배지역을 증명하기 위하여 베트콩기를 휴전 전날 밤 전국적으로 게양하라는 월맹의 비밀지령에 의해 기습을 계획했던 것이다. 이 비밀지령에 따라 제29연대 책임지역의 베트콩들이 1번도로의 관할권을 선점하기 위해 1번도로상의 봉로만 고개 목교를 휴전 직전에 탈취하여 휴전 발효와 함께 베트콩기를 게양하기 위해 감행된 사건이었다.

백마사단의 소대초소가 베트콩에게 유린되고 소대 책임하에 경계를 하던 교량에 베트콩 깃발이 휘날린다는 보고는 이세호 주월한국군 사령관, 김영선 백마사단장, 배원식 제29연대장에게는 청천벽력 같은 충격이었다. 사단장과 연대장의 질책을 받은 제1대대장 유재민 중령은 대수롭지 않게 생각하고 날이 밝자 현장 상황을 확인하기 위하여 3중대에서 1개 분대를 차출하여 장갑차를 타고 현장으로 달려갔다. 현장 도착시간은 06시 55분이었다.

휴전 발효 불과 1시간 5분을 남겨 놓은 아슬아슬한 순간이었다. 그러나 대대장 일행은 베트콩을 우습게 알고 별로 신경을 쓰지 않은 채 장갑차에서 내렸다. 대대장과 분대 병력은 교량에 게양된 베트콩기를 발견하였다. "웃기는 놈들. 여기가 어디라고 베트콩기를 달아." 코웃음 치며 교량으로 다가갔다. 맨 앞에서 경계도 않고 깃발을 끌어내리기 위해 교량에 접근한 심재철 중사가 대수롭지 않다는 듯 문제의 베트콩기를 뽑아 장갑차로 돌아가려고 할 때 부근에 잠복하던 베트콩이 일제히 사격을 가하며 B30 적탄통을 발사했다. 순식간에 대대장 유재문 중령과 심재철 중사 등 6명이 숨지고 6명이 부상했다. 연대장 배원식 대령은 보고를 받고 그 일대에 포병사격을 퍼부었다. 그러나 베트콩은 암석지대의 천연동굴에 몸을 숨기고 아군의 포병화력에 끄떡도 하지 않았다. 지금 연대가 당면한 문제는 적의 제압이 아니라 시체 회수에 있었다. 특공조까지 투입하며 시체 회수 작전에 돌입했으나 적의 저항은 누그러들지 않았다. 이에 사단장은 시체를 회수와 적의 격멸을 위해 사단 수색중대와 제29연대 제2대대 등 4개 중대를 투입하는 작전을 세웠다.

이 사고에 흥분한 이세호 사령관은 소탕작전을 승인하였다. 그러나 저녁 무렵 작전이 개시되려는 시점에 중지 명령이 내려졌다. 이세호 사령관은 하찮다고 생각했던 베트콩에게 아군이 희생된 것에 흥분한 나머지 작전을 승인했지만 휴전이 발효된 것을 깨닫고 급하게 취소한 것이었다.

김영선 사단장은 적 응징보다 부하의 시체 회수의 긴박한 사정이 있었으므로 재차 승인을 요청하였다. 이 과정에서 이세호 사령관과 김영선 사단장은 티격태격 언쟁하는 낯부끄러운 리더십의 맹점을 표출하는 추태를 부하들에게 보였다.

이 목교 외에도 계속 사고가 이어졌다. 제28연대 지역 교량 4개가 폭파되었고, 제30연대 지역에서는 1번도로상의 중요 대교가 폭파되었다. 계속해서 29연대 지역의 6개 교량이 파괴되었다. 이로써 부대의 철수작전에도 큰 문제가 생겼다. 교량이 끊어져 철수로 확보가 어렵게 되기 때문이다.

베트콩기가 게양된 곳은 봉로만 목교뿐만이 아니었다. 제28연대 지역의 8개소, 제29연대 지역과 제30연대 지역, 심지어 사단사령부 지역까지 무려 15개소에 44개의 베트콩기가 게양되었다. '땅 뺏기 게임'에서 무저항 상태의 일방적 게임을 방불케 했다. 속수무책이었다.

이 지경에서 국면 전환은 어렵지만 장병의 시체만은 회수해야 했다. 연대장 배원식 대령은 닌호와 군청에 파견했던 연락장교 이형관 대위에게 확성기가 달린 장갑차를 빌려 오도록 하여 백기를 달고 현장으로 보냈다. 확성기를 통해 적군 측에 방송했다. 베트콩을 우습게 보고 승승장구하던 주월한국군이 백기를 달다니, 굴욕적인 장면이었다.

"우리는 휴전협정을 지켜 공격하지 않겠다. 그러나 우리는 숨진 장병의 시체를 찾아야 되고 그래야만 철수할 수 있다. 시체를 돌려 달라."고 애걸하였다. 월남전에서 한국군이 저자세로 베트콩에게 사정한 예는 이 경우가 유일할 것이다. 이렇게 이틀 동안 확성기로 그들을 설득해 겨우 시체를 회수할 수 있었다. 이러한 굴욕적인 과정을 겪어가며 백마사단 제 29연대는 1번도로를 사용하지 못하고 미군 수송기를 이용하여 도망치 듯 빠져나올 수 있었다. 제29연대는 2월 3일부터 6일 사이에 3,900명의 병력을 C130 수송기로 39회, 화물 3,080톤을 77회를 왕복하여 나트랑 공항으로의 철수를 완료하였다.

주월미군과 주월한국군이 철수하자 월남은 위기로 치달았다. 월남군 에는 월맹군과 베트콩의 공격으로 없어져버린 사단이 계속 늘고 있었다. 모든 전선에서 최악의 상태로 고전하던 월남군에게 1975년 4월 21일 티 우 대통령의 사임 소식은 더욱 충격적인 문제를 야기했다. 수도 사이공은 무정부 상태의 혼란한 도시로 변했고, 집권층에 대한 노골적인 비난과 공 격으로 월남 정부의 위계질서는 완전히 무너졌다.

혼란의 와중에 1975년 4월 28일 두옹반민 장군이 대통령으로 취임했 다. '민Minh의 해결안'이라는 새 대통령의 협상안은 공산주의자와 타협 한다는 것이었다. 민 대통령은 자기가 영도하는 정부는 공산주의자의 지 지를 받을 것이며 그들은 사태를 수습하기 위해 협상해 올 것이라고 믿었 다. 그러나 공산주의자는 민 대통령의 뜻대로 해주지 않았다. '우리가 왜 군사적인 승리를 앞두고 꼭두각시와 협상하겠느냐'는 반응이었다. 그때 서야 민 대통령은 꿈에서 깨어났다. 이미 대세는 공산주의자 손에 넘어간 뒤였다. 이렇게 하여 사이공 정부는 공산주의자에게 함락되었다. 민 대통 령은 아무 말도 못하고 공산주의자에게 굴복했다.

1975년 4월 30일 10시, 민 장군이 대통령에 취임한 지 48시간 만에 '자유월남'이라는 국가는 흘러간 역사에 파묻히고 말았다. 야전지휘관은 말할 것도 없고 모든 리더는 승리의 끝자락에서 또는 어려운 국면에 있을 때 최후까지 긴장을 풀어서는 안 된다는 교훈을 여기에 남긴다. 세계가 맹호사단, 백마사단, 청룡여단의 주월한국군을 최고의 전투력을 자랑하는 전투부대라고 극찬하던 그 끝자락에서 맹호와 백마의 비극적이고 굴욕적인 추태는 승리감에 도취했던 지휘관의 리더십 결여가 원인이라고 평가한다. 그러나 조국은 발군의 전공을 세운 장수는 해외로 유배했고 굴욕의 장수는 승진시켜 육군 참모총장으로 추대했다.

3. 박정희와 군부

5·16 쿠데타를 배태하게 한 원인

지금의 군부는 비교적 선진국 수준의 인사제도하에 운영되고 있다고 평가할 수 있다. 임관 서열과 능력 위주로 평가된 승진과 진출의 기회가 공정성해야 할 군사 운영이 정치 권력에 의해 위계질서가 뒤죽박죽이 되었던 지난날의 군부와는 분명 다르다.

초창기 군부의 인사 적체는 현대적 개념의 군사 시스템하에서는 생각할 수 없는 파행이었으며 이로 인한 폐단은 육사 8기생의 하극상 사건과 군사 쿠데타로 이어지는 역사의 오점을 남겼다.

군사영어학교 출신 장성에 의해 군 수뇌직이 장기간 독점되었기 때문에 후진들은 진급과 진출의 기회를 놓침으로써 비능률과 함께 불평불만이 군 전체에 파급되기에 이르렀다.

박정희의 군부 출범

5·16 이후 인사 적체로 인한 여러 폐해를 의식한 혁명정부는 계급정년, 연령정년 등 각종 정년제를 포함한 인사법을 1962년에 제정하였다. 그렇다고 군 인사 운영이 정상 궤도에 오르지는 못했다. 이른바 혁명주체 세력들은 전자와 못지않게 인사의 파행을 계속했기 때문이다.

하극상 사건으로 군복을 벗은 예비역 중령 김종필 등 8기생들은 현역으로 복귀하자마자 모두 대령으로 특진하였고 장성 이상의 실세로 권력을 행사하기 시작하였다. 특히 김종필 대령 등 8기생들 26명은 자신들이 제정한 인사법을 무시하고 육군 준장으로 승진 후 예비역에 편입, 권력 제1선에 진출했다. 이 무더기 장군 진급은 현역 장교들에게 커다란 충격을 안겼다. 그리고 5·16 군사혁명의 대의명분이 훼손되어 불평 불만의 소지를 만들었다. 박정희 또한 정권을 장악하면서 소장에서 중장 그리고 대장으로 별 넷을 달았다.

박정희 군부의 특징은 상상을 초월하는 영남권 편중 인사였다. 가령 1975년 장군 진급자 22명 중 영남 출신은 거의 대부분인 17명을 차지했고, 호남권은 남도와 북도가 각각 한 해 걸러 1명씩 진급시켜 차별을 둠으로써 훗날 '광주 민주화운동'이라는 불행의 원인으로 작용하게 하였다.

　박정희는 권력실세인 8기생 출신의 독주를 견제하고 권력 누수를 예방할 목적으로 4년제 육사 출신인 전두환을 중심으로 한 이른바 하나회를 성장시켜 후계 친위조직으로 육성했다. 따라서 8기생에 의해 축출된 이북 출신과 호남 출신 육사 5기생들은 완전히 거세되었고 8기생 권력 대표로 윤필용과 하나회 전두환이 권력 실세로 등장하기 시작하였다.

　윤필용은 수경사령관 직위에서 하나회를 중심으로 한 군부 실세들과의 유착관계를 맺고 수도권 주요 부대의 황금 직위로 알려진 모든 권력과 연관된 요직 독점에 성공하였다. 윤필용과 전두환의 직속상관인 거의 모든 고위 장성들은 영남권이었으며, 그들은 상급자이면서도 실세 하급자에게 이끌려가는 수모를 감수했다. 김계원, 서종철, 노재현, 박희동, 이희성, 진종채, 차규헌, 유학성, 황영시 등이 그들이다. 충성의 대가로 그들은 모두 별 네 개를 다는 영화를 누렸다.

인사 부정으로 윤필용 사건 촉발

　윤필용 사건은 예정된 수순을 밟고 있었다. 윤필용 소장의 군부 영향력이 커지면서 그는 독단과 인사 개입을 노골화했다. 박정희 대통령은 포천 출신의 8기생 강창성 소장을 보안사령관에 임명함으로써 윤필용을 견제했다. 육군본부는 이 기류를 포착했는지 영남 출신 하나회 실세에도 눈을 돌렸다.

　1972년 10월 중순, 육군본부 인사운영감실 대령과에 나타난 육사 11기

하나회 손영길 대령은 윤필용 소장의 메모를 가지고 대령과장인 박경석 대령에게 내밀며 '윤필용 장군의 희망사항'이라며 명단을 건넸다. 거기에는 하나회 신참 대령 명단이 적혀 있었으며 8명 모두 연대장 가용자로 선발해 줄 것을 요구했다. 보병 대령이 장군 진급권에 포함되기 위해서는 보병 연대장이 필수 코스이기 때문에 10 대 1의 경쟁이었다. 따라서 연대장 가용자 선발 심사는 장군 진급 예비 과정이나 다름없었다.

인사운영감실 대령과장은 이 심사위원회의 간사이기에 실무자에 지나지 않았다. 위원장은 강직하기로 소문난 육사 8기생 강신탁 소장이 임명되었으며 위원은 1, 2, 3군 인사처장인 준장급이었다. 1972년 10월 중순 이 심사가 시작되었다.

윤필용 메모는 대령과장인 박경석 대령이 찢어 없앴고 심사는 공정하게 진행되었다. 그 결과 윤필용 메모 가운데 6명이 심사에서 탈락했다. 그러자 수도경비사령관 윤필용과 하나회 쪽에서 분노했다. 감히 '윤필용 메모를 묵살하다니…' 그 여파는 뒤이어 실시된 장군 진급 심사에 반영되었다. 장군 심사 마지막 날 대령과장 박경석 대령이 선발된 것을 윤필용 계의 김성배 대령으로 바꿔치기 한 것이다.

김성배는 하나회 회원은 아니지만 그들과 밀착 관계인 간부후보생 출신이다. 대령 진급 또한 대령과장보다 3년이 뒤졌다. 이 진급심사에서 하나회 핵심 멤버인 전두환, 손영길, 김복동, 최성택 등 모두가 특진 케이스로 장군이 되었다. 이 결과가 공개되자 육군 장교들의 분노와 불만이 고조되었다. 강창성 보안사령관은 진급에 얽힌 비리를 수사하기 시작하였다. 내사 결과 엄청난 부정 비리가 있음이 포착됐고 수사를 확대하던 중에 윤필용 쿠데타 모의사건이 터졌다. 윤필용을 비롯해 손영길, 김성배 등이 구속되었다. 이후 군법회의에서 부정 비리에 대한 유죄 판결을 받고 모두 파면되었다.

이 과정에서 전두환이 박정희 대통령에게 영남권 대통령 친위 세력이 숙청되면 큰 위기가 온다는 교묘한 진언으로 중도에서 조사가 중단되고 오히려 강창성 보안사령관이 역습을 당하는 지경에 이르렀다.

1972년 말부터 1973년 초에 걸쳐 강창성 보안사령관에 의해 진행되던 정치군인 숙청 수사가 끝까지 성공했더라면 12·12 군사반란이나 광주의 비극이 없었을 것이고, 우리나라 민주주의가 10여 년은 앞당겨졌을 것이라고 나는 확신한다.

필자가 인사분야의 핵심 직위인 인사운영감실 대령과장에 임명된 내력을 밝힌다. 그 무렵 영남권 하나회가 인사 요직은 물론 수도권 핵심 직위를 독점하자 육군 내 고급 장교들의 불만이 고조돼 있었다. 이때 대령과장은 육사11기 하나회 핵심인 권익현 대령이었다. 이 사태를 수습하기 위해 총장은 영남·호남 출신을 제외한 대령 가운데 장군 진급 1순위자, 근무 성적 최상위자, 가장 많은 무공훈장 수훈자를 선발하기로 하여 필자가 선발되어 대령과장으로 임명되었다. 당시 총장의 요구 조건에 부합되는 대령은 필자인 박경석 대령뿐이었다. 그러나 이 영광이 불행의 늪에 빠지는 시발점이 되었다.

그 후 나는 윤필용과 하나회의 역습으로 무려 3년을 지체해 대령 임기 만료 직전인 1975년 겨우 진급했다. 하지만 별을 달자마자 철원 땅굴 개

척 임무를 받아 철원 북방 DMZ에서 6개월간 유배 생활을 해야 했다. 국군 사상 장군이 DMZ에서 상주하며 근무한 예는 전무후무하다. 그러나 이 유배 기간 동안 철원 땅굴 개척 공로로 보국훈장 천수장을 수훈해 훈장이 많다고 질시하던 정치군인에게 한 방 먹인 꼴이 되었다.

하나회 정치군인의 전횡

강창성 보안사령관을 제거하는 데 성공한 하나회는 본격적으로 세 확장에 나섰다. 하나회는 전두환이 두목인 육사 11기 10명을 비롯해 26기까지 16기수에 걸쳐 153명이 가담한 비밀 사조직으로 군내 주요 직위 독점에 나섰다. 전두환의 상급 장성들은 그 움직임을 포착하고서도 전두환을 제재하지 못하고 오히려 상전으로 대했다.

초기 하나회 회원에는 육사 각 기별 상위급 엘리트는 거의 포함되지 않고 중하위급으로 구성된 것이 특징이다. 이는 전두환의 전횡에 무조건 믿고 따라올 만만한 장교가 필요했기 때문으로 분석할 수 있다. 이 과정에서 전두환에게 적극 후원 또는 파격적 대우를 서슴지 않아 세 확장을 가능하게 한 선임 장군은 진종채, 유학성, 이희성, 차규헌, 윤성민, 황영시, 김윤호, 정진권(이상 8명 전두환에 의해 육군대장 승진)을 꼽을 수 있다.

하나회의 독주는 진급과 보직에서 뚜렷이 나타났다. 보안사령부, 수도경비사령부, 수도군단, 수도권 전투사단 등 이른바 권력형 직위는 모두 독점됐다. 또한 그들은 인사법을 아랑곳하지 않고 특진 혜택을 적용하여 진급함으로써 육군 내 위계질서가 뒤바뀌는 기현상까지 생겼다. 따라서 육군의 지휘체계는 정상 채널과 정치군인 채널로 양분되었다. 그 과정에서 발생한 것이 바로 전두환의 12·12 군란이었다.

전두환을 비롯한 하나회 정치군인 세력이 정치 일선에서 전횡한 결과로 국군은 심각한 피해를 입었다. 정치군인이 없는 현시점까지도 국민이 국군에 대한 신뢰가 무너져 국군을 애정 어린 눈으로 보지 않게 되었다. 베트남전쟁 참전으로 한껏 고무됐던 국군에 대한 국민의 신뢰가 위험 수위까지 왔지만 이제 새로운 각오로 국민에게 사랑받는 국군으로 되돌아가야 한다. 우리 국민 또한 인식을 새롭게 해 국군 사기 앙양에 적극 나서야 한다.

육사 기수별 하나회원 핵심 명단

육사 11기 전두환, 노태우, 김복동, 권익현, 손영길, 최성택, 정호용, 노정기, 남중수, 박갑룡

육사 12기 박희도, 황인수, 박세직, 박준병, 안필준, 김홍진, 정동철, 이광근, 최웅, 임인식, 장기오

육사 13기 윤태균, 조명기, 우경윤, 신재기, 오한구, 황진기, 박종남, 권영휘, 이우재, 정동호, 최문규, 정진태, 최세창

육사 14기 박정기, 배명국, 이종구, 문영일, 장기하, 이춘구, 안무혁, 최종국, 김충욱, 장홍렬, 이철희, 정도영

육사 15기 이진삼, 민병돈, 고명승, 강자화, 김중영, 김상구, 이한종,

이상수, 박태진, 나중배, 이대희, 권병식

육사 16기 신말업, 장세동, 정순덕, 최평욱, 이필섭, 양현두, 최원규, 이지윤, 김충식, 정만길, 김정룡

육사 17기 김진영, 허화평, 안현태, 이문석, 임인조, 이현우, 이병태, 허삼수, 유근하, 김태섭, 이해룡, 강명오

육사 18기 조남풍, 이시용, 이학봉, 성환옥, 구창회, 배대웅, 김재창, 김정헌, 심준석, 이승남

육사 19기 최석립, 김택수, 서완수, 노석호, 김학주, 최준식, 이택형, 김정환, 최부웅, 김상준, 최윤수, 장석규

육사 20기 안병호, 김종배, 김무웅, 허청일, 김길부, 이현부, 함덕선, 장호경, 안광렬

육사 21기 최승우, 표순배, 강창남, 홍순룡, 이충석, 이명현, 전영진

육사 22기 유효일, 박범무, 최기홍, 유회국, 신양호, 권기대, 오형근

육사 23기 손수태, 정정택, 길영철, 박영일, 오주의

육사 24기 민병국, 홍한수, 권중원, 윤영정, 강영욱, 유보선, 채문기

육사 25기 황진하, 안광찬, 진병국, 이상선, 강창희, 이상세, 장세영, 권경석, 박석조, 유수재

육사 26기 임문택, 이상학, 김익성, 이기영, 최홍규

전두환과 나

전두환과 나는 1964년 진해 육군대학 정규 과정 클래스메이트였다. 육군대학 정규 과정은 1년제로서 3개월 단기 과정에 비해 선발이 매우 엄격하였다. 영관 장교의 집체 교육이 1년이라면 학과 과목이나 시간 수에서 일반 대학원 과정 2년보다 긴 편이었다.

1963년 당시 선발 기준을 보면 전체 영관 장교 가운데 근무성적 상위자와 군사학교 성적 등 최우수자 중에서 두 번의 심사를 거쳐 100명을 선발하고 다시 50명씩 2개 클래스로 나누는데, 나와 전두환 소령은 같은 클래스에 배정됐고 나는 그 클래스의 반장 격인 대표 학생장교였다. 나는 중령으로 전두환보다 상급자였으나 나이는 전두환 소령이 두 살 위였다. 나는 4년제 육사 선배임을 고집했고 전두환은 졸업하지 못한 선배이므로 자기의 정통성을 고집했다.

1년간 사사건건 트러블이 계속됐고 나는 늘 그를 압도했다. 그러나 졸업을 앞두고 함안 종합야외훈련장에서 일이 터졌다. 실습이 끝나고 교수부장 백문오 대령이 초청하는 학생대표 만찬장에서 누군가가 보안사령관 전신인 육군 방첩부대장 박영석 장군이 윤필용 장군과 교체되었다는 뉴스를 전했다. 박영석은 바로 내 위 형이었기에 순간 흥분하면서 "정치군인이 점령하는군." 하고 내뱉자 전두환 소령이 나에게 대들었다. 전두환 소령은 학생대표 자격이 없었지만 박정희 대통령이 총애하여 교수부장에 의해 특별히 초대됐다. 서로 티격태격 싸우다가 멱살잡이까지에 이르자 교수부장이 나서서 수습했다. 전두환은 나에게 잘못을 사과하고 여러 번

접근을 시도했지만 나는 외면했다.

전두환이 장군이 되어 박정희 대통령의 총애를 받으며 위세를 떨칠 때에도 나는 그를 거들떠보지 않았다. 그러나 육군의 고위 장군들은 계급과 관계없이 굴욕적인 태도로 그에게 극진한 모습을 보였다. 가령 그가 준장일 때 상급부대를 방문하면 3성 장군인 군단장은 물론 4성 장군인 군사령관까지도 헬기장에 나가 그를 마중했다. 육군 내 장교 간에는 전두환을 황태자라 조롱하는 말들이 떠돌았다.

전두환은 나를 껄끄럽게 보면서도 나의 경력과 업적을 사실 그대로 인정하는 대범한 모습을 보이는 척 했지만 내면으로는 나를 늘 질시하며 경계했다. 훗날 이야기지만 전두환은 '자기도 베트남전에 참전했는데 박경석은 웬 놈의 무공훈장이 그렇게 많으냐'고 술만 마시면 투덜댔다고 한다.

내가 전두환보다 잠시 앞섰던 육군본부 인사운영감실 대령과장 시절이었다. 나는 몇 달 후면 장군 진급이 예약된 정황이고 전두환 대령은 대령 진급이 2년 늦은 후임 대령이었다. 어느 날 사무실에 찾아와 간곡히 저녁 식사 대접을 한다기에 마음이 내키지 않았지만 따라나섰다. 도착해 보니 어마어마한 요정이었다. 내 생애 최고 식사 장소로 기억된다. 나는 긴장했다. 여기에서 벗어나야 하겠다고 마음을 정한 탓인지 그의 말이 귀에 들어오지 않았다. 그때 내가 한 말은 '훈계'였을 것이다. 분위기가 냉랭해지면서 나는 그에게 미안하다는 말을 남기고 요정에서 벗어났다.

몇 개월이 지났다. 장군 진급 1순위라는 대령과장 박경석은 장군 진급 명단에 없었고 심사 명단에도 없었던 전두환을 비롯한 하나회 핵심 5명

전두환

은 특진 케이스로 진급 명단에 올랐다. 나는 다음 해, 그 다음 해도 장군
과는 먼 퇴역을 앞둔 고참 대령 신세가 되었다.

　전두환은 대통령이 되어 경복궁 경회루 축하 연회장에서 나와 스칠 때
놀라는 기색으로 "아직도 준장이네요." 하면서 동정하는 기색을 보였다.
며칠 후 나는 뜻밖에 육군 소장 직위인 육군본부 인사참모부 차장으로 영
전됐다. 그런데 이 자리는 선심 쓴 직위가 아니라 함정이었다. 바로 인사
참모부 차장은 당연직이 육군공적심사 위원장이었다. 얼마 후 12·12와
5·18 관련한 100명 가까운 정치군인에게 무공훈장 수여 심사 과제가 나
에게 주어졌다. 정치군인들이 나의 충성을 테스트하는 함정이라 짐작했
다. 나는 반란군에게 무공훈장 수여를 결정하여 역사의 죄인이 될 수 없

음을 결심하고 불의의 승진 대신 예비역에 편입되는 정의의 길을 선택하였다. 1981년 7월 31일. 전두환을 비롯한 정치군인들에 의해 개정된 인사법에 따라 1년 단축한 만기 육군 준장 7년 정년으로 군복을 벗었다.

군복을 벗자마자 전두환은 나를 국영기업체인 농업진흥공사(현 농어촌공사) 감사로 임명했지만 나는 사표를 내고 전업 작가의 길에 들어섰다. 이후 군 역사 바로잡기를 위한 '대장정'의 험로로 향했다.

전두환은 대통령 재직 중 불편한 관계였던 나에게 접촉을 시도해왔다. 청와대 교육문화수석비서관 신극범은 나와 대전고등학교 클래스메이트였고 국방장관 이기백은 진해 육군대학 정규 과정 클래스메이트였다. 전두환은 그들을 통해 자신의 의중을 전달했다.

내용은 국군의 날을 기해 거창한 이벤트를 맡아달라는 것과 대통령의 전기 작가가 되어달라는 것이었다. 나는 솔깃했다. 예편 후 작가로서 아직 대중에게 알려지지 않은 처지에서 그 이벤트는 나의 작가 생활에 좋은 계기가 될 것으로 생각했기 때문이다.

전두환의 전기 작가는 내심 받아들일 수 없다고 생각했다. 그러나 전기 작가를 거부하면 모처럼 나에게 떨어진 호재가 사라질 것이 염려되어 일단 두 프로젝트를 수용하기로 했다. 그 후 전두환의 전기를 쓰는 척 하면서 시간을 끌다가 미국으로 출국했다. 장녀 집에 오래 머무는 동안 다른 작가가 전두환 전기를 출간한다는 소식을 듣고 귀국하였다. 이 약속 위반은 나에게 트라우마가 되어 때때로 나의 양심을 괴롭혔다.

청와대는 내가 집필을 거부한 것으로 판단하고 천금성 작가로 교체했다. 그리고 『黃江에서 北岳까지』(동서문화사)라는 제목으로 출간됐다. 천금성 작가는 그 전기에 기술한 '광주 민주화운동' 내용으로 고초를 겪다가 세상을 떠났다. 나 대신 천금성이 고난을 당했다고 생각하니 미안한 마음이 크다.

국방부와 육군본부의 계획은 한국전쟁 4대 영웅을 선정하고 그 가운데 박 장군이 가장 의미가 크다고 선정한 영웅의 전기를 집필하면 그 영웅의 대하드라마를 국군의 날을 기해 3일간에 걸쳐 KBS 1TV에서 방영한다는 것이었다. 나는 즉각 그 프로젝트에 착수해 군 원로인 전 1군사령관 이한림 장군, 전 2군사령관 이병형 장군, 전 국방부 전사편찬위원장 박정인 장군과 함께 한국전쟁 4대 영웅 선정에 나섰다.

첫째 영웅은 김홍일 장군이다. 중국 국민정부 정규군 육군 중장(국군의 소장급에 해당) 출신이며 광복군 참모장을 역임한 독립운동가였다. 한국전쟁 당시 모두가 반대하는 한강 방어를 주장하며 초전의 위기를 극복하려 힘썼지만 신성모 국방장관과 채병덕 육군 총참모장의 반대로 뜻을 이루지 못하다가 모든 국군 사단이 궤멸의 위기에 처하자 이승만 대통령은 김홍일 장군을 시흥지구 전투사령관으로 임명해 한강 방어를 맡겼다.

김홍일 장군의 한강 방어 1주일은 한국전쟁의 절대 위기를 막아냈고 트루먼 대통령의 한국전쟁 미군 투입 결정을 성사시켰다. 이 1주일간의 한강 방어가 없었더라면 미국의 군사 개입이 불가능했을 것이므로 대한민국이 한반도 지도에서 없어졌을 것이라는 것이 내외 군사학자의 일치된 견해였다.

둘째 영웅은 김종오 대령이다. 일본군 출신의 유일한 한국전쟁 영웅이다. 김종오 대령은 춘천 북방의 6사단장으로서 적의 초기 공격을 막아 38선 일대에 배치된 백선엽 대령의 1사단, 유재흥 준장의 7사단, 이성가 대령의 8사단의 궤멸과 달리 적을 효과적으로 막아내어 춘천대첩의 역사적 기록을 남겼다. 그 후 김종오 대령은 소장으로 진급해 9사단장으로 백마고지전투에서도 승전보를 기록하였다.

셋째는 낙동강전선 불퇴전의 결의로 결정적 위기를 극복하고 공세이전의 승전을 지휘한 워커 장군, 끝으로 인천상륙작전의 맥아더 장군으로 결정되었다.

나의 '한국전쟁 4대 영웅 선정 보고서'는 육군본부와 국방부의 동의하에 전두환 대통령에게 제출되었으며 대통령의 최종 승인하에 '한국전쟁 4대 영웅'을 전 국민에게 공시하는 국가적 이벤트 작업에 착수했다.

전두환 대통령이 나 박경석을 찍어 한국전쟁 중요 이벤트 책임자로 맡겼던 연유는 육군대학 정규 과정 클래스메이트 시절 학생 장교 100명 가운데 한국전쟁에 지휘관으로 참전해 화랑무공훈장 수훈자는 나밖에 없었고, 정규 과정 졸업 후 육군대학 군단방어 교관으로 선발되어 한국전쟁에 대한 연구 분석 책임을 맡고 있었던 전력 때문이었다.

국군의 날 이벤트는 성공리에 끝났고 내가 저작한 『5성장군 김홍일』은 베스트셀러가 되었다. 보름 후 신극범 교육문화수석비서관이 나를 찾아왔다. "원하는 직위를 알려달라."라고 했다. 나는 "창작에 전념하겠다." 라며 그의 제의를 정중히 거부했다. 전두환과 나의 마지막 관계였다.

어느 정치군인의 아들

1.

5·16 군사 쿠데타를 시작으로 3선 개헌, 이른바 유신시대를 거쳐 12·12 군사반란에 이르기까지 군부의 정치군인 세력은 권력과 부귀영화에 도취되어 있었다. 그러나 군부의 전횡에 반대하는 많은 국민들은 전국 곳곳에서 시위를 전개하며 군부 독재정권에 저항했다. 광주 민주화운동을 비롯하여 대도시 특히 서울에서는 하루도 거르지 않고 시위 민중의 정의로운 물결과 함성이 도심을 휩쓸었다.

서울 광화문과 명동 일대는 최루탄 가스 냄새가 그칠 날이 없었다.

서울 평창동 어느 대저택.

일찍 일어난 민수는 현관에서 조간신문을 챙겨 자기 방으로 향했다.

신문 1면에 닿은 그의 눈이 빛났다. '대학교수인 장남이 범인'이라는 큰 활자와 함께 '유산받아 빚 갚으려 살해했다'는 부제가 눈에 들어왔다.

수백억 원대의 재산을 소유한 금융학원 이사장 살해사건 범인은 대학교수인 김형진 이사장의 큰아들인 것으로 밝혀졌다는 기사를 방에 들어서기도 전에 다 읽어버렸다.

순간 거실 안쪽에 있는 아버지 침실로 눈길이 스쳤다. 그 방문을 바라보는 민수의 눈은 형용할 수 없는 이상야릇한 감정에 잠겼다.

'내가 눈이 뒤집히면 저 방으로 뛰어들어가 김성복처럼 아버지에게 칼을 들이댈 수 있을까?'

민수는 고개를 설레설레 흔들며 중얼거렸다.

'아니야. 내가 정말 미쳤다 해도 살인은 못 할거야.'

방문을 열고 들어간 민수는 다른 기사를 읽으면서도 손이 떨리는 것을 느꼈다.

'아니, 내가 왜 이렇게 떨릴까?'

민수는 마음의 안정을 위해 신문을 책상 위에 아무렇게나 던졌다.

삶에 대하여 어느만큼 알 나이인 큰아들이자 국내 공부도 모자라 미국 유학까지 가서 석사 박사 학위 다 따고 어엿하게 대학 강단에 서 온 그가 아버지의 재산 상속에 불만을 품고 칼로 아버지의 목을 찔렀다는 사실은 소설이나 영화에서도 보기 힘든 충격적인 반인륜 사건이라고 생각했다.

'사람이 미쳐도 분수가 있지. 자기 아버지의 목에 칼을 꽂다니….'

민수는 다시 고개를 더 세게 흔들면서 자기 마음과는 천길만길 다른 것이라고 되뇌었다.

그러나 한 가지 꺼림칙한 것이 순간 머리에 떠올랐다.

민수는 이 사건과 연관하여 아버지를 살해한 김성복에 대해서 생각해

보니 자신과 몇 가지 공통점이 있었다.

첫째, 아버지가 수백억 원대의 재산가라는 점.

둘째, 자기도 박사 학위까지 받고 미국에서 돌아와 대학 교수직을 원하고 있다는 점.

셋째, 아버지는 술에 취하기만 하면 늘 자기를 경멸하고 너에게는 재산한 푼도 줄 수 없다고 폭언을 한 점. 그럴 때면 아버지를 죽이고 싶도록 미워했다는 사실.

민수는 생각이 거기까지 미치자 신문을 다시 들고 1면 기사부터 3면의 사설, 사회면 등 온통 살인사건 기사로 얼룩진 모두를 훑어 내려갔다.

그 가운데 전율을 느끼게 한 것은 살인자 김성복 교수가 서울대학교 병원 영안실에서 천연덕스럽게 아버지 시신 앞에 앉아 있는 사진의 기사를 본 순간이었다.

'아… 인간이 저렇게 뻔뻔할 수 있는 것일까?'

민수의 가슴은 죄인처럼 두근거렸다.

맨 마지막으로 신문 47쪽 '야로씨' 만화를 보았다.

첫 장면, 늙은 부모가 공항에서 비행기를 바라보면서 "큰애가 돌아온다."라고 말한다. 둘째 장면, 집에 돌아와서 아버지에게 큰절을 하면서 "유학을 마쳤습니다."라고 귀국인사를 하는 아들. 셋째 장면, 아버지가 돈뭉치와 토지문서로 가득 채워진 금고 문을 활짝 열어 보이며 "집문서와 전 재산이다."라고 말하면서 양손을 벌려 아들에게 처분을 바란다. 아들은 시건방지게 팔짱을 끼고 "이게 답니까?"라고 말하면서 "접수하겠습니다." 하고 아버지의 제의를 수락한다. 끝 장면, 아들이 살고 있는 거대한 2층 저택 바로 옆에 다 찌그러져가는 판잣집에서 얼굴을 내밀고 있는 아버지. 허탈한 모습으로 서 있는 어머니에게 어쩔 수 없다는 듯이 변명한다.

"여보, 죽는 것보다 낫지 뭐…."

민수는 만화의 풍자에 웃음이 절로 나왔지만 얼굴이 화끈거리는 것을 숨길 수는 없었다. 세상 사람들이 살인마 김 교수를 질타하는 것이 아니라 마치 자기에게 어떤 경고를 하는 것 같은 이상한 충격을 받았기 때문이었다.

민수의 아버지는 5공화국 출범과 함께 부귀영화를 누리기 시작한 장본인이었다. 전두환의 12·12군사반란 때 그를 도와 4성장군과 장관 직을 역임한 터였다.

민수네는 그의 아버지가 영관 시절만 해도 전세 신세를 면하지 못할 정도로 가난하였다. 모든 장교들이 어렵게 생활하고 있었던 때였으므로 가난에 대해 민수는 별로 부끄럽게 생각하지 않고 지냈다. 사실 직업군인이 돈을 번다는 것은 생각할 수도 없다는 것을 그는 알고 있었다. 군인이 특히 지도층이 돈 맛을 알고 부정한 방법으로 돈을 챙기기 시작하면 나라가 망한다고 믿어왔기 때문이었다.

저 방대한 중국 대륙에서 모택동의 공산군에게 패배하여 대만으로 가야 했던 장개석의 국민정부군도 자유 월남의 패망 원인도 모두 장군들의 부패였음을 그는 잘 알고 있었다.

그런데 12·12 군사반란이 성공한 이후 뜻밖에도 아버지가 달라지고 있었다. 그 전까지만 해도 군인정신을 간직하고 있던 아버지가 갑자기 달라진 배경에 대해서 민수는 잘 이해하지 못했다.

중책을 맡게 된 아버지의 태도가 오만해지기 시작했고 경우에 따라 비참할 정도로 비굴해진 아버지의 새 모습을 보게 되었다. 권력이 없다고 판단되면 상급자일지라도 우습게 대했지만 자기보다 하위 계급자일지라도 실권이 있다고 판단하면 비굴하리만큼 상전 대하듯 정중하게 대했다.

어느 날 민수는 보안사령부에서 비서실장이라는 허 모 대령의 전화를 받고 아버지에게 알렸다.

"아버지, 보안사령부 허 대령이랍니다."

침착한 아버지로 알고 있던 민수는 아버지의 당황한 모습을 처음 보고 내심 놀랐다.

"뭐? 보안사령부 허 대령이라고?"

뇌물로 들어온 금거북이를 요리조리 만지작거리던 아버지는 벌떡 일어나며 부동 자세로 전화를 받았다. 대화 내용으로 보아 보안사령관 전 모 소장인 것 같았다. 3성 장군이 2성 장군에게 절절 매는 광경을 보고 민수는 혼돈에 빠지지 않을 수 없었다. 민수는 그때 고등학교 1학년생이었으므로 감수성이 한창 예민할 때였다. 도무지 뭐가 뭔지 혼란스러웠다. 그러나 그 의문은 얼마 안 가 풀렸다.

육군 소장이 하루 아침에 중장으로 진급하더니 곧이어 별 넷 대장 계급장을 다는 것이 아닌가. 어디 그뿐이랴. 얼마 가지 않아 대통령이 되었다.

그 여파에 따라 민수네도 부귀영화가 줄을 이었다.

어느 날 갑자기 주방에는 요리사가 두 명씩이나 일하게 되었고 가정부들은 온종일 분주하게 움직였다.

선물인지 뇌물인지 분간하기 어려운 귀중품, 문서, 봉투, 금붙이 등이

쉴 새 없이 들어왔다. 어머니는 그것들을 챙기느라 정신이 나간 사람 같았다.

민수는 이 모든 급격한 변화가 거슬렸다. 지금까지 존경심으로 대했던 아버지의 권위가 차츰 빛을 바랬다.

몇 달이 지나자 아버지는 임기를 마치고 군복을 벗더니 장관이 되었다. 전에는 술을 좋아하지 않았던 아버지가 매일 밤 술에 취해 12시가 넘어야 귀가했다. 인자하고 자상한 아버지가 아니라 두 얼굴을 가진 야누스처럼 변해버렸다.

어머니 또한 자애로운 모성애를 찾을래야 찾을 수 없게 되었고 들뜬 기분으로 권력의 향방과 축재에만 눈을 팔고 있었다. 그런 환경에서 사춘기 민수의 성격이 온전할 수 있었을까.

2.

대학에 진학한 후부터 민수는 학업에 전혀 관심을 두지 않았고 학생운동에 열을 올렸다. 자기 아버지와 깊은 관련이 있는 군사정부를 규탄하는 데모대에 합류했다.

군사정부 수립 공신으로 육군 대장에 이어 장관까지 영달을 누리고 있는 아버지의 아들이 그 정부 타도를 부르짖게 된 것이다. 정보정치를 기간으로 삼았던 군사정권이 현직 장관 아들의 행적을 모를 리 없었다.

대통령은 마침내 민수 아버지를 청와대로 불러 호된 질책과 함께 장관

자리를 박탈해 버렸다.

"아들 교육이나 잘 시키시오."

냉랭한 대통령의 목소리였다. 민수 아버지로서는 청천벽력과 다름없었다. 그러나 아들 하나 단속 못한 잘못을 시인하지 않을 수 없었다.

장관 자리에서 물러났어도 그들은 귀족과 다름없는 호화생활이 보장되어 있었다. 몇 년 안 되는 짧은 기간에 이미 강남 요지에 10층 빌딩에다 토지며 예금 등 수백억 원대의 축재를 했으니 죽어서 국립현충원에 묻힐 때까지 어느 왕 부럽지 않는 생활을 할 수 있었다.

민수에게는 그 모든 것이 못마땅하였다. 아버지의 파직 이후 민수는 모진 박해를 받아야 했다. 모든 잘못이 네 탓이었다.

"이 빌어먹을 놈아! 너는 조국의 은혜도 모르니? 조국을 배신하고 조국에 돌을 던질 수 있느냐! 이 후레자식아!"

그때마다 민수는 속으로 코웃음을 쳤다. '웃기는 아버지'라고.

조국의 배신자는 누구이고 부정축재는 매국행위가 아니냐고 따지고 싶었다. 광주시민을 그렇게 많이 죽이고도 눈 하나 까딱하지 않고 부하 정치군인에 야합한 아버지를 저주하고 싶었다.

그러나 대꾸해 봤자 아버지의 마음이 변하지 않으리라 확신하는 민수로서는 꾹 참을 수밖에 없었다.

민수의 고뇌는 자꾸만 커져 갔다. 군사정권의 독단과 정권 찬탈 과정에서부터 파생된 일련의 악순환이 그의 뇌리에서 떠나지 않고 괴롭혔다. 더욱이 불법 그 자체인 군사정권이 '정의사회 구현'이라는 슬로건을 내세우는 것은 도저히 참을 수가 없었다.

정학 처분 상태지만 자기는 양심을 가진 당당한 대학생이라고 자부하고 있었다. 민수는 더이상 지체할 수 없어 짐을 챙겨 집을 빠져나왔다. 그러고는 학생 데모 대열 선봉에 섰다.

"독재정권 타도하자!"

"전두환 군사정권 박살내자!"

민수는 빨간 머리띠를 두르고 데모대 맨 앞에서 절규했다. 최루탄에도 아랑곳하지 않고 눈물을 줄줄 흘리면서도 손수건으로 눈물을 닦지 않았다. 어차피 오늘의 사태는 눈물을 흘리지 않고 견디기 힘든 상황이므로 최루탄에 의한 눈물일지라도 닦지 않겠다고 다짐했다.

민수에게 데모 현장에서의 적은 경찰이 아니었다. 비록 그들에게 쇠파이프를 휘두르고 있었지만 실질적인 적은 전두환을 비롯한 핵심 정치군인이었다.

아버지가 가담한 집권층이라 해도 민수와는 아무런 관계가 없는 사안이었다. 호화로운 대저택에서 진수성찬에다 이태리 침대에서 안락하게 잠자는 생활을 박차고 나온 민수로서는 끼니를 굶어가며 풍찬노숙하는 하루하루였지만 보람 있는 정의의 삶이라고 생각했다.

더욱이 아버지가 눈먼 돈을 챙기면서 그 돈으로 호의호식하는 것보다 의기투합하는 학우들과 어울려 라면이나 짜장면으로 끼니를 때우는 오늘의 삶이 그렇게 홀가분할 수 없었다.

"독재정권 타도!"

"군사독재 물러가라!"

롯데백화점과 명동 입구 앞길에 진을 치고 있는 민수의 대학생 데모대와 옛 무사처럼 투박한 차림의 전경들의 대치는 최루탄 가스 자욱한 살벌한 상황에서도 끊일 줄 모르는 줄다리가 이어지고 있었다.

연거푸 터지는 최루탄 폭음은 오히려 악랄한 적이 발악하는 소리로 들렸다. 그 작렬음은 민수의 정의심에 불을 붙였다. 더 힘이 솟아났고 더 용맹스러워졌다.

이때 누군가가 달려와 민수를 덥석 안으며 소리쳤다.

"야! 너 민수 아니냐? 나야 나!"

벌겋게 충혈된 눈을 비비며 민수는 자기를 흔드는 상대를 보았다.

"나 종철이야 종철."

민수는 투구를 쓴 경찰관의 눈과 코와 입을 자세히 보면서 얼굴 윤곽을 살폈다. 대학 선배인 종철 형이었다.

"오! 종철 형!"

종철의 아버지는 민수 아버지와 육사 동기생이자 보안사령관 출신이었기에 민수와는 남다른 관계였다.

"웬일이유, 종철 형."

"웬일이라니. 나 전경 소대장인 걸 몰랐나?"

"경위가 되었다는 말은 들었는데…."

"임마, 옛날 같으면 좋은 자리에 있었을 텐데 아버지 힘이 빠지니 이 모양이지."

현 정권 출범 시 반란군 편에 끼지 않고 눈치만 보다가 실권을 잡은 정치군인의 눈밖에 나 지금은 찬밥 신세인 아버지 때문에 전경 소대장으로 고생한다는 푸념이었다. 이 무렵 데모대는 거의 탈진한 상태로 대로상에 주저앉아 있었으므로 이들의 만남과 대화가 방해되지 않았다.

"민수야 가자. 잠시 쉬면서 이야기나 나누자."

"싫어. 내가 왜 형을 따라가요."

"아니야, 요기 좀 하자고. 너도 배고프지? 나도 굶었어."

그 말에 민수는 시장기를 느꼈다. 민수는 못 이기는 척하고 그의 뒤를 따라 나섰다.

종철은 투구를 벗고 땀을 닦으며 롯데백화점 입구로 향했다. 백화점 출입구는 이미 셔터를 내린 상태였지만 종철이 큰소리로 뭐라고 소리치니 셔터가 달달거리면서 올라갔다. 백화점 내부는 평소와 다름없이 휘황찬 란했고 데모 때문에 갇힌 손님으로 소란스러웠다. 종철과 민수는 인파를 헤치고 전철역 쪽에 있는 롯데리아로 갔다.

손님들은 이질적인 이 두 젊은이에게 눈이 쏠렸다. 전경 소대장과 남루한 대학생이 친숙하게 담소하며 걸어가니 신기하게 생각하는 것 같았다.

종철은 셀프서비스 계산대 앞에 가더니 돈을 내놓고 뭔가를 주문했다.

"민수야, 넌 저 구석자리에 앉아 있어."

"응. 먼저 앉아 있을게요."

시선을 피해 구석자리를 찾아 앉았다. 잠시 후 종철은 콜라와 햄버거 둘과 감자튀김 등을 쟁반에 가득 담아왔다.

"민수야, 우선 먹고 이야기하자."

"응, 나도 배고파요. 온 종일 굶었는 걸."

민수와 종철은 서로 웃으며 굶주린 짐승처럼 그 많은 먹을 거리를 눈

266

깜짝할 사이에 먹어치웠다. 주변 손님들은 눈이 휘둥그레져 이 두 젊은 이의 먹는 광경을 보고 있었다.

"민수야, 나도 이제 지쳤어. 너와 내가 다를 게 뭐냐. 나도 현 정권이 미치도록 싫어. 그러나 직업 때문에 이 지경이야 이 지경."

경찰 간부가 할 소리는 아니었지만 진실을 털어 놓는 솔직한 말이었다.

"임무란 게 뭔지… 그러나 민수를 보니 내 마음이 달라진다. 나 경찰 때려치우고 미국으로 건너가 공부나 계속할까 봐."

민수는 호기심에 찬 눈초리로 종철을 쳐다보았다.

"그래, 아버지는 반대하겠지만 난 더이상 우리나라 정치 상황을 바라볼 수 없는 심정이야."

보안사령관 출신 아버지를 둔 진종철 경위의 넋두리치고는 충격적이었다.

"나는 형이 현 정권 지지파인 줄 알고 있었는데?"

"뭐야? 임마, 제정신 가진 젊은 놈치고 반란군 수괴가 대통령이 된 이런 판을 좋아할 놈 있는 줄 알아?"

주변을 조심스럽게 살펴가며 말을 이어갔다.

"그럼 저 투구를 쓰고 있는 전경들도 형과 같은 생각이야?"

"물론이지, 기계처럼 임무수행하는 로봇이야. 그런데 이상한 것은 저 전경들이 알 수 없는 리모트 컨트롤에 순종하고 있다는 사실이야."

종철은 얼음이 녹아내린 콜라를 쭉 들이키며 한숨을 크게 쉬었다.

"민수야, 우리 이 혼돈의 세계에서 시간 낭비할 게 아니라 미국으로 건너가 공부나 하자. 좋은 세상 다시 오면 귀국해서 조국에 봉사하면 되잖아?"

민수는 솔깃했다. 자기들 부모가 재력이 있으니 생활비나 학비를 걱정할 필요는 없을 테고… 일리가 있다고 생각했다.

"형, 생각해 볼 만한 제안이야. 며칠 후 다시 만나 결정합시다."

"그래, 오늘은 이만 헤어지자. 저기 저쪽 사복들 눈길이 예사롭지 않아. 너는 바로 귀가해야 돼."

"형, 그것만은 안 돼. 친구들과 의리가 있는데… 오늘 시위까지는 참가해야지."

종철과 민수는 데모대가 있는 곳으로 향했다. 셔터를 올리고 밖으로 나오자 종철은 데모대 저지선 쪽 왼편으로, 민수는 오른편 데모 대학생 쪽을 향해 잽싸게 뛰어갔다.

3.

종철과 민수는 더러운 돈이지만 각자 거금을 받고 유학차 미국으로 건너갔다.

둘 다 영어 실력이 부족하여 한인들이 많이 모여 사는 LA로 갔다. 'Korea Town'이라는 안내표지도 선명한 LA의 한인 생활 근거지는 한국의 축소판이나 다름없었다. 거리는 온통 한글 간판이었다. 한국에 있는 것 중 LA에 없는 것이라고는 전경과 격렬 시위 그리고 보신탕이다. 개고기 애호가인 한인 몇 명이 멋모르고 개를 잡아먹다가 경찰에 잡혀 들어간 이후로는 보신탕이라는 말 자체가 쑥 들어갔다고 한다.

보신탕 외의 한국 음식을 줄줄이 이어진 식당에서 팔고 있었다. 오히려 한국에서보다 값도 싸고 맛 좋은 냉면, 육개장, 설렁탕, 불고기 등을 먹고 싶을 때 마음껏 즐길 수 있었다.

LA에 도착한 첫 몇 달간 종철과 민수는 공부는커녕 이리저리 쏘다니면서 구경이나 하고 음식점을 섭렵하면서 식도락에 빠졌다.

LA와 인근 오렌지카운티에는 한국 접대부가 있는 술집들이 즐비했다. 한인 여성들이 시중을 들면서 유혹하는 작태는 한국에서와 별다른 점이 없었다. 종철과 민수가 술집에 드나들면서 술과 여인에게 빠진 것은 어쩌면 당연했다. 호주머니에 돈이 넉넉했기 때문이기도 했지만 이국 땅에서 객고를 달래기 위해 잘못 들어선 것이었다.

이렇게 놀기만 하다가 잘못해서 폐인이 될 것이라는 자각에 이른 것은 반 년이 지난 뒤였다.

정신을 차리고 어학 연수부터 시작했다.

"형, 우리 박사학위 딸 때까지 유흥과 낭비는 생각지도 맙시다."

"맞아, 우리 이러다가는 소득도 없이 귀국해서 천덕꾸러기 신세가 될지도 몰라."

그들은 각자 정한 목표를 향해 매진했다.

공부가 쉬울 것이라는 생각과는 달리 막상 부딪쳐보니 여간 어려운 것이 아니었다. 그러나 장래를 위해서라는 단단한 각오로 종철과 민수는 난관을 극복하고 있었다.

민수는 공부하는 동안 종철 형의 동생 정아와 뜨거운 사랑에 빠지게 되었다. 정아는 한국에서 여대에 다니고 있었지만 워낙 허영심이 많아 한국

생활에 싫증을 느끼고 아버지를 졸라 오빠 뒤를 따라 미국으로 건너온 것이었다.

미국에 건너온 정아는 더 자유분방해져 술에 빠져들면서 색광이 되어갔다. 술에 취하기만 하면 민수에게 달려가 육체의 향연을 즐겼다.

민수도 정아가 싫지는 않았지만 술과 색에 빠져버리는 일상에서 벗어나야겠다는 자각이 움트기 시작했다. 정아와 이런 식으로 지내다가 학위는커녕 폐인이 될 것 같은 위기를 느꼈기 때문이었다.

"사랑해요, 민수 오빠."

녹음기를 틀어 놓은 것처럼 되뇌이는 정아가 오히려 가엽다고 생각할 때 이미 정아는 마약에도 빠졌다. 민수가 정아와의 접촉을 회피하자 정아의 파트너는 백인 학생으로 바뀌었다.

민수는 다시 정신을 차리고 목표를 향해 매진했다. 하지만 민수는 학업을 등한시하는 정아의 학업 진도가 민수보다 빠르다는 사실을 늘 이상하게 생각했다. 의문은 끝내 풀리지 않았지만 미국의 대학에서도 학점 취득을 몸으로 때우는 여대생이 있다는 소문이 심심치 않게 돌고 있었다.

종철과 민수 그리고 정아가 학위 취득에 성공할 무렵, 고국에는 문민정부가 탄생했다.

"민수야, 귀국하자. 이제 세상이 달라졌으니 미운 놈들이 물러갔을 것 아니냐?"

"고국에 돌아 가야지요. 저도 정말 귀국하고 싶어요. 우리 귀국해서 뭔가 통쾌하게 보여줍시다."

"좋은 생각이에요. 저도 따라갈래요."

정아까지 맞장구를 쳤다.

이렇게 하여 세 사람은 목표한 대로 학위를 취득하고 '금의환향' 길에 올랐다.

4.

고국에 돌아와 보니 김영삼의 문민정부는 모든 면에서 기대에 미흡했다. 김영삼 대통령이 '한 푼도 받지 않겠다'고 청렴정치를 선언했지만 그 말을 믿는 사람이 없을 뿐 아니라 아들을 비롯한 주변 인물의 비리가 속속 사람들 입에 오르내리고 있었다.

개혁을 내세웠지만 오히려 뇌물의 액수가 더 커졌고 뒷거래는 여전히 이루어지는 판국이었다.

종철과 민수 그리고 정아 모두 대학교수가 꿈이었다. 그러나 예상 밖 난관에 봉착하고 말았다. 학위 취득자가 포화 상태여서 직장을 구하지 못한 박사들이 예상보다 많았다.

대학교수 자리가 없는 것은 아니었으나 적게는 1억 원에서부터 2억 원 이상은 얹어 주어야 한다는 것이었다.

도무지 그런 썩어빠진 나라가 어디에 있단 말인가. 학문의 전당에서 뇌물이라니… 오히려 군사정부 때보다 더 썩은 것 아닌가. 민수는 분개했다. 그러나 종철과 정아 남매는 민수의 생각과는 달랐다. '자본주의 사회에서 기부금 입학제도는 흔히 있는 일이고 학교 운영이 어려우면 기부금을 내고 교수가 된다는 것 정도는 있을 수 있다'고 생각했다.

그리하여 남매는 아버지가 내어 준 2억 원씩을 재단 이사장에게 건네주고 대학교수가 되었다. 민수는 그들 남매와는 달리 '절대로 뇌물을 주고는 대학교수 안 하겠다'고 끝까지 버텼다. 부모는 '돈을 대줄 테니 취직하라'고 성화였지만 민수는 생각을 굽히지 않았다.

"이 세상은 네 마음같이 돌아가는 것이 아니다. 돈을 주고라도 교수가 되어야 한다."라며 아버지는 다그쳤다. 아버지의 말에 민수는 기가 찼다. 장군에다 장관까지 지낸 사람이 뇌물을 주고 취직하라니… 더구나 반란 정치군인 편에 섰던 치욕의 과거가 있었다면 시대가 바뀐 지금은 반성해야 할 처지인데 자기에게 불법을 강요하다니….

"아버지, 저는 죽으면 죽었지 뇌물 주고 교수 안 합니다."

민수는 벌떡 일어나며 언성을 높였다. 아버지는 아니나 다를까 눈을 부라리며 소리쳤다.

"이 빌어먹을 놈아! 너는 돈 주고 박사 땄잖니. 기부금 내고 교수 되는 것이 뭐가 나쁘냐!"

어머니 또한 아버지 편에서 한 술 더 떴다.

"얘야, 네가 배불리 먹고 호강스럽게 컸기 때문에 세상 물정에 어두운 탓이야. 경쟁이 심한 세상인데 돈 안 들고 대학교수가 된다는 것이 말이나 될 소리냐?"

그러나 민수는 "안 됩니다."라고 소리 치며 집을 뛰쳐 나왔다.

집을 나오니 주머니에는 잔돈밖에 없었다. 갈 곳이 막막하였다. 생각다 못해 종철 형에게 전화를 걸었다. 마침 정아의 낭랑한 목소리가 들려왔다. 일요일이었기 때문에 정아가 집에 있었다.

"나 민수야. 잘 있었어? 형 계셔?"

"오래간만이네요. 오빠는 교수 친구들과 골프 치러 가고 없는데…."

별로 반기는 목소리가 아니었다. 그러나 민수로서는 다급했기에 자존심을 꾹 누르고 호소하듯 말했다.

"나 적적해서 왔는데 우리 술 한잔할까?"

"술이 다 뭐예요. 초저녁인데… 내일 강의 준비 때문에 지금 정신이 없어요."

말이 끝나기가 무섭게 찰카닥 전화가 끊어졌다. 민수는 힘이 쭉 빠졌다. 정아가 대학교수 되더니 무직자인 자기를 경멸한다고 생각했다. 귀국후 몇 번 만났지만 "나는 뇌물 주고는 교수 안 해!"라는 말에 정아가 흥분한 후로는 전화 한 통 없었다. 민수는 참을 수 없는 모욕을 느꼈다. '육체관계까지 있었던 사랑하는 사이였는데 그럴 수가 있는가?'고 분개했다. 주위의 모든 사람들이 자기를 허허벌판에 내팽개치는 것과 같은 아픔과 절망을 동시에 접했다.

'난 어디로 가야 한단 말인가. 모든 사람이 나를 버렸는데….'

민수는 10km가 넘는 거리인데도 집으로 향할 수밖에 없었다. 걸어서 가야 했다. 주머니에는 5백 원짜리 동전 몇 개밖에 없었다. 그 돈으로 버스는 탈 수 있었지만 걷기로 했다.

집 근처까지 왔을 때는 해가 저물었다. 막 캄캄해지면서 주변 상가에서는 네온사인이 온갖 빛을 뿜어댔다.

집 쪽으로 눈을 돌리니 두 눈을 부라리고 죽일 듯 달려들면서 "빌어먹을 놈아!" 하던 아버지의 얼굴이 떠올랐다. 가난했던 영관장교 시절 어머니는 자상하고 인자했다. 그런데 계급이 올라가면서 뇌물에 이골이 난 뒤부터 살쾡이처럼 표독해졌다.

"너 미국에서 헛공부했구나."

뇌물 주고 대학교수 안 하겠다는 민수에게 던진 어머니의 말이 뇌리에 자꾸만 떠올랐다. 집에는 들어가기 싫었다. '그럼 어쩌란 말이냐.' 길가에 주저앉아 땅을 치면서 엉엉 울고 싶은 심정이었다.

이런 판국에 마음을 달랠 방법이란 술밖에 없다는 것을 깨달은 민수는 멀리 보이는 포장마차를 향해 무거운 걸음을 옮겼다. '술이다 술. 부모도 옛 애인도 돈도 아니다. 오직 술에 취하는 길이 최선이다.'라고 중얼거리며 포장마차 안으로 들어갔다.

포장마차에는 험상궂게 생긴 청년이 식칼을 휘두르며 산낙지를 썰고 있었다. 칼에 잘린 낙지 다리가 도마에서 꿈틀거렸다.

발버둥치는 산낙지를 보면서 자기 신세 같다고 생각했다.

"쐬주 한 병 주세요. 똥집하고요."

칼질을 멈춘 청년은 힐끗 민수를 바라보더니 대꾸도 않고 병마개도 따지 않은 채 내던지듯 소주병을 내밀었다. '아니… 이렇게 좋은 안줏감이 많은데 멀쩡한 젊은이가 겨우 닭똥집이야' 하는 표정을 지으며 똥집을 건성건성 구웠다.

민수는 기분이 별로 좋지 않았지만 참아야 했다. 민수는 잔에다 소주를 가득 채워 단숨에 들이켰다. 두 잔째 마실 때 닭똥집 다섯 개가 접시에 올려져 나왔다. 접시에는 지저분한 것이 묻어 있었다. 똥집을 보니 퍼런 심줄이 덜 익어 그대로 먹을 수는 없었다. 청년에게 부탁조로 말했다.

"덜 익은 거 같은데 더 구워주시오."

청년은 민수를 쳐다보지도 않고 불쾌하다는 듯이

"먹어나 보고 익혀 달라고 하슈."

일언지하에 거절이다. 민수는 또 참아야 했다.

오늘은 정말 재수가 없다고 체념하면서 덜 익은 똥집을 입에 넣고 꼭꼭 씹었다. 역시 덜 익어 기분 나쁜 냄새가 풍겼지만 시비 걸 기력도 없어 그대로 목구멍으로 넘겨버렸다.

소주 한 병을 순식간에 다 마시고 두 병째 시키려고 할 때 젊은 남녀 한 쌍이 포장마차로 들어왔다.

"어서 오십시요."

민수에게는 한마디 없었던 그가 그렇게 사람이 달라질 수 있을까. 험상궂은 얼굴이 금새 미소짓는 표정으로 바뀌었다.

"뭐를 드릴깝쇼."

"관광소주 주세요. 꼼장어하고 산낙지도요."

관광소주는 비싼 소주다.

청년은 신이 났다. 젊은 남녀의 시중들기에 정신이 없다. 관광소주 병마개를 손수 따서 그들에게 공손히 내놓는다. 산낙지 접시가 나오고 꼼장어 구이도 대령한다.

민수는 그런 광경을 보면서 오기가 치밀어 올랐다. 꾹 참기로 했다. 민수는 힘없는 목소리로 소주 한 병을 더 시켰다. 역시 병마개를 따지 않고 그대로 내민다. 민수는 화가 머리끝까지 치밀었다. 미국에서 백인들도 흑인에게 이런 차별은 없다고 생각했다. 더욱 기가 막힌 것은 젊은이들 술잔에 술까지 따라주는 것이 아닌가. 도저히 참을 수 없다고 생각했다.

"나도 관광소주로 주슈."

청년은 민수를 힐끗 쳐다보더니 그린소주를 거두고 관광소주를 내놓았다. 역시 병마개 안 딴 채로. 민수는 관광소주를 보면서

"병마개 따 주슈."

차가운 목소리로 내뱉었다. 민수의 눈초리가 빛났다. 대학생 시절 독재정권과 맞서 싸웠을 때의 그 매서운 눈빛이었다.

청년은 민수의 눈빛이 예사롭지 않다는 것을 간파했는지 기가 죽은 기세다. 눈을 아래로 깔고 병마개를 따서 민수 앞에 내놓았다.

"산낙지 한 접시 주슈."

이것은 완전한 도전이었다. 눈을 부릅뜨고 큰소리로 말하니 포장마차 안은 썰렁해졌다. 민수는 술에 약해 소주 한 병이면 몸을 가누기조차 힘드는데 단숨에 두 병째 들이키고 있으니 성할 리 없다. 민수는 제정신이 아니었다. '누구는 자기 아버지도 찔러 죽이는 판에 이 정도의 술주정은 준수하지….' 민수의 머릿속에서는 여러 가지 필름이 바삐 돌았다. 순간 수중의 돈이 턱없이 모자란다는 사실을 의식했다. 정신이 반짝 들었다. '어 큰일인데….' 큰소리까지 쳐놨기에 외상이 통할 리 없다. 그렇다고 그 청년을 집에 데려가서 계산할 수도 없다고 생각했다.

줄행랑을 칠 수밖에 없다. 고교시절 육상 선수였다는 데 필름이 멈추자 용기가 솟았다. 민수는 벌떡 일어나자마자 포장마차를 뛰쳐나와 어둠 속으로 죽을 힘을 다해 뛰었다. 포장마차 주인은 날세게 민수 뒤를 좇았다.

그런 일에는 이골이 나 있는 포장마차 주인에게 술에 취한 민수쯤은 적수가 아니었다. 민수는 겨우 30m도 못 넘기고 붙들렸다.

"야 이새끼야, 술 처먹고 도망쳐?"

민수는 이미 인사불성이 되어 길바닥에 납작 엎드려 '나 몰라라' 하고 저항도 하지 않았다. 얼마 동안 민수는 실컷 얻어 맞고 의식을 잃었다.

5.

의식이 깨어나기 시작한 민수는 파출소에 있음을 알아차렸다. 순경들이 기가 막히다는 표정으로 자기를 내려다보는 것이 아닌가. 어찌된 일일까. 민수는 정신을 차리고 머릿속 필름을 되돌려 보았지만 감을 잡을 수 없었다. 순경은 눈을 비비며 긴 의자에서 부시럭거리는 민수를 보며 말문을 열었다.

"여보시오. 젊은 사람이 무슨 술을 그렇게 마셨소. 돈도 없는 주제에."

순경의 말을 겨우 알아들은 민수는 자기가 저지른 잘못을 어렴풋이 떠올릴 수 있었다.

"잘못했습니다. 용서해 주십시오."

순경은 민수의 말을 들은 척도 않더니 대뜸 주민등록증이나 보여 달라고 했다. 민수는 호주머니를 뒤졌으나 없는 지갑이 나올 리 없었다.

"집에 놓고 나왔습니다."

민수의 힘없는 대답이었다.

순경은 언성을 높이면서 다그쳤다.

"당신 집이 어디요? 뭘 하는 사람이요? 집 전화번호라도 대시오."

그 말에 할 수 없이 집 전화번호를 대주었다.

전화번호를 전해 들은 순경들은 서로 얼굴을 맞대면서 수군거렸다.

"아니… 장군 댁 아냐?"

약간 놀라는 기색이었다. 순경의 말소리는 한결 부드러워졌다. 민수는 얼굴을 제대로 들지 못한 채 고개만 끄덕이었다.

순경은 재빠르게 전화로 사실 여부를 확인하고는 민수를 경찰 순찰차에 태워 집까지 데려다 주었다.

대문을 활짝 열어놓고 기다리던 아버지는 순경에게 고맙다는 인사가 끝나기가 무섭게 눈을 부라리며 호통을 쳤다.

"너 이놈 집안 망신 톡톡히 시키는구나. 이게 무슨 거렁뱅이 꼴이야."

순경은 민망하다는 표정으로 우두커니 서 있다가 깍듯이 거수경례를 하고 슬그머니 가버렸다. 민수는 아버지에게 멱살을 잡힌 채 끌려 집으로 들어갔다. 거실 바닥에 내동댕이치듯 민수를 밀어붙이고는 다시 고래고래 소리쳤다.

"이 후레자식아. 너 이놈 애비 얼굴에 똥칠 하기냐! 돈 들여 박사 따게 했더니 겨우 이 꼴이야!"

민수는 아무 말 없이 앉은 채 고개를 숙이고 있었다. 어머니까지 가세했다.

"천하에 불효자식아! 이 거지 꼴이 뭐냐."

민수는 화가 솟았다. '당신은 떳떳하오. 부하인 정치군인 반란군 편에

빌붙어 부정축재한 당신은 나보다 나을 게 뭐 있소?' 목구멍까지 올라오는 그 말을 꾹 참고 아버지를 노려봤다. 아버지는 노려보는 민수의 눈길을 마주치자 미친 듯 숨을 몰아쉬더니 거실 구석 골프가방에서 골프채를 빼 들고와 민수의 몸뚱이를 사정없이 내리쳤다.

"이 빌어먹을 놈아. 네놈이 노려보면 어쩔래!"

말릴 법한 어머니도 우두커니 선 채 꼼짝 않는다. 마치 시원하다는 표정이다.

"이놈아. 기부금 내고 교수 자리 마련해 주겠다는데 마다하고 술주정뱅이가 돼?"

민수는 눈을 감고 꾹 참았다. 골프채로 맞은 곳곳이 아팠지만 이 상황에서 어쩔 도리가 없었다. 아버지는 제풀에 지쳐 씩씩거리며 어머니와 함께 안방으로 들어가버렸다.

민수는 분노가 치밀어 올랐다. 지난 시절 아버지에 대한 불만이 낱낱이 떠올랐다.

장군들의 인사청탁, 보직과 진급운동 등 그로부터 챙긴 뇌물의 향방을 알고 있는 민수로서는 아버지에 대한 존경과 천륜은 사라지고 없었다. 장군, 장관 등 높은 공직에도 불구하고 아버지의 인격과 도덕성은 교도소에 갇혀 있는 죄수보다 더 죄가 훨씬 무겁다고 생각했다. 아버지가 아니라 악의 화신이다. 울컥 화가 솟구친 민수는 주방으로 달려가 식칼을 들고 안방 쪽으로 다가갔다.

방문을 열려고 손잡이를 잡는 순간, 민수는 정신이 번쩍 들었다. 술이 깨는 탓인지 흥분이 가라앉으면서 맥이 풀리는 듯한 허탈감이 엄습했다.

279

어제 신문에 크게 실린 금융학원 이사장 살인사건이 떠올랐다.

'나는 아버지를 죽일 수 없다.'

민수는 식칼을 안방 문 앞에 내려놓고 자기 방으로 들어갔다.

'지체할 필요가 없다. 나는 악의 소굴에서 빠져나와야 한다.'

민수는 간단히 짐을 꾸리고 집을 나왔다.

먼동이 트는 새벽, 차츰 밝아지면서 민수의 가슴도 맑은 햇살처럼 밝은 기운이 감돌았다.

6.

민수는 전철을 탔다. 새벽이지만 꽤 많은 사람들로 붐볐다. 열차는 쉼없이 움직이고 서는 동작을 되풀이했다. 2호선 순환 코스가 당산철교 부실 때문에 보수하는 중이라 부득이 갈아타고 얼마간 시간을 보내다가 마음에 끌리는 역에서 내렸다.

지상으로 올라와 얼마를 걸어가니 '방림방적 주식회사'라는 현판이 눈에 띄었다. '방적이라⋯.' 현판을 주시하는 민수의 눈이 빛났다. 그의 전공이 섬유공학이기 때문이었다.

민수는 우연이지만 자기 직장을 찾은 것 같은 설레는 마음으로 그쪽을 향했다. 정문을 지나 안쪽에 자리잡은 수위실을 노크했다. 수위실에는 늙수그레한 수위가 피곤한 기색으로 앉아 있었다.

"저 방적공장에서 궂은 일이라도 좋으니 일할 수 있도록 주선해 줄 수 있습니까?"

민수는 수위에게 고개를 조아리며 공손히 부탁했다. 수위는 별 사람 다 봤다는 표정으로 "나는 수위요. 취업에 대해서는 알 수 없어요. 조금 있다가 출근시간이 되면 총무부로 가서 알아보세요."라며 손짓으로 수위실에서 나가달라는 시늉을 했다. 민수는 밖으로 나와 길에서 출근시간을 기다리며 서 있었다.

얼마 후 인파가 몰려오기 시작했다. 도보로 혹은 승용차나 자전거로, 간간이 출근 버스도 들이닥쳤다. 밀물처럼 몰려오는 광경은 참으로 장관이었다. 그 물결을 보며 민수는 삶의 소중함을 느꼈다.

인적이 뜸해지자 민수는 다시 수위실을 찾았다.

"저… 아까 부탁한 일거리 때문에 왔는데요."

수위는 귀찮다는 표정으로 이리저리 전화를 걸어보더니 손가락으로 가리키며 말했다.

"저쪽 작은 문으로 들어가 김 과장을 만나 보시오. 그리고 이 대장에 주소 성명을 기록하고요."

민수는 수위가 하라는 대로 대장에 기록한 후 그곳으로 찾아갔다.

민수는 방림방적 일용직에 취업되었다. 신분을 감추고 막노동을 하게 되었다. 이른바 3D업종에서 일하게 된 것이다.

민수는 열심히 노동하면서 노동 후의 보람에 대해 새로운 경지의 의식 세계를 익혔다. 민수 주위 사람들은 아무도 그가 박사학위를 가진 장군의 아들임을 모르고 있었다.

민수는 염색공장에서 물감과 염색 찌꺼기를 날랐다. 그가 성실하게 일을 하자 작업반장의 눈에 들었다. 날이 갈수록 주변 사람들은 그에게 남다른 관심을 갖기 시작했다.

작업반장은 민수에게 한 단계 한 단계 높여 중요한 일을 맡겼다. 민수는 놀랍게도 무슨 일이건 모두 척척 해냈다.

고도의 기술이 필요한 분야에서도 그는 해결사라는 소문이 날 정도로 눈부시게 일했다.

"당신은 도대체 누구요?"

작업반장은 하도 신기해서 민수에게 뭔가를 알려고 했지만 민수는 아무 말 없이 잔잔하게 웃을 뿐이었다.

작업반장은 상사에 보고하고 민수의 신상에 대해 확인해 달라고 건의를 했다.

두 달이 지났을까. 민수는 사장실로 불려갔다. 사장은 건장한 노신사였다. 그의 근엄한 인상과 달관한 것 같은 몸가짐은 민수에게 중압감까지 느끼게 했다. 작업복 상의 오른쪽에는 '사장 박영석'이라는 명찰이 보였다.

사장은 민수를 보더니 만면에 웃음을 지으며 정중히 맞이했다.

"오, 이민수 박사. 반갑소."

손을 내밀며 악수를 청했다. 민수는 깜짝 놀랐다. 자기 신원이 어떻게 하여 사장에게까지 알려졌을까.

"자 여기 앉아요."

민수는 주눅이 든 사람처럼 어깨를 움츠리고 의자에 공손히 앉았다. 사장은 인자한 웃음을 띠면서 낮은 목소리로 말을 꺼냈다.

"우리 함께 일해 봅시다. 섬유 전문가인 박사가 막노동부터 시작하여 하나하나를 순서대로 밟고 있는데 큰 감명을 받았소. 우리 회사는 당신 같은 젊은이를 원하고 있었소."

민수는 사장의 말에 당황하여 아무 말도 못하고 눈물만 흘렸다. 그동안 고뇌하며 고통을 견뎌 온 모든 앙금이 한꺼번에 정화되는 것 같은 감동의 순간이었다.

민수는 다음 날부터 회사의 특별 배려에 따라 과장 대우의 전문 기술직에 특채되었다.

그날 공교롭게도 석간신문에는 종철, 정아 남매 교수가 대학 재단의 뇌물 사건으로 경찰에 소환되어 구속되었다는 기사가 실려 있었다.

3년이 흘렀다. 민수는 부장으로 승진하였다. 그 무렵 신문에는 놀랄 만한 기사가 실렸다. 전두환, 노태우 전직 대통령들이 12·12 군사반란과 광주 민주화운동 관련 재판에 회부되어 유죄 판결을 받아 관련자 모두 장군의 명예가 삭탈되었다는 내용이었다. 관련자 가운데 부하 정치군인을 도와 군사반란을 성공으로 이끈 민수의 아버지도 포함되어 있었다. 예비역 육군 대장이 졸지에 육군 이등병으로 강등되는 형국이었다.

또 며칠 후 신문의 부고란에 종철의 아버지가 사망했다는 기사가 보였다.

민수는 비로소 애증의 한가운데서 감당할 수 없는 풍랑으로 시달리는 스스로와 함께, 한 세월을 영욕으로 버티다 초라한 나무로 흔들릴 아버지의 인생을 돌아보고 있었다.

4. 국가와 훈장

정부의 책임

김영삼 정부 시절 작가 황순원은 문화의 달을 맞아 정부가 주는 은관문화훈장을 거부한다고 문화체육부에 통보했다. 그는 훈장 거부 이유에 대하여 특별한 이유는 없으며 개인적으로 받기 싫은 것일 뿐이라고 밝혔다.

이 짤막한 거부 의사는, 큰 파장을 불러일으키는 데까지 확대되지는 않았지만 뜻있는 사람들에게 큰 충격을 주었던 것도 사실이다. 훈장 거부 사례는 이때가 처음이 아니다. 그 이전에 이효재 교수도 5공 인사와 함께 수훈할 수 없다며 국민훈장을 거부한 적이 있었다.

이 두 사례는 개인의 문제로 돌리기에는 너무나 중요한 내면적 요인이 잠재해 있다. 정부가 수여하는 훈장이란 국가에 공훈이 있는 사람 가운데 뚜렷한 업적이 있는 사람을 가려 뽑아 수여하는 명예의 표증이기 때문이다. 즉 훈장은 곧 국가권위의 상징이며 명예의 표상이다. 국가가 국민에게 할 수 있는 최고의 보상이며 시혜가 된다.

그러나 훈장에 부정적 견해도 만만치 않다. 그 이유는 훈장의 가치나 효용성에서 생기는 것이 아니고 훈장을 관리하는 정부 당국자들의 불찰과 불공정한 처사에서 발생한다. 훈장을 탈 만한 공적이 있는 사람에게 훈장을 주었다면 문제될 것이 없다. 그런데 훈장을 수여하기 위한 공적심사 과정에서 훈장을 받을 만한 공적이 없는 사람에게 또는 훈장을 받을 수 없는 도덕적 결함이 있거나 과거 행적에서 결정적인 과실이 있는 사람에게 훈장 수여가 결정된다면 바로 국가의 훈장은 시비의 대상이 되고, 불만의 요인으로 작용하면서 국가가 오히려 훈장을 주지 않는 것만도 못한 불행이 초래된다. 훈장은 받을 만한 사람이 받아야 제 가치를 보유하게 된다.

1903년, 퀴리 부부가 노벨상을 받자 프랑스 정부가 그 부부에게 레종 도뇌르 훈장을 수여하려고 했다. 이 소식을 전해들은 피에르 퀴리는 "내게 훈장을 주는 따위의 어리석은 짓은 하지 않았으면 좋겠다. 과학자인 내가 훈장을 탄들 무슨 소용이겠는가."라고 내뱉으며 훈장 받기를 거부했다.

그가 수훈을 거부한 확실한 이유는, 그의 거부의 변만으로 판단하기는 어렵지만, 그의 프랑스 정부에 대한 좋지 않은 심정의 표출인 것 같다. 여태껏 자기들에게 무관심하다가 노벨상이 주어지니 뒷북을 치는 정부 당국자가 미웠는지 모른다.

일반적으로 훈장의 거부가 정부 또는 정부 당국자에 대한 반발의 표출로 인식되는 것도 알고 보면 훈장의 양면성 때문이다. 훈장은 받을 만한 사람을 공정하게 가려내어 주었을 때는 국가의 권위와 능률을 상승시켜 주는 탁월한 효과를 볼 수 있지만, 불공정하거나 받아서는 안 될 사람에게 잘못 주어졌을 때는 오히려 반목과 비능률의 원인으로 작용하여 국가의 권위가 추락하는 폐해가 이어진다.

나폴레옹은 비교적 공정한 방법으로 훈장을 관리했지만 훈장을 남발한다는 비판 여론에 때때로 당혹해 하였다. '나폴레옹이 달아주는 훈장은 쇠붙이나 장난감'이라고 혹평하는 비평가들을 향해 나폴레옹은 이렇게 응수했다고 한다. "훈장을 어른들의 장난감이라고 부르든 말든 그것은 당신네 자유다. 그렇지만 인류를 지배하는 것은 장난감이다."

훈장이 국가 최고의 영예의 표증인가, 혹은 한낱 쇠붙이에 지나지 않거나 어른들의 장난감인가 여부는 정부 당국자의 공적심사 결과에 달려 있다. 그러므로 훈장의 공정한 관리는 정부의 책임이다.

훈장의 수여는 헌법과 상훈법에 의거하여 국무회의의 심의를 거쳐 대통령이 결정하도록 규정되어 있다. 따라서 상훈의 운영은 대통령의 통치 영역 가운데 주요 부분의 하나이다.

훈장제도의 발전과 효과

우리나라 훈장의 종류는 11종으로 나누어져 있으며, 각 훈장은 5개 등급으로 구분되어 있다. 그러나 무궁화대훈장은 등급이 없고 건국훈장은 3개 등급으로 구분되어 있다.

우리나라의 상훈제도는 부족국가시대부터 시작하였다고 볼 수 있다. 전쟁에 공이 있는 자에게 말과 노비를 상으로 주기 시작한 데서 연유한다. 삼국시대에는 한걸음 발전하여 전쟁에서 무공을 세운 자, 효자, 열녀, 국난 공신 등에 대하여 식읍食邑과 관직을 내려 후대하였다. 특히 신라의 상사서賞賜署는 통일 공로자와 왜구의 침략을 물리친 전공자, 국난 공신 등에 대하여 후한 상을 주었으며, 고려시대에는 고공사考功司에서, 조선

286

시대에는 공신도감功臣都鑑에서 개국공신과 국난 공신, 효자, 열녀, 전쟁에서 무공을 세운 자 등에게 상을 주었다. 따라서 지금의 훈장과 같은 표증제도는 없었고 실물이나 벼슬을 줌으로써 지금의 상훈제도보다 훨씬 실속이 있었다.

지금의 훈장제도는 밑천이 들어가지 않으면서 최대최고의 효과를 얻게 하는 마법 같은 제도이다. 쇠붙이 하나로 죽고 살고, 또 웃게 하고 울게 하는 초능력을 소유한 신기神機라고도 과장할 만하다.

우리나라의 훈장제도의 효시는 조선이 국호를 대한제국으로 개칭한 뒤 광무 4년(1900년) 4월 17일 칙령 제13호로 훈장 조례를 제정 공포한 데서부터 비롯된다. 당시의 훈장은 7종이었으나 1910년 일본에 의한 병합으로 인하여 그 권위와 명예가 퇴색되다가 마침내 상훈제도마저 완전히 폐지되었다. 그 후 해방까지 우리나라 사람이 받는 훈장은 일본제국의 훈장뿐이었다. 매국노나 친일파들이 줄줄이 훈장을 달고 거들먹거렸던 치욕의 시대였다.

대한민국 정부가 수립되면서 독립과 건국에 공로가 있는 선열들을 기리기 위하여 1949년 4월 27일 폐지된 지 40년 만에 상훈제도가 부활되었다. 제일 먼저 건국공로훈장령이 제정 공포되면서 잇따라 9개의 각종 훈장령을 제정 공포하였다. 1963년 12월 14일에는 새로운 상훈법을 제정하여 그때까지 개별 법령으로 운영되던 각종 훈장령을 폐지하고 이를 새로운 상훈법에 통합하여 오늘날의 단일 법률의 모체로 개편하였다.

그 뒤에도 수 차례에 걸친 상훈제도에 대한 정비 보완으로 각종 훈장 및 포장의 종류와 명칭을 각 분야별로 일목요연하게 구분하여 11종으로 확대함으로써 비로소 현행 훈장제도의 면모를 갖추게 되었다. 우리나라 훈장의 종류는 다음과 같다.

무궁화대훈장
건국훈장
국민훈장
무공훈장
근정훈장
보국훈장
수교훈장
산업훈장
문화훈장
새마을훈장
체육훈장

위 훈장의 포상 대상은 대한민국 국민이나 외국인으로 대한민국에 뚜렷한 공적을 세운 사람에게 수여하도록 되어 있으므로, 정치적인 목적이나 정실에 의해 수여할 수 없도록 명문화되어 있다.

서훈의 추천은 각 원, 부, 처, 청의 장 그리고 국회사무총장, 법원행정처장, 감사원장, 국가정보원장, 중앙선거관리위원장 등이 행하고 추천권자의 소관에 속하지 아니하는 서훈의 추천은 행정안전부 장관이 행한다.

각급 기관에서 추천된 포상 대상자에 대하여 공적 내용과 그 공적이 국가사회에 미친 효과의 정도 및 기타 사항을 참작하여 포상 여부와 훈격을 철저히 검토한 뒤 이들에 대한 공적사항을 차관회의와 국무회의에 상정하여 심의를 거친 뒤 국무총리와 대통령의 재가로써 포상이 확정된다.

위에 언급한 것과 같이 참으로 엄격한 심사를 거친다면 문제가 발생할 여지가 없다. 그런데 빈번히 문제가 생기는 원인은 심사과정 가운데 어느 하나를 거치지 않았거나 정실 또는 정치적 배려가 작용한 결과로 볼 수 있다. 정당한 공적심의 과정을 통과하여 받을 만한 사람이 훈장을 받았을 때 그 상훈의 효과는 다음과 같이 열거할 수 있다.

첫째, 상훈은 국가 발전에 선도적 구실을 수행한다. 즉 국가사회 발전에 현저한 공적을 세운 사람들에게 주어지는 훈장은 국민들에게 강한 긍지를 갖게 하고 누구든지 맡은 바 직분에 충실하고 국가발전에 뚜렷한 공적을 쌓으면 국가로부터 응분의 보답을 받을 수 있다는 기대심리를 흡족시켜 줄 수 있다. 특히 군인에게 무공훈장은 명예를 생명과 같이 존중하는 세계에서 최고선이며 최고 광영의 상징으로서 의미가 있다. 따라서 애국심과 충성심 고양의 매체로서 손색이 없다.

둘째, 건전한 국민정신의 함양과 상훈의 영향이 크다. 즉 정의 사회 구현과 시민의식의 정립, 건전한 사회발전을 유도하는 데 상훈의 효과는 계속 확대될 것이다.

셋째, 국민 단합과 화합을 이루어 안정된 사회 건설에 이바지할 수 있다.

넷째, 해외 교민들에게 포상함으로써 국위 선양과 국가 발전에 계속 공헌하게 되는 효과가 있다.

다섯째, 외국인에게 시상함으로써 외국과의 유대를 공고히 하고 국위를 선양시키는 구실을 한다. 따라서 외국인에게 주는 포상은 국가 이익을 얻을 수 있고 국제간 신뢰를 두텁게 하는 결과를 가져온다.

신상필벌과 훈장의 추락

국가 기강이 해이해지거나 지나친 정치성과 정실에 치우치게 되면 인사정책이 문란해지면서 상훈제도 또한 흐트러지기 마련이다. '신상필벌 信賞必罰'은 『후한서 後漢書』의 「선제기 宣帝記」에 나오는 널리 알려진 글귀이다. 상을 줄 만한 공훈이 있는 사람에게는 반드시 상을 주되, 벌할 만한 죄과가 있는 사람에게는 반드시 벌을 주라는 의미로 국가 기강과 능률을 위한 최고의 선택적 경구이다.

국가뿐만 아니라 군대 혹은 사회단체나 학교 등 조직사회에서의 신상필벌의 시행이야말로 실로 그 조직의 성패가 달려 있다 해도 지나친 말이 아니다. 신상필벌이 시행되지 않는 군대는 반드시 실패한다. 강한 군대와 전투에서의 승리는 전력과 사기가 좌우하지만 그 원동력은 신상필벌에서 나온다.

이순신 장군은 신상필벌을 엄정히 시행하여 전승으로 이끈 가장 뚜렷한 증거를 남겼다. 전투가 끝날 때마다 이순신 장군은 전공을 세운 자에게 파격적인 승진과 포상을 아끼지 않았으며 죄를 지은 자는 엄하게 벌하였다.

'독전 범군임적불용명자처참督戰 凡軍臨敵不用命者處斬' 즉 싸움을 독려하되, 적을 맞아 싸우면서 명령에 복종하지 않는 자는 목을 벤다는 내용이다. 참으로 끔찍하고 무서운 글귀이지만 이순신은 전투마다 늘 깃발에 그 글을 써서 뱃머리에 날리면서 전투를 지휘했다. 전투가 끝나면 이순신은 명령에 불복하거나 전장을 이탈한 자들을 가려내어 가차없이 목을 베었다.

군기 확립은 필벌에서 나오지만 그 근원적 모체는 신상이다. 상훈의 공정 여부가 모든 조직의 성패를 좌우하기 때문이다. 신상을 공정히 집행하면 필벌의 사유가 생길 까닭이 없다. 반면 필벌만 하고 신상을 하지 않으면 그 조직의 효율은 반감된다. 그만큼 신상은 필벌보다 우위에 있다.

국제공산주의가 붕괴되어 종주국 소련이나 동구권 국가들이 공산주의를 폐기하면서 탈냉전시대가 찾아왔지만, 궁핍하여 망할 것 같은 조선민주주의인민공화국이 아직까지 사회주의 노선을 고수하면서 연명하는 원인도 신상필벌 덕분이다.

훈장을 주렁주렁 달고 두 손 흔들며 만세 부르는 광란의 작태는 바로 신상필벌의 산물이다. 배반자는 가차없이 처형하고 공적이 있는 자는 훈장을 주어 영웅으로 떠받든다. 그 조직에서 살아남기 위해서는 처형을 면하고 영웅 되는 길밖에 도리가 없다.

훈장의 효력은 쇠붙이에서부터 구세주를 향해 확대된다. 북한 인민에게 훈장은 곧 생명이며 구세주인 것이다. 그들이 펄펄 뛰며 흘리는 눈물은 가짜가 아니다. 그들의 눈물은 적성赤誠의 산물이다. 그 적성의 원천적 의미는 훈장이며 영웅 칭호이다.

그러나 북한의 신상필벌이 영원할 수 없다는 문제에 봉착한다. 언젠가는 북한 집권층의 허구가 드러나면서 실체가 명백히 밝혀지는 날 북한 인민의 가슴에 다닥다닥 붙은 훈장은 한낱 쇠붙이로 추락할 것이다. 훈장은 진실의 바탕에서만 위대한 효력이 지속되기 때문이다.

우리나라에도 추락하는 훈장이 있을까? 대답은 명료하다. '있다'고 말할 수 있다. 왜냐하면 우리나라에서도 집권층의 오류로 쇠붙이와 같은 훈장이 주어졌기 때문이다.

국가 기강 바로 세우기

김영삼 정부 당시 교육부 장관인 김숙희가 국방대학원 특강에서 6·25 한국전쟁을 '동족 간의 명분 없는 전쟁'으로, 월남전 한국군 참전을 '용병으로의 부끄러운 참전'이라는 망언을 서슴지 않아 국군 장병은 물론 많은 국민이 분노하자 김영삼 대통령은 즉각 그를 해임했다. 그리하여 그 망언 파동은 점차 잊혀져 갔다.

그런데 얼마 후 그를 청와대로 불러들여 공직자 최고의 명예인 1등급 청조근정훈장을 수여하였다. 이를 알게 된 국군 장병은 물론 대다수 국민은 그 훈장의 의미에 대해서 혼돈하기 시작하였다. 김영삼의 표리부동한 모습을 비로소 발견한 것이다.

그 사안으로 미루어 그보다 훨씬 하급훈장을 타게 된 이효재 교수가 '그런 훈장이라면 나는 받지 않겠다.'고 할 만한 이유가 성립되지 않겠는가. 작가 황순원의 2등급 은관문화훈장 거부에 대해서 혹시 문화인 최고

의 명예인 1등급 금관문화훈장을 받게 된 조병화 시인의 행적에 대하여
수치심을 느낀 나머지 수상을 거부하지 않았나 생각해 봄 직하다. 조병화
시인은 1981년 초 전두환 정권 수립과 함께 그를 찬양하는 다음과 같은
시를 지어 전두환 대통령에게 상납했다.

국운이여, 영원하여라
조병화

새시대 새역사의 통치자
새로운 대한민국을 이끌어 갈
새 대통령
온 국민과 더불어 경축하는
이 새출발
국운이여! 영원하여라.
청렴결백한 통치자
참신과감한 통치자
이념투철한 통치자
정의부동한 통치자
두뇌명석한 통치자
인품온후한 통치자
애국애족, 사랑의 통치자.
온 국민의 이러한 신뢰

그 여론의 물결을 타고
새시대 새나라 새역사를 전개하시는
새 통치자
온 국민의 소망이
온 나라에 가득하여라.
보다 새로이
보다 강력히
보다 철저히
보다 공정히
보다 신속히
보다 밝게, 따뜻이
보다 공평히, 골고루
온 국민과 더불어 함께
다시 시작하는
새 질서
새 이상
새 건설
오, 대한민국이여, 사천만 국민이여
그 평화, 그 번영
그 약속, 더욱 부동하여라.
썩은 재물
썩은 치부

썩은 권세

썩은 허세

썩은 양심

썩은 위선

썩은 권위

썩은 언어

냄새나는 온갖 거래

다시는 있을 수 없는 부정 부패

말끔히 씻어 버리고.

한가족, 혹은 두서너 가족, 모여 사는 섬에서부터

8백만이 운집하고 있는 대서울까지 골고루

온 겨레가 나라 혜택 받을 수 있는

복지국가 부강한 나라, 만들려는

이 새로운 영도.

오, 통치자 여!

그 힘 막강하여라.

실로 역사는 인간이 만드는 거

이끄는 힘이 만드는 거

아, 이 새로운 영도

이 출발

신념이여, 부동 불굴하여라

영광이여, 길이 있어라

축복이여, 무궁하여라.

1980년 8월 28일자 『경향신문』,

『그대 왜 거기 가 섰나』(1981년 3월 3일 발행 兵學社) 25~29p 인용

위의 시는 미흡한 점이 많다. 구성과 어휘 선택에서도 평소 그의 실력에 훨씬 못 미친다. 특히 전두환 개인에 대한 지나친 찬사는 벌써 시 정신을 일탈하고 있다. 북한 시인들이 지은 김일성과 김정일 찬미를 무색케 할 정도로 전두환을 추앙하고 있다.

우리나라 시인 가운데 행운을 타고 유명해져 부귀영화를 누린 사람이 더러 있는데, 거의 모두가 작품의 우수성에서 얻어진 결과가 아니고 권력자에 영합하여 얻어낸 보상이었다. 일부 보도 매체에서 부추겨 그 유명도를 높여 준 사례는 얼마든지 있다. 이는 문단뿐만 아니라 우리나라 지성 세계의 치부이다. 훈장별로 매겨져 있는 최고 1등급 훈장, 예를 들면 무공훈장에서 태극무공훈장, 문화훈장에서 금관문화훈장, 근정훈장에서 청조근정훈장 등은 그 분야 정상의 권위를 상징하는 데 하나도 부끄러움이 없는 사람을 골라야 한다. 또 그 공적이 훈장의 성격과 부합되어야 한다. 전두환이 스스로의 권력을 작용하여 수훈한 태극무공훈장은 누가 보아도 난센스이다. 정권 찬탈의 살인행위가 어떻게 국가 최고의 무공 수훈이란 말인가. 조병화는 이 시 한 편으로 전두환에게 예쁘게 보여 문화계 최고훈장인 금관문화훈장에다 문화계 최고 명예직인 예술원 회장을 거머쥐었다.

무공훈장과 12 · 12, 5 · 18

전두환의 쿠데타로 야기된 광주의 소용돌이 당시 나는 육군본부 인사참모부 차장으로 근무하고 있었다. 따라서 육군의 당연직 공적심사위원장이었다. 광주 5 · 18 직후 참모총장 이희성과 참모차장 황영시로부터 '12 · 12와 광주에서의 폭동 진압 작전 유공 장병에게 무공훈장을 수여하도록 조치하라'는 지시를 받았다.

나는 그 자리에서 '무공훈장은 적과 교전하여 전공을 세운 장병에게 수여하는 것이므로 무리'라고 건의하자, 총장은 '폭도는 적이 아닌가?'라며 단칼에 필자의 건의를 묵살하였다.

얼마 후 필자의 책상에 서류 뭉치를 올려놓으며 "조속히 공적심사위원을 소집하여 완결하도록 하라."라고 말하며 독촉하는 인사참모부장 김홍한의 차가운 눈초리를 맞았다. 내용을 훑어보니 전두환의 태극무공훈장을 비롯해 을지무공훈장, 충무무공훈장, 화랑무공훈장 등 수없이 많은 전투 유공자 명단이 스쳤다. 이에 "무공훈장은 합당하지 않으며, 꼭 이들을 포상하려면 보국훈장이어야 한다."라고 반론을 제기하자, 그는 "이미 무공훈장으로 결정이 났으니 서류만 완결하도록 하라."라는 말을 남기고 나의 사무실에서 나갔다.

나는 천장을 응시하며 만감에 빠지다가 마침내 어려운 결정을 내렸다. 역사에 죄인으로 각인되는 길보다 정의의 길을 선택하기로 마음을 굳히고 끝까지 뜻을 굽히지 않았다. 다음날 인사참모부장으로부터 차장직 해임 통보를 받았다. 나는 그렇게 하여 군복을 벗었다. 전역 후 전업 작가로 창작에만 전념하는 한편 군사평론가로 활동하면서 법규와 절차를 무시해서 주어진 무공훈장 삭탈을 위해 정부에 건의서를 제출하는 한편, 검찰 소환에 응해 자초지종을 설명했다. 일간신문의 시론 또는 월간 군사전문지에 부당성을 지적한 글을 계속 기고하면서 극렬하게 무공훈장 삭탈을 주장하였다. 그로부터 수십 년이 지났다. 노무현 대통령의 역사적 결단으로 전두환의 태극무공훈장을 비롯한 그때 잘못 주어졌던 정치군인 무공훈장 모두를 삭탈하였다. 또 당시 무공훈장을 수여하라고 지시한 장본인과 훈장을 받은 거의 대부분이 쇠고랑을 찼다. 이로써 광주시민은 적이라는 굴레로부터 벗어나게 되었다.

"폭도는 적이 아닌가?"라고 호령하던 정치군인의 모습이 법정으로 향하는 피의자의 초라한 꼴로 변한 모습을 보면서 역사와 훈장의 의미를 되새겼다.

5. 육군 총참모장 채병덕 소장의 죽음

나의 X파일 I

2005년 6월호 『군사저널』 한국전쟁 특집에서 한국전쟁에 대한 풀리지 않는 10대 미스터리를 발표했다. 과거사 정리 차원에서 진실 규명의 역사적 의의가 있다는 학계의 찬사와 격려가 있었다.

일각에서 부정적 측면을 폭로했다는 이유로 전화로 폭언을 해왔다. 나는 그들에게 '폭로'라는 어휘에 대해 부당하다고 항변했다. 그 이유는 잘못된 역사를 바로잡기 위한 진실 규명은 폭로가 아니라 역사를 바로잡는 일이라고 말해주었다.

다음으로 『군사저널』 2006년 1월호에서 나의 X파일 II 「국군포로는 없다」를 발표하자 극우 계통으로 추정되는 사람이 나를 '빨갱이'라고 몰아대면서 죽이겠다고 협박해 왔다.

나는 그에게 진실을 밝힌 것뿐이라고 말하고 "우리나라 역사를 통해 나라를 위해 목숨을 던진 순국殉國이 있고 종교를 위해 순교殉敎 그리고 지아비를 위해 순절殉節이 있었지만 바른 글을 쓰다 죽은 순필殉筆이 없다고 하면서 진실을 밝히기 위한 일이라면 죽음도 두려워하지 않겠다."라고 말하니 협박 전화를 끊었다.

해방 이후 우리나라는 많은 과오가 베일에 가려진 채 근대사를 얼버무렸다. 잘못을 덮어버리는 것이 곧 미덕인 양 흑백을 가리는 일에 화살을 쏘아댔다.

정부가 과거사 정리에 대한 일을 시작하자 보수층 일각에서 비난을 퍼부었다. 물론 정부의 과거사 규명의 방향이 모두 옳았다고 보지 않는다. 더러는 엉뚱한 것도 있었고 분노를 자아내게 한 경우도 없지 않았다. 나는 그 내용의 잘잘못을 가리려는 것이 아니고 그동안 베일에 가려진 왜곡된 과거사가 너무 많았다고 보는 현상을 지적하면서 이 글을 쓰게 되었다. 선과 악, 긍정과 부정, 선행과 실책 등을 잘 가려 역사에 바르게 기술되어야 우리나라가 발전 지향적인 새 세기를 잘 헤쳐나 갈 수 있다고 나는 확신하고 있다. 냉전시대의 잣대만을 가지고 조금만 자기 비위에 맞지 않는다고 '좌익이다' '빨갱이다' 하고 악담을 하는 일부 극우 보수층 주장이 지나치다고 생각한다.

나의 X파일은 장장 반세기 더욱이 오늘날까지도 왜곡되고 있는 한국 전쟁사 일부를 바로잡도록 하기 위해 발표하게 되었다.

6·25 한국전쟁 전후의 육군 총참모장 채병덕 소장에 대한 기록이 전혀 엉뚱하게 쓰여 있음을 바로잡기 위해 이 글을 쓰는 것이다. 2002년 국방부 군사편찬연구소에서 발행한 『6·25 전쟁과 채병덕 장군』은 채병덕 소장의 실책과 미스터리를 조목조목 해명하기 위한 문맥으로 되어 있어 당시 사정을 잘 알고 있는 많은 사람으로부터 역사 왜곡이라는 비난을 산 바 있다.

애당초 그 책의 발간 동기부터 문제였다. 채병덕 소장의 최측근이던 손희선 예비역 소장이 옛 직속상관의 명예 회복을 시키기 위해 백방으로 뛰어다니면서 당시 국방장관 김동신을 접촉한 후에 성사시켰다. 그의 배후에는 군사편찬연구소 자문위원장으로 있는 백선엽 장군이 있다. 그 책의 편집 직전, 국방부 군사편찬연구소 측에서 출간에 대한 회의가 소집되었는데 나도 백선엽 장군이 주관하는 회의에 손희선 예비역 소장과 함께 참석하였다. 당시 나는 "옛 직속상관에 대한 충성심으로 명예 회복 차원에서 발행할 모양인데 그 의리는 칭찬받아 마땅하지만 바른 역사를 위해서는 바람직하지 않다."라고 분명히 반대 의사를 표했다. 그러나 군사편찬연구소 측에서는 "이미 김동신 장관이 결재가 나서 공문을 받았다."라고 했다. "그렇다면, 회의 소집 목적이 무엇인가?" 하고 반문하니 당사자는 묵묵부답이었다.

더욱이 채병덕 소장의 죽음이 결코 명예롭지 못한데도 당사자들과 연관성이 있는 사람들에 의해 경상남도 하동군 적량면 동산리 쇠고개에 '채병덕 장군 전사비'를 세워 그 일대를 공원화하는 어처구니없는 일까지 벌어지게 되었다.

나는 옛 상관에 대한 진실 규명으로 인해 인간적인 측면에서는 결코 칭찬받을 수 없다는 것을 알면서도 바른 역사를 남겨야 하겠다는 사명감으로 나의 'X파일'을 밝히기로 하였다.

나는 1964년 육군대학 정규 과정에 입학하면서 전공으로 선택한 과목이 '한국전쟁사'였다. 졸업 후 교관으로 선발되면서 나는 '한국전쟁과 군단 방어' 강의를 맡아 한국군 최초의 한국전쟁사 탐구에 나섰다. 당시 한국전쟁 자료는 부족해 주로 미군 측을 통해 많은 자료를 확보할 수 있었다.

영남편성관구사령관

6·25 한국전쟁 초기의 혼란상과 그 전후에 있었던 채병덕 육군 총참모장의 실책과 과오는 이형근 장군의 회고록 『軍番 1번의 외길 人生』의 10대 미스터리와 선배 장성 8명의 증언을 중심으로 군사평론가협회 군사논단에 발표한 바 있으므로 되풀이하지 않겠다. 다만 북한 인민군이 모든 전선에서 파죽지세로 국군과 미군을 밀어붙이고 있을 때부터 기술하겠다.

김일성이 '대전만 점령하면 국군과 미군이 항복한다.'고 장담했지만 그게 실현되지 않자 '대구를 빼앗아야 결판이 난다.'라는 말로 바꾸어 각 전선에서 피나는 독전을 감행하고 있었다.

이 무렵 국군은 미군이 별로 중요하게 생각하지 않았던 호남을 상실하면서 충격적인 소식이 전해졌다. 내용인즉 6·25 초전 실패로 좌천되어 영남편성관구사령관이라는 희한한 직책명으로 전직 총참모장답지 않게 소수 측근만을 데리고 전선 후방을 떠돌아다니던 채병덕 소장이 죽었다는 소식이 전해졌다. 국군의 고위층은 물론 말단 사병에 이르기까지 채소장의 죽음에 놀라지 않을 수 없었다.

채병덕 소장은 전쟁 초기의 실패 책임을 지고 해임되자 패전의 책임을 통감하면서 늘 실의에 차 있었다고 한다. 그의 측근들은 그가 "진심으로 참회하고 있었고 보국의 기회를 찾고 있었다."라며 이구동성으로 증언하고 있는데 그 점, 사실로 믿고 싶다.

신성모 국방장관은 7월 24일 채병덕 육군 총참모장을 불러 영남편성관구사령관이라는 보직을 주었다. 그러나 그 보직은 급조된 가공의 명칭일 뿐 집무실은 물론 단 한 명의 정식 부하 장병이 없는 문책성 직명이었다. 신성모 국방장관은 경남 하동을 언급하면서 그곳은 꼭 지켜야 될 곳이라 말했다고 한다. 분명한 것은 아니고 하동으로 가게 된 사정을 합리화하기 위해 그의 측근들이 지어냈다는 말이 유력하다.

새로운 보직이 주어지자 채 소장은 다음날 아침 정래혁 중령을 대동하고 하동으로 달렸다. 그러나 하동에 도착하자 채 소장은 크게 실망했다. 하동읍과 그 일대는 글자 그대로 무방비 상태였다. 더욱이 하동을 방어할 부대는 물론 병력 또한 없었다. 전선에서 패해 산발적으로 후퇴하는 낙오병이 있을 뿐이었다. 채 소장은 하동읍이 내려다보이는 언덕에서 한숨을 쉬면서 망연히 주변을 살폈다. 보다 못한 정래혁 중령은 "제가 이곳에 남아 정보를 수집하면서 밀려 내려오는 부대를 수습하여 방어하겠습니다." 라고 하자 채 소장은 기다렸다는 듯이 정 중령을 남긴 채 곧바로 진주로 향했다.

채 소장은 진주에 주둔하고 있는 미 제19보병연대를 찾아가서 연대장 무어 대령을 만났다. 요란스러운 복장에 왕별 두 개를 단 뚱뚱한 한국군 장성이 나타나자 무어 대령은 당황하였다.

"나 한국군 채병덕 장군이요."

"네? 그렇다면 총참모장으로 계시던 채 장군이십니까?"

"그렇소. 당신한테 상의할 일이 있어서 왔어요. 나는 한국군의 영남지역 책임자이기 때문에 미군과 협조하러 왔소."

무어 대령은 그 기세에 눌려 자기의 임무에 지장이 없는 범위 내에서 한국군과 협조하겠다고 대답했다. 비록 전쟁 초기의 패전 책임을 지고 그 직에서 떠났다고는 하나 일국의 육군을 책임졌던 장군의 협조 요청을 거절할 수 없었다. 채 소장은 다시 말을 이었다.

"지금 적은 호남지역을 석권하고 동쪽으로 계속 공격해 오고 있어요. 진주에서 적을 기다린다면 대구 부산의 허리를 위태롭게 할 가능성이 있어요. 따라서 하동까지 전진하여 적을 막는다면 적의 위협을 상당 기간 저지할 수 있다고 봐요."

무어 대령은 지도를 보며 한참 생각하다가

"좋습니다. 장군의 의견에 동의합니다."

"고맙소. 나는 공격대대를 따라 고문 역할을 하며 돕겠소."

일국의 전직 육군 총참모장이 연대의 공격제대인 보병대대의 고문관을 자처하고 나선 것이다. 여기까지의 사실에 대하여 두 가지 견해가 있다. 긍정과 부정이 첨예하게 대립되는 대목이다. 채 소장의 충정을 이해한다는 쪽과 해프닝이며 난센스라는 해석이다.

채병덕 소장에게는 부대와 병력이 없었다. 다만 휘하에는 정래혁 중령, 박현수 중령, 이상국 소령, 김영혁 대위뿐이었다. 며칠간 줄곧 내린 비로 대부분의 하천은 범람하여 차량 기동은 물론 항공관측이 불가능했다. 7월 26일 어두워질 무렵 화개장 쪽으로부터 패전한 낙오병이 밀려오고 있었다. 중대 병력을 넘지 못했다.

채병덕 소장의 죽음과 미군 대대의 괴멸

정래혁 중령은 낙오병을 수습하여 1개 중대 병력이 되자 하동교의 동쪽 강변에 배치하고 진주 쪽에서 지원부대가 오기를 기다렸다.

밤이 깊어지자 산병호散兵壕에서 제각기 "적이다" 하고 소리쳤다. 이때 사격명령을 내렸지만 총을 안 가진 자가 가진 자보다 훨씬 많았으므로 사격의 효과가 있을 리 없었다. 적은 사격이 시원찮음을 알아차리고 단숨에 돌격을 감행하자 순식간에 사방으로 흩어져 달아났다.

이렇게 하여 하동을 적에게 허무하게 내 준 것도 모르고 미 제19보병연대에 배속된 미 제29보병연대 제3대대는 하동을 향해 진출했다. 대대장 모트Horald W. Mott 중령은 7월 26일 새벽 하동으로 공격할 준비를 하고 있었다. 때마침 폭우가 쏟아져 진주―원전 간의 도로는 물이 넘쳐 통행이 어려워졌다. 대대는 이러지도 못하고 저러지도 못하여 쩔쩔매고 있을 때 날이 샜다. 대대가 도랑에 차량이 빠지는 등 고생을 하고 있을 때 하동에서 패하여 오고 있는 정래혁 중령의 패잔병을 만났다. 대대는 이들로부터 하동이 적 수중에 있다는 것을 확인할 수 있었다.

하동 방면의 적정을 파악한 모트 중령은 부대대장 라이블 소령 및 대대 참모들과 협의한 결과 대대 단독으로 하동을 공격한다는 것은 자살행위와 같다는 결론을 내리고 연대장 무어 대령에게 하동 공격 중지와 현지에서의 방어를 건의하려 하였으나 무어 대령은 연대 참모와 숙의 끝에 "대대 단위의 방어가 얼마나 취약한가는 지금까지의 경험에서 알 수 있다. 반면에 공격은 미군의 실력을 발휘할 적절한 방법이며 병사의 사기를 고무할 수 있는 방법이다. 채병덕 장군과 약속한 바 있으므로 그 약속을 지키지 않을 수 없다. 하동을 점령한 적은 자만에 취해 있을 것이다. 그러므로 그곳에 일격을 가하여 콧대를 꺾어 놓겠다."라고 말하면서 하동 공격의 강행을 명령했다. 그러나 바로 날이 어두워져 공격을 하지 않았다.

다음날 7월 27일 오랜만에 비가 그쳤다. 모트 중령이 지휘하는 미 제29보병연대 제3대대는 야영지에서 출발하여 하동을 향해 진격했다. 대대가 한 시간 남짓 행군하여 선두 L중대가 하동의 쇠고개에 이르렀을 때 중대장 샤라 대위는 적병 10여 명이 앞쪽 능선에서 움직이고 있는 것을 목격하고 중화기 소대장에게 사격을 명령하였다. 이리하여 75mm 무반동총 두 문이 즉각 사격을 가했다.

중대장은 적이 쇠고개를 먼저 점령하면 하동으로 이르는 통로가 봉쇄

될 것으로 판단하고 중대병력을 고갯마루로 전진케 하여 통로의 양쪽을
점령하게 하였다.

채병덕 소장과 동행 중인 대대장 모트 중령은 중대장 샤라 대위의 보고
를 받고 고갯마루의 양쪽을 확보하면서 곧 있을 항공지원과 함께 하동으
로 공격하라고 명령을 내렸다. 모트 중령에 이어 대대 참모들이 쇠고개에
올랐고 뒤이어 채병덕 소장이 박현수 중령, 이상국 대위를 대동하고 고개
에 오르고 있었다. 고개에 오르자 일행은 쌍안경으로 적을 관측하고 있었
다. 전방 181고지에는 적병의 움직임이 관측되었고 곧 이어 K중대를 투
입했다.

이때 국군과 인민군의 복장이 비슷해서 여간하여 식별하기 쉬운 것이
아니었다. 따라서 L중대장 샤라 대위는 "가깝게 적이 접근할 때까지 사격
하지 마라."라고 지시했다. 그때 다가오는 무리가 국군 복장을 하고 있었
다. 마침내 한 무리가 다가오자 채병덕 소장은 선두의 병사에게 "너희들
은 적이냐 아군이냐."라며 소리쳤다. 그때 거리는 약 5미터.

그 무리는 즉각 산개하자 L중대장 샤라 대위는 사격명령을 내렸다. 이
때 그 무리도 사격을 했다. 적의 초탄이 미처 피신하지 못하고 어정쩡한 자
세로 서 있는 채병덕 소장의 두부를 관통했다. 그는 그 자리에서 숨졌다. 근
처 대대장을 비롯한 다른 병력은 경상자 몇 명을 제외하고는 희생자가 없었
다. 그 무리의 표적은 단지 채병덕 소장에 한정된 듯 곧 사라졌다.

상당한 시간이 흐른 뒤 다른 방향에서 적의 사격이 시작되었다. 모트
중령은 더이상 적을 막아낼 기력을 상실한 채 전장을 이탈하면서 철수를
명령했다. 그러나 적의 공격은 더 맹렬히 계속되었다. 기관총 사격을 가

하며 철수하는 대대 병력과 그 일대에 포위망을 구성하며 협공해 왔다. 대대 장병은 방향을 잃은 채 풍덩풍덩 하천으로 뛰어들었다. 장마철이라 물이 범람할 때여서 익사자가 속출하였다. 7월 28일. 조사에 의하면 모트 대대의 피해는 전사 2명, 전상 52명, 행방불명 349명이었다.

이 전투는 북한 공산군이 계획적으로 고개를 개방해놓고 미군을 유인해 일격에 미군 대대를 괴멸시킨 전투로 유명하며, 이 비극을 미군과 세계 군사학계의 전사에는 '하동의 함정'이라고 부르면서 교훈으로 삼고 있다.

그 후 9월 말의 반격을 통하여 미 제25보병사단이 하동을 탈환했을 때 유기된 시체 313구를 발견하였는데 그 대부분이 하천변에 방치되어 있었다. 대부분의 미군 병사들은 적의 박격포탄과 기관총 사격을 피해 강물에 뛰어들어 익사한 것으로 추정되었다.

하동의 비극은 미군에게 큰 충격을 주었다. 무어 대령이 한국군 채 소장의 부탁으로 하동을 공격하다 대대 병력이 괴멸되었으므로 북한 공산군의 함정뿐만 아니라 채병덕의 함정이 아니었나 하는 의문이 제기된 것이다.

전직 총참모장이며 육군 소장이던 그가 겨우 1개 대대병력의 미군 고문을 떠맡았는지 알 수 없다. 이 의문에 대해 한때 채병덕 소장을 수행했던 정래혁 장군은 훗날 다음과 같이 술회하였다.

"채병덕 장군이 왜 미군 1개 대대의 안내역을 맡았는지 알 수 없다. 더구나 하동은 적이 이미 점령했다는 것을 내가 말해 주어 그는 알고 있었는데도 쇠고개 마루턱에 서 있다가 그들의 최초 사격의 총탄으로 두부를 관통당하고 숨을 거두었다는 것은 그가 너무나 부주의 한 탓이며 그의 행동을 이해하기 어렵다. 패전의 책임을 통감하고 있었던 그로서는 죽어야 할 곳을 찾고 있었다는 추측도 가능하나 알 수는 없는 일이다.”

채 소장의 죽음으로 북한 공산당은 커다란 전환점을 맞는다. 전투력이 현저히 저하되고 있던 인민군 사단들에게 이 사실을 확대 보도함으로써 마치 국군이 전멸한 것처럼 인식케 하여 새로운 용기를 불러일으키는 데 이용되었던 것이다. 따라서 북한 공산군은 통일이 눈앞에 전개되었다는 희망으로 죽음을 다하여 남진과 동진을 계속하였다. 한편 국군에는 더 희한한 소문이 돌아 부대의 사기면에서 한때 심대한 타격을 주었다.

채병덕 소장의 죽음은 비극이지만 그 원인은 이승만 대통령에게도 있었다. 일본군 병기 소령 출신인 그를 총참모장으로 두 번씩이나 앉혔다는 자체가 잘못이었기 때문이다. 역전의 정규군 육군 중장(중국군 2성) 김홍일 소장을 한직인 육군참모학교 교장으로 발령한 자체가 많은 의문을 남겼다. 적재적소適材適所란 말처럼 적합한 직위에 맞는 인재를 써야 하는 것이 인사원칙인데 육군의 병기감 재목을 총참모장 직에 두 번씩이나 임명한 자체로부터 문제는 배태되어 있었다.

하동의 비극을 교훈으로 삼아야

한국전쟁 전반에 걸쳐 미군 보병 대대의 괴멸은 더 있었다. 우리에게 잘 알려진 오산 죽미령 고개의 스미스 대대가 가장 유명하다. 제24사단 제21보병연대의 제1대대의 괴멸이 바로 그것이다. 스미스 대대는 괴멸 직후 후퇴해 병력이 수습되고 상당 수준의 전투력을 회복해 1950년 7월

11일 조치원 개미고개 전투에 참가할 수 있었다.

하동 동산리 쇠고개에서의 모트 대대의 황당한 괴멸은 육군 총참모장 채병덕의 권유가 원인이었다는 점에서 한국군의 치욕이 명백한 우리 국군의 전사이다. 한 나라의 총장 경력의 장군이 미군 대대의 고문 역할을 자청하며 줄줄 따라다녔다는 사실은 비극이라기보다 희극에 가깝다.

채병덕을 가까운 거리에서 두부에 관통상을 입힌 국군 복장의 괴한에 대한 소문이 무성하다. 그 괴한이 초전의 국군 괴멸에 이르게 한 채병덕을 응징했다는 것이다. 왜 채병덕만 사살하고 사라졌느냐는 의문이다. 그후 일어난 미군의 참담한 죽음은 채병덕의 죽음과 시간상 상당한 거리가있다. 즉 채병덕 소장을 살해한 범인 일행과 미군 대대를 포위한 인민군은 연관성이 없다는 반증이다. 미군 측 기록은 그 점을 강조하고 있다.

이런 희극의 주인공이 죽은 장소에 '고 채병덕 장군 전사비'를 세워 그를 영웅으로 둔갑시킨 사건은 역사의 무지에서 왔다고 하기에는 너무나 충격적인 범죄이다. 국군의 열혈 전사 의거를 감추기 위해 백선엽이 주선해 전사비를 세웠다고 항변하는 참전 용사가 많았다. 그 문제의 전사비에는 백선엽과 손희선의 이름이 조각돼 있다. 그 자리에는 채병덕으로 말미암아 죽게 되었던 전사자와 행방불명자 349명(유기 시체 회수 313구)의 영혼을 기리는 위령비를 세웠어야 했다. 채병덕의 죽음은 전사가 아니라 횡사이다. 6·25 한국전쟁 참전 장병 간에는 '반공정신에 투철한 서북청년 출신 국군에 의해 사살되었다'는 말들이 오갔다. 나는 지금까지 그렇게 알고 있었다.

6. 국군 포로는 없다

나의 X파일 II

사람은 한두 가지 비밀을 가지고 있다. 누구에게나 알리고 싶지 않은 그 비밀은 사소한 문제일 수 있지만 때로는 국가나 사회에 큰 영향을 미치는 경우도 있다.

나이를 먹을수록 자기가 간직했던 비밀을 털어버리려는 양심이 솟아나는 것은 자연스러운 현상이다. 나는 고희를 넘기고 미수米壽도 지났다. 고희란 당나라의 시인 두보杜甫의 「곡강曲江」에 있는 '인생칠십고래희人生七十古來稀'에서 유래한다.

장수를 축복하는 옛 풍습에는 40세부터 시작하여 10년마다 기념하였으나 중세 이후 70세만 남았다. 환갑, 희수(喜壽, 77세), 미수 따위는 중세 이후에 생겨났지만 지금은 차츰 퇴색되어가고 있다. 그 까닭은 놀라울 정도로 늘어나는 연령 때문이다.

나는 미수가 지났지만 건강이나 지적 능력이 젊었을 때와 조금도 다름이 없다는 것을 실감한다. '한국의 명시'로 선정된 시들도 근래의 작품이다. 특히 전쟁기념관을 비롯한 전국 여러 곳에 세워진 나의 시비詩碑 또한 전역 이후의 작품들이 많다.

그러나 가끔 죽음에 대한 깊은 생각에 잠긴다. 그래서 뭔가 홀가분하게 털어내야 되겠다는 상념에 빠지기도 한다.

나의 첫 'X파일'은 2005년 6월 월간 『한국논단』에 발표한 「정규 육사 생도의 꿈을 앗아간 6·25」였다. 그 글은 노년층과 보수층에게 갈채를 받았다. 그러나 'X파일 II'는 보수층 사람들에게는 달갑지 않은 내용이다. 나는 때때로 노년층 보수층 사람들과 의견을 달리한다. 격렬한 언쟁도 빈번했다.

'용산미군기지 이전', '미국 이외 국가의 무기 구매' 등을 비롯하여 민감한 사항마다 여러 예비역 장성들과 생각이 달랐다. 그래서 일각에서는 나를 좌파라고 손가락질한다. 천만의 말씀이다. 20세기 최대 실패작으로 나는 '공산주의'를 꼽았고 20세기 가장 위대한 인물 가운데 한 사람으로 소련을 해체한 '고르바초프'를 내세우는 철저한 자유민주주의 신봉자이기 때문이다.

나의 'X파일 II'는 그래서 민감한 내용이 될 수 있고 보수 진영 사람들로부터는 욕을 먹을 것이고 진보 세력으로부터는 당연하다는 평가를 받을 수 있을 것이다.

'X파일 II'의 골자는 '국군 포로는 없다'이다. 국군의 구성원이 포로가 되어 모군母軍과 조국을 배신한 후 조선민주주의인민공화국의 충실한 인민이 되었던 자가 어찌 금의환향한 영웅 대접을 받아야 하는가. 포로가 된 후 조국과 모군을 위해 그 굴레로부터 얼마든지 탈출할 기회가 있었는데도 적군에 귀순하여 조국과 모군을 향해 총질한 자를 어찌 거금을 주어가며 애국자 대접을 해야 하는가.

나는 그런 엄청난 모순에서 벗어나게 하기 위해 'X파일 II'를 공개하기로 결정하였다.

배신자의 속출

1950년 12월 말부터 1951년 4월 초까지 약 3개월간은 나에게 가장 수치스러운 기간이었다. 인민군 포로, 중공군 포로로서 군인으로는 가장 불명예스럽고 씻을 수 없는 오욕의 시간이었다. 인민군 포로 생활에서 형용할 수 없는 모욕은 적군으로부터 가해진 박해가 아니라 전우 간의 갈등이었다. 하급자가 상급자에게 가하는 모욕은 형용할 수 없는 치욕이었다.

인민군은 국군 포로에게 충성을 강제하지 않았다. 다만 관망할 뿐이었다. 그러는 동안 전우들 가운데 충성을 맹세하고 스스로 인민군 대열에 합류하는 것을 볼 때는 정말 죽고 싶은 모욕을 느꼈다.

배신자는 곳곳에 있었다. 살기 위한 방편이라면 할 수 없었다. 그러나 인민군이나 중공군이 철책에 가두지도 않고 경계병도 세우지 않고 있는 상황에서 탈출하거나 남행의 기회가 있는데도 그 길을 포기하고 적의 대열에 합류함은 참으로 가슴 아픈 일이다.

동족 간의 전쟁이 그럴 수밖에 없다는 역사적 사실에 그 당위를 말한다면 할 말이 없다. 그런데 문제는 심각하다. 그때 배신했던 전우들이 국군 포로로 둔갑하여 대한민국을 찾아 수억 원의 보상금을 챙기는가 하면 인민군으로 변절하여 국군에게 총부리를 겨누었던 배신자가 다시 국군으로 돌아와 복귀 신고를 하고 영웅 대접을 받는다면 얼마나 중대한 모순일까. 이보다 더 비열한 희극이 또 있을까. 이렇게 어수룩한 국가가 세계 어느 나라에 또 있을까. 국군 포로 송환을 촉구하는 사람들에게 묻고 싶다.

국군 포로의 실체

6·25 한국전쟁은 동족상잔이란 점에서 그 비극이 어느 전쟁보다 심각했다. 전쟁이 끝난 지 반세기가 넘었는데도 아직 그 후유증이 곳곳에 도사리고 있다.

국군만 해도 15만여 명의 전사자와 그보다 훨씬 많은 전상자, 실종자를 냈다. 여기서 미군을 비롯한 유엔군의 피해 그리고 군인보다 더 많은 민간인 피해까지 합산하면 그 수는 수백만 명에 달할 것이다. 전 국토가 황폐화되고 천만 이산가족 발생 등으로 온 겨레가 상처투성이가 되었다.

김일성과 스탈린에 의해 자행된 6·25 전쟁은 남북 간의 원한을 심화시켰을 뿐만 아니라 한민족의 동질성까지 헤쳐 이방인보다 더 깊은 괴리 현상을 초래하고 말았다.

남북 간 교류가 시작된 일은 한번 겪어야 될 순서일 것이다. 나는 지금의 상황에서 남북교류를 해야 되고 제한된 원조의 제공은 어쩔 수 없는 일이라고 양해하고 있다. 우리에게 큰 상처를 입힌 옛 소련 그리고 중공과도 정상 교류 중인데 유독 북한만 적대시하는 정책에는 찬성할 수 없기 때문이다. 그 점 일부 과격 보수층과 다른 나의 시국관이다.

이러한 현실 상황에서 국군 포로 송환을 끈질기게 들고 나오는 일각의 주장에 대해 북한 당국은 코웃음 치고 있을지 모른다. 국방부에 한 통계에 따르면 6·25 한국전쟁 당시 국군 실종자는 모두 41,900여 명인데 이중 유가족 또는 출신별 동기생들의 신고에 의해 22,500여 명이 전사 처리되었고 나머지 19,300여 명은 실종자로 분류하고 있다.

지난 1990년 중국이 발간한 『항미원조전사』에는 국군 포로 37,815명으로 기록되어 있다. 이를 기준으로 인수 포로 8,333명을 빼면 29,482명이 북한에 잔류해 있다는 계산이 나온다.

전쟁 후의 포로 교환에서 우리나라가 75,778명을 넘겨준 데 비하면 북한 당국이 보낸 포로의 수에 의문이 생긴다. 우리나라가 석방한 반공 포로 27,000여 명까지 합산하면 국군과 유엔군이 획득한 포로의 수는 무려 10만 명이 넘는다. 그에 비해 북한 당국이 보낸 포로의 수는 10%에도 못 미치니 의문이 제기될 수밖에 없다.

그러나 우리는 협상 당시로 되돌아가 그때 협상 내용의 실체를 분석해야 한다. 반공 포로를 기습적으로 석방하여 세계를 놀라게 한 이승만 대통령이 순수 국군 포로가 20,000여 명이나 북에 억류되어 있다는 사실을 알았으면 가만히 있겠는가. 천만의 말씀이다. 협상에 임하던 미군 당국도 잔류 포로 송환 없이는 그렇게 많은 인민군 포로를 넘겨주지 않았을 것이다. 그렇다면 당시 포로 교환에 합의한 내용에는 몇 가지 문제가 있었고 우리 정부 당국자나 미국 당국도 그 문제를 인정하였기 때문에 쌍방 포로 교환이 성사된 것이었다. 그 문제란 돌아오지 않은 국군 포로를 우리의 반공 포로와 같은 맥락에서 상쇄했다고 볼 수 있다.

우리는 인민군 포로 가운데 30,000명 가까운 반공 포로를 석방하여 체제의 우월성을 강조하고 있지만 유독 우리 포로가 돌아오기를 거부하고 그쪽 체제에 합류한 사실을 입에 담으려 하지 않았다. 그러나 나는 포로 기간 중 수없이 변절하는 국군 포로를 눈으로 확인할 수 있었다.

가면을 쓴 국군 포로

인민군은 중공군 방식대로 이른바 '미제의 괴뢰'인 국군에 끌려갔다가 자기들에 의해 해방되었으니 자기네들과 신분이 같다는 논리를 폈다. 따라서 국군 포로를 해방군관, 해방전사로 대우했다.

물론 인민군은 보이지 않는 감시망을 폈을 것이다. 그 과정에서 충성이 인정되면 인민군으로 편입하여 국군과 유엔군에 총부리를 겨누게 하였다. 이런 과정에서 인민군의 실상을 보며 도저히 공산주의자가 될 수 없다고 판단한 국군 포로는 그 굴레에서 벗어났고 이렇게 하여 탈출한 국군 포로는 6·25 전쟁을 통해 수천 명 이상에 달했다.

탈출 포로의 정확한 통계는 어디에도 없다. 상당수의 국군 포로가 탈출 후 즉시 원대 복귀하여 다시 국군으로 전투에 참가했기 때문이다.

1951년 5월 중공군의 5월 공세에 유재홍 소장이 지휘하는 제3군단이 강원도 현리전투에서 한국군 최대의 참패를 당하였다. 5월 20일 현재 제3군단 예하 제3사단이 약 35%, 제9사단이 약 37%의 병력만 남을 정도로 거의 전멸 상태였다. 그러나 5월 27일에는 평균 70% 선으로 회복되었다. 이 회복 과정에서 일시 포로가 되었다가 중공군의 묵인하에 탈출한 병력이 상당수 포함되어 있었다. 특히 그 과정에서 중공군은 군에 복귀하지 말고 귀향하라고 권했다. 바로 중국내전 시 중공군이 국민정부군 포로에게 행했던 방식이었다. 그러나 국군 포로들은 귀향하지 않았고 즉각 원대 복귀했다. 인민군이나 중공군은 6·25 전쟁을 통해 국군 포로에 대한 포용 정책을 폈던 것이다. 그렇다면 지금 북한에 남아 있는 이른바 국군 포로는 어느 경우에 해당할 것인가. 그 유추는 어렵지 않다.

첫째, 인민군이나 중공군의 권유에 따라 혹은 스스로 조국과 모군을 배신하고 인민군 또는 그와 유사한 직책에서 조선민주주의인민공화국을 위해 충성한 자들이다.

둘째, 적극적으로 적을 위해 충성을 하지 않았을지라도 의지가 약해 남행을 결행하지 못한 자, 그러나 그 후 충성 대열에 합류한 자들이다.

셋째, 부모 또는 형제들이 각종 반란 사건에 연루되어 남행했다 하여도 떳떳하게 살아갈 수 없을 것이라는 생각에 북한체제를 선택한 자들이다.

끝으로 적극적인 적색분자들이다. 이런 자들은 이른바 북한에 남아 있는 국군 포로라면 우리가 신경 쓸 필요가 없다.

북한 체제를 선택한 후 결혼하여 아들딸까지 낳아 김일성 만세를 부르며 살아가고 있다가 남쪽이 잘 산다기에 체제를 배신하여 자기가 책임져야 할 처자식까지 버리고 자기만 잘 살자고 남쪽을 찾았다면 그는 영웅도 아니고 국군 귀향병도 아니다. 따라서 나는 우리가 바라는 '국군 포로'는 없다고 결론을 내린다.

바로 이것이 동족상잔의 비극이다. 제발 이제 국군 포로 송환 따위의 우둔한 짓은 하지 말아야 한다. 그리고 국군 포로였던 자가 귀환하면 조용히 정착금만 주고 회개하고 살아가라고 하면 된다. 복귀 신고다 뭐다 하는 해프닝은 이제 그만두어야 한다.

고해하는 심정으로

6·25 한국전쟁 종전 후 황폐화된 대한민국의 각 분야의 재건과 정신무장을 위해 반공교육은 필수적이었다. 국기國基를 다지고 공산당의 재침을 막아내기 위해서 반공은 국민을 통합하는 가장 좋은 수단으로 활용할 수밖에 없었다.

북한 집단은 휴전임에도 불구하고 휴전선 곳곳에서 공작원을 침투시키는 등 도발을 일삼았고 적화통일의 야욕을 버리지 않았다. 그 과정에서 국군 장병은 물론 국민에게도 공산당에 대한 적개심을 불러일으키게 하는 정신적 무장은 당연한 방어책이라고 해석할 수 있었다.

나는 현역 시절 필명 한사랑으로 장편소설 『녹슨 훈장』을 비롯한 문학작품에서 인민군에 잡힌 국군 포로에 대한 이야기를 혹독한 고문과 총살등의 잔혹성으로 그렸다. 그 작품들은 픽션이기 때문에 문제가 되지 않지만, 교재나 교양을 위한 글에서는 거짓이 되기 때문에 분명히 잘못된 집필이었다고 생각되었다. 특히 군 교재로 널리 사용되었던 나의 저서 『지휘관 시리즈』(전3권), 즉 제1권 『지휘관의 사생관』, 제2권 『지휘관의 조건』, 제3권 『지휘관의 역사관』(1981년 兵學社) 가운데 「생과 사의 분수령」은 완전한 허구임을 밝힌다. 그간 이 글로 교육을 받은 장병들에게 고해하는 마음으로 정중히 사과한다. 앞으로 복간될 경우에는 그 부분을 삭제할 것을 약속한다.

확실한 대비책

우리나라는 북한 핵 문제를 비롯하여 상호 교류가 이루어지는 가운데 여러 난제에 봉착하고 있다. 보수와 진보로 양극화된 의식 세계의 현상은 국력을 소모하는 가장 큰 요인으로 판단하고 있다. 반목과 갈등은 상호 적대 관계처럼 첨예화되고 있고 양측 모두 일보도 양보하지 않을 대립 관계에서 소모전만 전개하고 있는 꼴이다.

상호 자기들의 원죄를 숨기고 애국자인 양하는 양측 극렬 세력에게 나는 자중할 것을 권하고 싶다. 강정구 교수 같은 노골적 친공주의자의 출현은 과도기적이라고는 하나 현 체제하에서 용납될 수 없는 일이고, 보수 측이 정부 당국자들을 좌익으로 몰아대는 것 또한 자중해야 된다고 생각한다.

나는 1983년 통일원 정책자문위원에 위촉되어 있는 동안 『역사에서 본 민족통일』이라는 통일문고 10(민족통일중앙협의회)을 저술하였다. 그 저서 내용 가운데 고려의 왕건이 후삼국 통일과정에서 보여준 정책을 모델로 하는 '포용정책'을 주장했다가 미친놈 취급을 받았다.

그때나 지금이나 제한된 포용정책은 통일을 위한 하나의 방책이라는 생각에 변함이 없다. '퍼주기'가 아니라 최선의 '투자'라는 걸 믿고 싶다. 그 점을 보수층 일각의 이해를 구하고 싶다.

다만, 전제가 있다. 북한 당국의 군사적 동향에 철저한 대비책이 있어야 한다. 한반도의 현 정세에서 북한의 재래식 군사태세는 최첨단 과학으로 무장한 현대적 군사력보다 더 위협적이라는 것을 인식해야 한다. 기계화된 사단 병력이 아니라 소총으로 경무장한 몇 개 중대 병력만으로 국권을 뒤엎었던 5·16 쿠데타나 12·12 군사반란 같은 전례 때문이다. 또한 북한이 핵을 포기하지 않는 한 규모가 큰 적극적 대북 지원은 계속하지 말아야 한다는 게 필자의 생각이다. 북한의 국력에 미칠 만한 지속적인 지원도 용인될 수 없다. 포용정책은 한반도 비핵화를 전제로 했기 때문이다. 북한이 핵무기를 양산하는 가운데 우리가 지원을 계속한다면 바로 우리의 자멸을 의미한다. 그 점 명백히 하고 넘어가야겠다.

법령 개정 등 일부 성과

국군 포로에 대해 일괄 거액 지원금을 지급했던 법령이 나의 끈질긴 노력의 결과 2006년 말 일부 법령이 개정되어 정밀 심사 후 3단계로 차등을 두고 지급하기로 확정하였다. 즉 인민군에 복무했거나 노동당에 가입한 사실이 확인되면 지원금이 삭감된다. 당연한 결정이다. 그러나 심사 과정에서 거짓 진술을 할 것은 뻔한 노릇이 아닌가. 나는 100% 이적행위자로 확신하고 있다. 따라서 심사가 필요 없는 사안이다.

결정된 내용

- 귀환 국군 포로는 1~3급으로 구분되며 국군으로서 품위를 지켰거나 억류국의 회유정책에 휘말리지 않고 귀환 중요한 첩보를 제공한 경우는 1등급(필자의 판단으로는 해당자가 있을 수 없다고 봄), 억

류국에서 군 복무 등 부정적 행적이 없으면 2등급, 본인 의사와 무관하게 강압에 의해 억류국에 협조한 자는 3등급으로 분류.

- 억류국의 군에서 복무한 기간은 보수 산정 기간에서 제외되며 억류국 체제 선전 활동에 가담하거나 노동당에 가입한 경우에는 지급액에서 각각 20%, 10%를 삭감한다. 특히 국내 송환 과정에서 위장 가족 동반 등 부정한 행동을 한 사실이 들어나면 퇴직연금 또는 퇴직연금일시금 지급액 20%를 삭감.

- 귀환을 목적으로 억류지를 벗어난 국군 포로에 대한 국내 주거 지원금은 국내 가족이 송환 비용 부담 능력이 없을 경우에 한해 정부가 우선 지급하되 송환 이외의 다른 목적으로 사용했다면 그 금액을 환수한다. 귀환 포로의 의료 약제비 가운데 본인 부담 비용은 국가에서 지원.

이상 결정 사항은 2006년 11월 26일 국무회의에서 상기 내용의' 국군 포로의 송환 및 대우 등에 관한 법률 시행령'을 의결했다. 필자는 매우 파격적 관용을 베푼 결정으로 본다. 조국과 모군을 배신한 자에게도 혜택을 주었기 때문이다. 대한민국은 이적행위자까지 온정과 용서의 길을 선택했다.

원칙적으로 조국을 배신해 적대국 군에 입대 복무하거나 적대국을 위해 충성을 다한 자는 귀환하면 당연히 군사재판에 회부되어 처벌을 받는다. 국군 포로는 예외 없이 모두 이 항목에 해당된다. 2022년 현재, 내 생각은 변함이 없다.

원로 장군의 증언

나는 작가로 활동하는 기간에 원로 장군 17명의 회고록을 집필 감수했다. 내가 집필한 이유는 작업을 통해 원로 장군들의 정확한 전사를 확인하기 위해서였다. 따라서 나는 원로 장군들의 회고록 집필을 선별하면서 수락했다. 그 가운데 박정인 장군(육사 6기)과 문홍구 장군(육사 9기)이 6·25 한국전쟁 시 인민군에게 포로가 되었으나 느슨한 경계를 틈타 탈출했다는 사실을 확인할 수 있었다. 그 과정에서 내가 준비한 적지 탈출기를 보여주고 그 경우를 비교해 달라는 요구에 두 원로 장군은 이구동성으로 자신이 겪은 상황과 크게 다르지 않다고 했다. 결과적으로 영웅처럼 되돌아오는 국군 포로에 대해 분노하고 있는 나의 견해와 일치하는 경우로 확인됐다.

제2부

문인으로 41년, 정의의 길

1장 　　대장정의 험로를 선택

1. 육사 생도 2기

　다음 연재물은 창군 원로이며 1군사령관, 합참의장을 역임한 장창국 (예)육군 대장이 『중앙일보』에 연재한 글이다. 「육사생도2기생」은 1983년 8월 22일부터 8월 27일까지 연재되었다. 특히 장창국 장군은 육군본부 작전교육국장을 역임하면서 육사를 4년제 정규 과정으로 발전시킨 실무 책임자였다. 따라서 육사생도 2기에 대한 설명이 어느 누구의 글보다 정확하다고 판단되어 여기에 필요 부분 3편만 게재했다.

죽음의 기, 육사 생도 2기

　생도 2기를 일컬어 흔히 '비운의 기', '죽음의 기'라고 부른다. 나 역시 육사를 거쳐 간 많은 기 가운데 가장 불행했던 기를 꼽으라면 서슴없이 생도 2기를 든다. 28 대 1이라는 경쟁률을 뚫고 4년 과정의 정규 사관 생도로 입교했으나 입교 24일 만에 6·25가 터져, 군번도 계급장도 없이 생도 신분으로 전투에 참가해 엄청난 희생을 치렀던 것이다. 더구나 훗날 육사의 기를 정비하는 과정에서 생도 2기만이 유일하게 빠져 10기(생도 1기)와 11기 사이에서 미아가 되고 말아 '비운의 기'로 일컬어지고 있다.

1950년 6월 1일, 생도 2기생들은 부푼 꿈을 안고 4년 과정의 정규 사관학교에 당당한 모습으로 입교했다. 2기생부터 4년제가 된 것은 군 수뇌부와 학교 당국이 생도 1기들을 교육하는 과정에서 얼마쯤 자신감을 얻어 생도 1기 때 중도에서 좌절됐던 4년제 교육을 기어이 앞당기겠다는 각오로 1949년 11월 생도 2기를 모집하게 된 것이다. 당시 각 신문에 실린 「생도2기 육군사관학교 생도모집」 공고에 따르면 지원 자격은 1949년 12월 현재 만 19~23세 사이의 장정으로 중학교(구제 6년) 이상의 학력 소지자로 ① 졸업 후 이학사의 학위를 수여하고 ② 미국 유학의 은전을 준다는 내용이었다. 미국 유학이 젊은이들의 선망의 대상이었던 당시의 상황으로 보아 「졸업 후 미국유학 은전」 등의 공고를 본 젊은이들이 대거 몰려와 생도 2기의 경쟁률이 한층 높았다.

1949년 12월 22일에 시작되어 1950년 1월 12일에 끝난 시험은 서울의 육본을 비롯해 대전의 2여단, 대구의 3여단, 광주의 5여단, 원주의 6여단 등에서 치러졌다.

이 시험을 치르기 위해 전국에서 1만3천여 명의 젊은 학도가 구름처럼 몰려들었다고 한다. 그중에서 449명만이 합격되었으니 입학은 바늘 구멍

격이었다. 입교생들 중에는 학련 등에 가입하여 반공운동을 벌였던 철저한 반공주의자들이 많았고 지명인사들의 자제나 친척도 상당수 있었다. 시인 변영로 씨의 아들 변공수(예비역·중위·「6·1 동기회」회장·한국투자금융사장), 소령으로 육사에서 군제학을 가르쳤던 조병일 씨(14대 법무장관)의 동생 조병봉(예비역 소령·국민당 소속 국회의원), 박영석 장군(방림방적 사장)의 동생 박경석(예비역 준장·시인, 작가), 이한림 장군(예비역 중장·14대 육사 교장)의 처남 송창뇌(예비역 대위·한미병원 서무과), 원용덕 장군(2대 육사교장)의 아들 원창희(예비역 준장·한국마사회 이사), 장도영 장군 동생 장도민(예비역 중령·재미) 생도 등도 있었다. 시험은 1월에 끝났으나 6월에야 입교를 하게 된 것은 4년 과정의 교재가 완전하게 준비되지 못한 점도 있었으나 당시의 학제가 5월 졸업이어서 육사도 이에 맞추기 위해 취해진 조처였던 것으로 기억된다.

치열한 경쟁률을 뚫은 합격자 449명은 육본특명 제152호(1950·5·29)에 의거, 가입교 형식으로 1950년 6월 1일 상오 10시 육군사관학교 강당에 집합했다. 이들에게는 소양 시험이라는 또 하나의 관문이 기다리고 있었다. 이 시험에서 성적불량자와 만 22세가 넘은 고령자 등 119명이 탈락됐다. 이렇게 해서 6월 5일 330명만이 생도 2기로 최종 합격되었다. 최종 합격의 영광을 안은 주인공들은 기쁨에 넘쳐 어쩔 줄 몰랐으나 바람 앞의 등불처럼 위태롭기만 했던 조국의 운명이나 며칠 후 들이닥칠 6·25 한국 전쟁을 전혀 알 까닭이 없었다.

짧았던 생도 생활

최종 합격자 330명에게 제복이 지급되었다. 생도들은 난생 처음 넥타이 매는 법을 익히고, 다음날 거행될 입교식에 대비했다.

6월 5일 생도 2기생들은 아침 식사를 마치자마자 강당에 집결해서 이한림 부교장의 지휘하에 예행연습을 받았다. 이 부교장은 잔뜩 긴장한 병아리 생도들에게 쩌렁쩌렁 울리는 목소리로 구령을 하고 엄격하고 무섭게 보여 생도 2기생들로부터 '진시황'이라는 별명을 얻기도 했다.

상오 10시. 신성모 국방장관과 채병덕 육군 총참모장을 비롯, 육본의 일반·특별참모 및 바로 위의 선배인 생도 1기생 전원이 참석한 가운데 입교식이 거행되었다. 입교식에서 김홍일 교장은 "제군들은 이제 4년제 육사의 자랑스런 첫 생도가 되었다. 높은 긍지로 구국 대열의 간성이 돼라."고 훈시했고, 식이 끝난 다음에는 생도 전원을 일일이 불러세워 "장차 무엇이 되겠느냐."는 질문을 던졌다고 한다. 이때 거의 모든 생도가 "육군 총참모장이 되겠다.", "육군 대장이 되겠다."라고 대답했으나 손완식 생도(예비역 소령·서울기업산업 사장)만이 "계급이 높은 군인이 되기에 앞서 참다운 인간이 되겠다."라고 큰소리로 대답해 눈길을 끌었다고 한다.

이날의 생도 지휘는 입시에서 수석을 한 조병봉 생도(예비역 소령·국회의원)가, 생도 선서는 소양 시험에서 1등을 한 김대영 생도(예비역 대령·전중정국장·육군행정학과 교관)가 각각 맡았다. 앞서 말한 것처럼 생도 2기생들이 육사 교정에서 지낸 기간은 통틀어 24일뿐이었고 그나마 정식 입교식을 마친 것은 가입교 닷새 뒤인 5일이어서 실제 교육일 수는 19일에 불과했다.

그 짧디짧은 교육기간에 생도 2기생들이 받은 교육은 군의 기본훈련 수준에 지나지 않았다. 제식훈련과 M1 소총 기계훈련·사격술 예비훈련·영점조준사격 등과 저격사격을 겨우 마친 정도였다. 호된 기합과 숨 돌릴 틈 없이 몰아붙인 교육 기간이었지만 두고두고 추억거리가 될 즐거운 시간도 없지는 않았다. 이를테면 입교식 날 밤에 벌어진 오락회와 12일 밤, 생도 1기생들이 마련해준 신입생도 오락회가 바로 그것이다. 이때 좌중을 휘어잡으며 돋보이게 활약한 생도는, 유일한 기혼자로 학교 당국에 이 사실을 감추고 입교했던, 고 이장은 생도(예비역 중위)였다. 배재중학교 응원단장을 지냈던 그는 말 잘하고, 노래 잘 부르고, 춤도 잘추어 장안의 학생들은 그의 이름만 대면 단박에 알 정도였다. 그는 오락회 사회를 자청, "아… 인도의 밤이여, 아… 인도의 밤이로구나."로 시작되는 당시의 유행가 〈인도의 밤〉을 한 구절씩 가르쳐가며 오락회를 리드하며 딱딱해지기 쉬운 '군대식 오락회'를 흥겨운 놀이판으로 만들었다고 한다. 통솔력이 뛰어나고 의협심과 책임감이 강했던 그는 1951년 2월 강원도 현리전투에서 생도 2기생 임관 후 첫 전사자가 됐다.

통일교 문선명 목사의 수석보좌관으로 유명한 박보희 생도(예비역 중령)도 돋보였다. 국민학교 교사 생활을 청산하고 육사에 입교한 그는 훤칠한 키에 미남형이고 카랑카랑한 목소리로 논리가 정연하고 설득력이 있어 당시 동기생들 사이에 "장차 뭘 하든 큰 몫을 할 것이다."라는 말을 들었다고 한다.

재입교 좌절

6·25 한국전쟁이 터진 후 친형처럼 돌봐주며 생사고락을 같이했던 생도 1기생들이 7월 10일 대전 원동국민학교에서 소위로 임관돼 홀쩍 떠난 뒤 생도 2기생들도 열차 편으로 대구로 이송됐다. 대구에서 미 제8군사령부의 경계 임무를 수행하게 되었고 이 중 30여 명은 다시 포항의 3사단 주둔지로 옮겨져 사단사령부의 경계 임무를 맡았다. 그러던 중 8월 15일, 부산 동래에서 창설된 육군종합학교에 곳곳에 흩어졌던 생도 2기생들이 다시 소집돼 후보생 교육을 받게 되었다. 이때 모여든 2기생은 고작 175명 뿐이었다. 나중에 파악됐지만 첫 전투인 포천·불암산 광나루 전투와 포항 전투에서 무려 90명 가까운 생도 2기생들이 희생된 것이었다. 이들은 종합학교에서 소위로 임관된 후 전선에 투입돼 다시 47명이 전사하게 된다.

당시 육군본부는 4년제 육군사관학교를 정식으로 폐교하고 생도 2기생과 경기도 시흥의 보병학교 출신 간부후보생, 그리고 각 병과 출신 후보생들을 주축으로 종합학교의 문을 연 것이다. 동래 종합학교는 육군제병학교라는 간판으로 시작되었다가 곧 보병학교로, 보병학교는 다시 종합학교로 개칭되는 우여곡절을 거쳐 9월 5일 이승만 대통령이 참석한 가운데 개교식을 가졌다.

6주 훈련기간으로 된 종합학교는 1952년 진해에서 육사가 다시 발족될 때까지 32기에 걸쳐 6천여 명의 장교를 배출했다. 동래에 당도한 생도 2기생들은 편의상 종합 1, 2기생으로 나뉘어 종합학교에 편입되었다. 1931년생을 기준으로 그 이상 연령자는 하사관 출신 생도들과 더불어 종합 1기생으로, 그 이하 연령자는 종합 2기생으로 편성되었다고 한다. 생도 2기생 중 종합 1기는 김의향(예비역 대령·대한통운 부장) 김홍내(예비역 대령) 이공녹(예비역 중령·명지고 교사) 조병봉·한기욱(예비역 대령) 등 23명이고, 종합 2기는 현역 중장인 장정렬 장군·김용진 장군 등 152명으로, 이들은 모두 9사단의 창설 요원이 되었다

서울 철수 때 함께 철수하지 못했던 생도 2기생들은 뒤늦게나마 종합학교에 편입되어 10기에 3명, 15기에 9명 등 모두 12명이 더 배출되었다. 수송사령관을 지낸 김성진(예비역 소장·전국버스공제조합 이사장)도 종합 15기 출신이다. 종합학교를 거친 생도 2기생들을 병과별로 보면 보병 110명, 공병 41명, 포병 13명의 순이었다. 생도 2기생 중 공병 출신에서는 한상우(예비역 소장 전 공병감·재향군인회사업국장). 황오연(예비역 준장)이 있다.

생도 2기생들이 종합학교를 나와 소위로 임관돼 전선에서 활약하던 1951년 12월, 육본은 생도 2기생 출신 장교 전원에게 태릉 육사 입교 당시의 교번과 현직 소속 등을 알리라는 전문을 보냈다. 이는 다음 해인 1952년 진해에서 육사를 재발족시키기 위해서였다. 대부분 중위 계급장을 달고 있던 생도 2기생들은 이 전문을 받고 한동안 마음을 가라앉히지 못하고 방황했다고 한다. 손완식 중위는 생도 시절 육사교장이던 이준직 소장(당시 국방부 총무국장)을 찾아가 이 전문이 의도하는 바가 무엇이냐고 물었다고 한다. 옛 제자를 만난 이 장군은 "다음 해에 사관학교를 다시 열게 되는데 생도 2기생들의 근황을 파악해서 이들을 사관학교에 재입교시키는 문제를 신중히 검토하기 위한 것"임을 밝히고, 그럴 경우 "생도 2기

생들은 육사에 재입교할 의사가 있느냐"고 물었다고 한다. 손 중위는 "제가 생도 2기생의 대표 자격은 아니지만 지하에 묻힌 동기 전우의 영령과 생존해 있는 동기생들의 총의를 대변해 말씀드리겠습니다."라고 전제하고, 떨리는 목소리로 "만일 군이 한없는 관용을 베풀어 생도 2기 출신 장교들에게 육사 재입교의 은전을 베푼다면 서슴지 않고 현재의 장교 계급장을 떼어버리고 사관학교에 입교할 것임."을 분명히 밝혔다고 한다.

그러나 생도 2기생들의 육사 재입교의 길은 영영 열리지 않았다. 육본 수뇌들이 이들의 불운한 입장을 이해하면서도 재입교 계획을 백지화한 것은 세계 전사에도 예를 찾아볼 수 없는 현직 중위를 또다시 사관생도 신분으로 끌어내릴 수 없고, 술 담배 등 이미 세상 풍속 맛을 본 장교들을 재교육시킬 경우 통제하기도 어려울뿐더러 규율이 엄격한 육사의 전통 수립에 지장을 초래할지도 모른다는 우려 때문이었던 것으로 기억된다. 이처럼 복잡한 사정으로 생도 2기생들은 육사 10기(생도 1기)와 11기 사이에 끼이지도 못하고 미아 신세가 되고 말았다.

2. 시인·소설가로 힘찬 출발

베스트셀러 작가로

나는 47세때인 1981년 7월 31일, 전두환의 12·12 군사반란 후 8년차 최고참 육군 준장의 군복을 벗어 정치군인과 결별하고 전업 작가의 길에 들어섰다. 1959년과 1961년에 이미 시와 소설로 등단한 바 있었기 때문에 주요 문학 단체 임원으로 추대되고, 시인과 소설가로서의 출발은 문단의 각광을 받으며 순조로웠다. 그러나 정치군인에 대한 참았던 울분은 가슴에서 사라지지 않았다.

군복을 벗을 때의 상처를 다독이기 위해 1981년 가을에 현충사를 찾았다. 정중히 참배 후 새 출발의 결의를 굳게 다졌다. 내가 전업 작가의 길에 들어선 내면에는 요지경 속보다 더 황당한 정치군인의 실태를 작품 소재로 활용해 진실을 만천하에 밝혀 정의를 되찾아야 되겠다는 결의가 숨어 있었다.

백의종군 이순신처럼 충정의 험로를 향해 뚜벅뚜벅 걷기로 했다. 이 무렵 현충사 입구의 황금빛 은행나무는 애티가 흘렀지만 지금은 몰라보게 자랐을 것이다. 세월이 흘러 내 머리카락 또한 백발로 변했다.

험로의 선택

직업군인의 길을 걸으면서 문학을 선택해 두 길을 걷게 된 연유는 첫째, 내 취향 탓도 있지만 몇 가지 분명한 사유가 있었다. 이순신 장군의 『난중일기』를 탐독하면서 기록의 중요성을 깨닫게 되었고, 둘째 당시 군대에서 일어나는 부조리 사건 사고, 일부 일본 군대 출신 상관들의 터무니없는 월권 전횡 등을 기록해 뒷날 교훈으로 남겨 개선책으로 활용할 수 있을 것이라는 의욕 때문이었다. 특히 육사 4년제 졸업 출신의 후배 장교가 1955년도에 임관하면서 육사 생도 2기 출신의 입지가 좁아져 극심한 차별로 진급 때마다 또는 보직 때마다 차별을 겪게 돼 앞길에 어려움이 닥쳐올 것이라는 압박감도 요인이라 할 수 있겠다. 또한 육사 기별 조정 시 의도적으로 압력을 가해 육사 생도 2기를 육사의 기수에서 빼버린 작태는 도저히 참을 수 없었다.

6·25 한국전쟁이 끝난 후 이승만 대통령은 '전쟁으로 인한 학년 졸업 등 불이익은 원상으로 회복되어야 한다'는 훈령을 내린 바 있었는데, 그 훈령을 무시한 작태와 차별적 조치는 육사 생도 2기생 모두에게 허탈감과 분노를 느끼게 했다.

6·25 한국전쟁이 끝나고 생도 2기생 모두는 학위 임관 못한 것을 보충하기 위해 야간대학에서 학위를 취득한 인원이 70%를 넘었으며, 박사 학위 취득자 또한 네 명이 있었다.

나는 경쟁이 극심한 미국 육군의 각 병과학교 장교 기본 과정에 유학하여 미국 장교와 동등한 자격까지 구비한 상태였다. 더구나 전원 전투 경험까지 추가하면 오히려 이른바 육사 11기생보다 더 한층 높은 수준의 자격을 구비하고 있었다.

육사 기수 조정 시 생도 2기생은 거의 모두 중령이었고 전두환을 비롯한 4년제 졸업생들은 소령이었는데 나를 비롯한 동기생 몇 명이 기별 조정 책임을 맡고 있는 육군본부 인사참모부 인사관리처장 유학성 준장에게 탄원을 해 11기생으로 승인 단계에 있었다. 그 무렵 전두환 소령을 비롯한 하나회 핵심자들이 유학성 준장에게 압력을 넣어 11기를 차지하는 바람에 육사 생도 2기는 기수에서 빠지게 되었다. 그러나 육사 생도 2기와 같은 1950년도에 입교한 해군사관학교와 공군사관학교 생도들은 육사 생도 2기생보다 교육기관이 짧았는데도 각각 사관학교 정식 기수를 부여받았다. 더구나 생도 2기생은 6·25 한국전쟁에서 거의 반수 이상이 전사했다. 해사, 공사 생도들은 사고사를 제외하고 전사자는 없었다. 이런 부당한 처사를 당한 생도 2기생은 분노했다. 전두환과 유학성은 생도 2기생의 육사 입교 사실조차 인정할 수 없다는 입장을 취했다. 그 여파로 육사의 약사에는 생도 2기에 대한 입교 사실을 비롯해 6·25 첫날 포천전투에 투입했던 사실조차 기술하지 않았다.

전두환은 쿠데타에 성공하여 권력을 잡자 그때의 은공 대가로 유학성에게 별 넷을 달아주었다. 나는 이 사태를 그대로 두고 볼 수 없었다. 작품을 통해 이 억울함을 세상에 밝히고 명예를 회복해야겠다는 결심을 하면서 작가의 험한 길을 고수할 것을 맹세했다.

육군 준장을 끝으로 전역한 뒤 나는 마음을 굳히고 자료를 수집해 집필에 들어갔다. 마침내 2000년 10월 16일 장편실록소설 『육사생도2기』(홍익출판사)가 출간되었다. 이 책이 출판되자 많은 언론이 보도하면서 육사 생도 2기생의 억울한 실태가 세상에 알려졌다. 『육사생도2기』는 단숨에 베스트셀러가 되었다. 나는 힘을 얻어 육사 생도 2기생의 명예 회복을 위한 결전에 나섰다. 이러는 가운데 더 놀라운 사실을 확인했다. 6·25 한국전쟁 초전에 전사한 생도 2기생 86명이 그대로 생도 신분 전사자로 방치돼 있었다. 당국의 엄청난 직무 유기의 결과임을 확인하면서 생도 2기생 전사자의 추서 임관을 추진하는 결전 또한 나의 임무로 추가하였다.

이어서 '국군사'를 탐색하면서 더 놀라운 사실들이 속속 발견되기 시작했다. 일본군 출신 일부 장군들의 범죄 사실이 너무나 엄청났다. 특히 백선엽은 국방장관을 회유해 국방부 군사편찬연구소 자문위원장으로 부임해 엄청난 혜택을 누리며 6·25 한국전쟁사를 개작하고 있었다. 정부와 국방부 육군본부에 의해 한국전쟁 4대 영웅이 확정 발표된 사실이 있음에도 백선엽 자신을 한국전쟁 4대 영웅에 포함시키는 놀라운 공작을 진행하고 있었다. 백선엽 추종자들은 백선엽 명예 원수 추대 움직임과 함께 정부 주관 '백선엽상' 제정을 시도하기 시작했다.

전투보다 더 힘겨운 '군사 바로잡기' 임무가 내 앞에 나타난 것이다. 나는 홀연히 그 험로를 선택하고 사즉생의 각오를 다졌다.

전역 후 출간 저서

시집

제2시집	한강은 흐른다(1983년. 병학사)	
제3시집	꽃이여 사랑이여(1984년. 서문당)	
제4시집	나의 찬가(1985년. 병학사)	
제5시집	어머니인 내 나라를 향하여(1986년. 거목)	
제6시집	그리움에 타오르며(1986년. 서문당)	
제7시집	별처럼 빛처럼(1987년. 홍익출판사)	
제8시집	시인의 눈물로(1987년. 홍익출판사)	
제9시집	기도속에 새벽빛이(1988년. 한영출판사)	
제10시집	격정시대(1988년. 홍익출판사)	
제11시집	그대 가슴속 별로 뜨리라(1988.한영출판사)	
제12시집	사랑으로 말미암아(1989년. 홍익출판사)	
제13시집	좋은이의 이름은(1990년. 해외로 가는 길)	
제14시집	행복피는 꽃밭(1991년. 서문당)	
제15시집	사랑이 지핀 불꽃 재우며(1991년. 서문당)	
제16시집	눈물 갈채(1992년. 서문당)	
제17시집	상록수에 흐르는 바람(1994년. 팔복원)	
제18시집	부치지 못한 편지(1995년. 서문당)	
제19시집	꽃처럼(1997년. 팔복원)	
시선집	이런날 문득 새이고 싶다(1999년. 서문당)	

제21시집   흑장미(2007년. 한영출판사)

제21시집   흑장미(개정판. 2008년. 한영출판사)

제22시집   귀향(2020년 7월 25일, 문경출판사)

대하소설, 장편소설

장편소설   오성장군 김홍일(1984년. 서문당)

대하실록소설 그날 전작 6권(1985년. 동방문화원)

          제1권   불타는 월남

          제2권   맹호는 간다

          제3권   언제나 빛나는 별

          제4권   정글의 영웅들

          제5권   1번도로

          제6권   적을 찾는 전장

장편소설   별(1986년. 독서신문사)

장편소설   묵시의 땅(1987년. 홍익출판사)

장편소설   나의 기도가 하늘에 닿을 때까지

          (장편소설 『묵시의 땅』 개작, 개제. 1987년. 홍익출판사)

대하실록소설 따이한 전작 11권(1987년. 동방문화원)

          제1권   장한 첫걸음

          제2권   맹호의 포효

          제3권   남십자성의 밤

          제4권   고보이의 반월

장편소설   영웅들(장편소설 『별』 개작, 개제. 1988년. 독서신문사)

장편전쟁소설   육군종합학교(1990년. 서문당)

장편소설   행복의 계절(1992년. 팔복원)

장편실록소설   서울학도의용군(1995년. 서문당)

장편실록소설   육사 생도2기(2000년. 홍익출판사)

장편실록소설   불후의 명장 채명신(2014년. 팔복원)

장편소설   구국의 별 5성장군 김홍일(2016년. 서문당)

장편실록소설   전쟁영웅 채명신 장군(2018년. 팔복원)

장편전기소설   5성장군 김홍일(2018년. 개정판 서문당)

에세이

재구대대(1982년. 병학사)

역사에서 본 민족통일(1983, 통일문고10)

어려운 선택(1987년. 독서신문사)

미국은 우리에게 무엇인가(1988년. 서문당)

빛바랜 훈장(2001년. 홍익출판사)

채명신 리더십(2015년. 광문각출판사 * Book Star)

장교 교재

지휘관의 조건(1981년. 병학사)

지휘관의 역사관(1982년. 병학사)

박경석 리더십 84강좌(2009년. 한영출판사)

박경석 뉴리더십 특강(2015년. 팔복원)

기타 서적

장군 회고록 집필 17권

2장　　계획, 대장정

1. 결전 준비

김영삼 캠프 육군분과위원장으로

내 진로는 뚜렷하지만 어디서 무엇부터 착수해야 할지 막막하였다. 특히 전두환 정부에서는 '전두환 장군' 회고록 집필을 거부한 것에 대해 상당히 충격을 받은 듯 이기백 국방장관은 대담을 요청해 왔지만 결과를 이미 정했기 때문에 핑계를 대면서 차일피일 만남을 미루다가 "어떤 공직도 필요가 없고 전업 작가로 글을 쓰면서 국군의 역사만은 바로잡는 일에 전념하겠다"라는 뜻을 전달하고자 이기백 국방장관을 만났다.

이날의 만남은 전두환 정권과 나와 명백한 관계가 설정되면서 냉랭한 관계의 출발점이 되었다. 이로부터 나는 때때로 괴전화에 시달려야 했고 피감시자 신세가 됐다. 그러나 상대가 그럴수록 나의 신념은 더욱 굳건해졌다.

이 무렵 김영삼 대통령 후보 캠프 측으로부터 연락이 왔다. '김영삼 대통령 후보가 군부 사정에 대해 대화를 나누고 싶다'는 내용이었다. 전화의 당사자는 김영삼 후보 장남의 장인이었다. 나는 바로 승낙했고 며칠 후 상도동 자택으로 안내되었다.

나는 이미 모든 자료가 준비돼 있었고 서류가 없어도 설명할 수 있었으므로 맨손으로 방문했고, 응접실로 안내되었다. 잠시 후 영삼 대통령 후보는 만면에 미소를 지으며 나를 반갑게 맞았다. 첫 대화는 "박 장군 저서 몇 권을 읽고 애국심에 감명받았고 군부에 대한 궁금한 부분을 알고 싶다" 했다. 나는 즉석에서 다음과 같은 요지의 말을 했다. 좀 당돌한 것 같지만 평소 군부 쿠데타에 대한 내 소회를 밝힌 것 같다.

"박정희의 5·16 쿠데타는 국가 현대화에 기여한 측면이 있고 이른바 혁명공약대로 채명신 장군처럼 원대 복귀를 했더라면 부하에게 사살되는 비극은 없었을 것이라고 전제하면서, 전두환의 하나회 쿠데타는 백해무익이며 만약 이에 철퇴를 가하지 않는다면 태국이나 남미의 국가처럼 쿠데타로 이어지는 국가로 전락될 것이다."

이 말이 떨어지자 그는 무릎을 치면서 "나를 도와줄 수 있느냐."고 말하기에 그 자리에서 "돕겠습니다."라고 승낙했다.

1987년 12월 15일 마침내 통일민주당 대통령 후보 김영삼 캠프에 안

김영삼

보위원회가 구성되면서 위원장에 전 공군 참모총장 김성룡 공군 대장이 결정되었고, 육군분과위원장에는 박경석 육군 준장으로 임명되어 선거전에 뛰어들었다. 안보위원회의 사무실이 무교동에 준비되어 있었고 내가 사용할 사무실도 마련됐다. 승용차 한 대도 배정되는 등 모든 것이 구비되었다.

선거 운동 기간 내내 검은색 지프차가 나를 미행했으나 구애받지 않고 전국을 누비고 다녔다. 나는 정치인으로 임명된 것이 아니고 단순 목표인 쿠데타 종식을 위한 활동이라고 생각하고 있었다.

이 선거에서 김영삼 후보는 낙선하였다. 민주화 세력인 김대중의 출마로 표가 갈려 노태우 후보가 당선되었다. 선거가 끝난 뒤 지체없이 김영삼 캠프를 나왔다. 김영삼 통일민주당 총재의 이름으로 직접 정계 입문을 권고받고 고향인 충남 연기군 지역구에 국회의원으로 출마를 요청받았지만 사양하고 작가의 길에 복귀했다.

노태우와 나

노태우와 나는 전두환처럼 함께한 인연은 없었지만 상호 좋은 인상으로 간혹 만날 때마다 정겨운 눈빛을 보내는 사이였다. 베트남 파병 맹호부대 제1진 보병대대장에 내가 선발되자 노태우 소령은 진해 육군대학 교관으로 근무 중인 나에게 축하 전화를 해왔다. 그는 전두환과 달리 만나면 꼭 '선배님' 호칭으로 경의를 표했고 내 지난 경력을 부러워했다. 훗날 이임사에서 "내가 가장 자랑스러웠던 시절이 바로 맹호부대 재구대대장 근무할 당시였다."라고 술회할 정도로 나와의 인연에 의미를 두고 있었다.

세월은 흘러 나는 문인이 되었고 노태우는 국민이 뽑은 대통령으로 선출되었다. 이 과정에서 노태우는 국민에게 쿠데타의 죗값을 조금은 치렀다고 보았다. 대통령 재직 중 그의 업적은 국민으로부터 별로 빛을 보지 못한 것처럼 보이면서 '물태우'란 별칭까지 붙었다. 그러나 나는 마음속으로 '잘하고 있구나' 생각하며 그의 행적을 지켜보았다. 북방 외교를 비롯한 8.5%의 경제성장, 서울올림픽 개최, 인천국제공항과 KTX 공사 발진 등은 칭찬을 받을 만하다.

군인의 눈으로 보아 첫 박수를 친 업적은 용산 전쟁기념관 건립이었다.

노태우

전두환이 계룡시로 옮긴 육군본부 자리에 노태우는 전쟁기념관 건립으로 확정했다. 나는 그 결정에 마음속으로 갈채를 보냈다. '전쟁을 모르면 평화를 지킬 수 없다'는 것이 나의 신념이기 때문이었다.

건립이 확정되면서 전쟁기념관 건립을 주관할 전쟁기념사업회장에 이병형 예비역 육군 중장이 임명됐다. 나는 그 결정 또한 적재적소의 인사라며 좋아했다. 이병형 장군은 군사 전략가로 덕망 높은 참군인이었다. 그가 대장으로 오르지 못한 점은 이북 출신이기 때문이었다. 군부 집권층에서는 이상하게 이북 출신과 호남 출신을 기피하는 풍조가 있었다. 이북 출신 견제를 위한 '알래스카 토벌'과 호남세 견제를 위한 '하와이 토벌'은 박정희 정권 말기에 떠돌던 은어였다.

이병형 장군은 부임하자 나를 불러 함께 일을 하자며 사무처장 직을 권했다. 내가 이병형 장군을 직속상관으로 모신 직위가 무려 네 번이었다. 나는 그분을 존경했고 그분은 나를 신임했다. 내가 육군에서 별 하나를 단 것도 훌륭한 그분으로부터 배우며 근무한 까닭일 것이다. 나는 그분의 신중한 권유를 받아드릴 수 없는 입장을 설명하며 전쟁기념관 건립에 직위 없이 다만 작가로서 봉사할 것을 제의 해 승낙을 받았다.

내가 전쟁기념관에서 한 일 가운데 대표적인 것이 세 편의 헌시로 건립된 세 곳의 시비이다. 전쟁기념관 정문 입구 전쟁기념관 '서시', 서쪽 회랑의 '조국', 호국추모실의 '추모시'가 그것이다.

한때 이 시 선정에 일부 하나회원들이 내가 김영삼을 도왔던 것을 이유로 문제를 제기했지만 노태우 대통령은 "박경석 장군이 창작한 시만이 전쟁기념관에 부끄럼 없이 헌정할 수 있다."라고 잘라 말해 불만을 달랬다 한다. 그 후 세 편의 시 가운데 '조국'은 한국의 명시로 선정되었다.

노태우 대통령이 물러나고 김영삼 대통령이 취임하자 전쟁기념관을 없애겠다는 말이 흘러나왔다. 조선총독부 건물에 있는 중앙박물관을 신축 중인 전쟁기념관 건물로 옮기고 조선총독부 건물을 헐어 그 자리에 광화문을 복원하겠다는 내용이었다.

전쟁기념관 건물이 준공되지 않은 상태였기 때문에 그 계획이 불가능한 것은 아니었다. 정치군인에 대해 고도의 불신을 가지고 있던 김영삼으로서는 있을 법한 정황이었다. 나와 이병형 전쟁기념사업회장은 대비책을 수립해 전쟁기념관 보존을 위한 세부 건의 자료를 만들었다. 김영삼의 첫 대통령 출마 시 육군 담당 보좌역을 맡았던 인연으로 이병형 장군과 함께 진지하게 전쟁기념관의 필요성을 보고해 마침내 이전 계획을 철회

시킬 수 있었다. 결국 전쟁기념관 준공식 주재자는 김영삼 대통령이 되었고, 대통령 설득 과정에서 내가 요청해서 받아낸 '김영삼 대통령 휘호'는 전쟁기념관 1층 입구 홀에 게시하게 되었다.

대장정 이정표

나의 결심은 섰다. 이 세상에 태어나 조국에 목숨 바친 박경석. 한국 최초의 학위과정 4년제 육군사관학교 생도 2기로 입교했고 17세에 포천전투에 투입되어 사선을 넘고 그해 소년 육군 소위로 임관해야 했던 운명, 같은 해 소모품으로 빗댄 소총 소대장이 되어 전원이 연장자인 부하 40명을 거느리며 소대의 앞장에 서서 공격하다 중상을 입고 인민군 포로가 되었지만 그들의 회유를 뿌리치고 탈출해 다시 조국을 찾아 복귀하여 조국의 이름으로 장군 직위까지 오른 나. 양쪽 이데올로기를 겪으며 선택 사수한 자유민주주의. 이제 그 진로를 향해 이 생명 바치는 길은 당연한 이정표가 아니겠는가.

나는 정치군인들에게 시달리다 예비역에 편입된 후 미친 사람처럼 줏대 없이 방황했다. 폭음은 일상이었고 한동안 미쳐 지냈다. 그러다가 조국의 의미를 되새겼다. 내가 현역 시절 정한 신조인 '조국, 정의, 진리'가 쓰인 액자를 바라보며 다시 깨어났다. 어차피 생은 마감하는 것. 그렇다 저 신조를 향해 목숨을 바치자.

어느 날 뜬눈으로 새우다가 많은 과제가 떠올랐다. 나는 벌떡 일어나

컴퓨터 앞에 앉았다. 나는 서툴지만 컴퓨터 없이 못 사는 사람이다. 모든 자료와 생각을 다람쥐처럼 챙기지 않고서는 견디지 못한다. 뒤늦게 컴퓨터를 배운 탓으로 젊은이처럼 열 손가락을 사용하지 못하고 독수리 타법으로 타자한다. 그러나 손글씨보다 배는 빠르기 때문에 타자에 매달린다. 나는 생각나는 대로 할 일을 타자했다.

1. 맨 먼저 해야 할 일은 입교 25일 만에 6·25 첫 전투에서 계급과 군번도 없이 전사한 생도 2기 동기생 86명의 육군 소위 추서 임관이다. 국방부, 육군본부에서는 이 애처로운 죽음에 대해 아는 사람 없이 방치된 상태였다. 육사 생도가 전사하면 당연히 육군 소위로 추서 임관되어야 한다.

2. 육군의 정치군인 하나회 척결. 이 세력이 육군에 남아 있는 한 쿠데타는 계속 이어질 것이다.

3. 12·12 쿠데타와 5·18과 관련한 정치군인에게 주어진 무공훈장 삭탈 무효화. 나는 육군본부 인사참모부 차장 당연직 육군공적심사위원장으로 서명하지 않고 군복을 벗었다. 이는 회수되어야 적법하다. 또한 이 무공훈장이 그들에게 있는 한 광주 시민은 적이 된다.

4. 국가의 이름으로 4년제 정규 육사 생도가 6·25 전쟁 때문에 졸업을 못하고 다른 과정으로 임관되었어도 육사 기수에는 포함되어야 한다. 같은 조건의 해군과 공군의 생도들은 해사·공사의 기수에 편입돼 있다. 이승만 대통령의 훈령으로 6·25 전쟁으로 인한 학년의 피해는 회복시켜야 한다는 명문이 살아 있다. 따라서 해사와 공사

처럼 육사 졸업을 인정해야 한다.

5. 일부 일본군 만주군 출신 장군들에 의해 조작된 군 역사는 바로잡아야 한다. 6·25 한국전쟁을 통해 조작된 육탄10용사, 육탄5용사, 심일 소령 영웅화 등은 전후 분명히 조작으로 밝혀졌으므로 전사를 정정해야 한다.

6. 대한민국의 수도 서울 복판을 점령하고 있는 용산의 미군 기지는 예산이 확보되는 대로 더 좋은 시설로 확장한 평택 기지로 이전 통합되어야 한다.

7. 국방부 전사편찬위원회에서 최초 발간한 『한국전쟁사』를 두고 다시 출간하는 『6·25 전쟁사』 개작 의혹을 확인하고 바로잡는다. 특히 백선엽의 국방부 군사편찬연구소 자문위원장 부임 후 한국전쟁사 개작 시도를 감시한다.

8. 국방부, 육군본부가 공식 선정한 한국전쟁 4대 영웅 김홍일 장군, 김종오 장군, 워커 장군, 맥아더 장군을 임의로 개정한 사유를 확인하고 원상 복구로 한국전쟁사를 바로잡는다.

9. 백선엽의 명예 원수 추대 및 백선엽상 제정을 저지한다.

이 외에 내가 할 일은 계속 이어진다. 조선시대 명사관名史官처럼 목숨을 바쳐서라도 내 책무를 다하겠다고 굳게 마음을 다졌다.

3장   성취의 밝은 빛

1. 하루 10시간의 작업

시집, 소설 출간 러시

대장정의 이정표를 세운 이상 즉각 시행에 착수해야 한다는 조급성이 발동했다. 내 성격이 급한 것은 어릴 때부터 소문날 정도였다. 일단 결정하면 아무도 말릴 수 없다. 조급성이 장점이 되어 급성장한 긍정 측면도 있지만 실패하는 경우도 있다. 그러나 나는 운 좋게 그 조급성으로 성공한 경우가 더 많다. 6·25 한국전쟁에서나 베트남 전쟁에서의 빛나는 무공은 모두 조급성 덕분에 성취됐었다. 전장에서 지휘관은 적의 공격에 대응하는 과정에서 신중을 기한다는 것이 호기를 놓치는 경우가 더 많다. 호기의 포착은 전투 지휘관의 탁월한 리더십이다.

대장정 서전은 시작되었다. 현역 시절 저서 10권을 창작했고 베트남의 정글에서 전투를 지휘하면서 『十九番道路』와 『그대와 나의 遺産』이라는 진중 에세이를 출간한 바 있었으므로 창작 조건이 좋은 환경에서 작업은 수월할 수밖에 없었다. 다행히 출판사 몇 곳에서 집필을 독려했다. 출판사가 나를 선호하는 이유 가운데 하나는 인세를 현금으로 받지 않고 책으로 받기 때문이었다. 책을 나누어 주고 나의 목표를 알려 여론을 내 편으로 돌려야 한다.

컴맹이었기 때문에 원고지에 써야 했다. 그러나 내 의지를 극복하면서 전투를 하는 마음가짐으로 쓰고 또 썼다. 책이 출간되자 여론은 내 편으로 다가왔다. 베트남전에 관한 대하실록소설 『그날』(전 6권, 동방문화원)에 이어 대하실록소설 『따이한』(전 11권, 동방문화원)이 시중에 퍼지자 베트남전 전우들이 내 주위에 몰려왔다. 맹호 재구대대 작전관과 소총중대장으로 함께 싸웠던 이중형 장군이 전쟁기념관 사무총장으로 부임하자 전쟁기념관 4층에 사무실을 개설해 주었고 그 기세를 따라 자금력 있는 전우의 도움으로 『전우신문』을 창간하게 되었다. 군사평론가협회를 창립하여 대장정의 플랫폼이 갖추어졌다. 나는 창작에 전념해야 하므로 무보수 회장 직함만을 갖고 운영은 전우들에게 맡겼고, 매주 1회 월요일에 출근하여 회의를 주재하였다.

정보기관은 관망할 뿐 제재나 간섭은 없었다. 나 또한 신중하게 말과 행동의 수위를 조절했다.

육사 생도 2기 전사자 86명 추서 임관

생도 2기는 생도 시절 전사자와 소위 임관 후 전사자까지 합산하면 거의 반수가 희생되어 육사 출신 가운데 희생이 가장 많은 죽음의 기로 불린다. 하지만 살아남은 육사 생도 2기생의 응집력은 어느 육사 출신들보다 강하다. 육사 생도 2기의 동기회는 입교한 6월 1일을 기념해 '6·1 동기회'로 정했다.

살아남은 동기생들은 현역 예비역 가리지 않고 불타오르는 한을 가지고 있었다. 첫째, 전사 생도 2기생이 방치돼 있어 어디에도 흔적이 없다. 둘째, 자랑스러운 대한민국 첫 정규 사관생도를 엉뚱한 종합학교 출신으로 분류한 처사에 대해 모두 분노하고 있었다.

한을 풀기 위해 내가 나섰다. 전역하고 한참 지난 후 내가 동기 회장이 되면서부터 이야기다. 나는 동기회를 소집 후 안건을 냈다.

1. 생도 신분으로 전사한 동기생 추서 임관.
2. 생도 2기 명예 졸업을 관철해 육사 기수에 편입.

이 안건은 만장일치로 채택되었다. 육사, 육군본부, 국방부는 우리의 움직임을 못마땅한 시선으로 보고 있었다. 지난 일을 공연히 들추어내서 귀찮다는 이유였다. 전두환을 비롯해 하나회 회원들이 집권 중이었는데 자기들의 4년제 첫 주자 위치가 손상될 것 같은 위기의식을 가지고 있었다. 언론은 생도 2기 동정론을 묵살하는 태도를 지속하고 있었다.

1991년 6월 1일. 동기회 이름으로 동기생 전사자 추서 임관 건의서를 육군 참모총장과 국방장관 앞으로 제출하였다. 돌아온 회신은 냉담하였다. 전사자 유해가 없었고 전사 확인이 불가능하다는 내용이었다. 그것으로 단념할 6·1 동기회가 아니었다. 계속 공문을 보내는 한편 각자 연고를 따라 영향을 미칠 관계 부서에 시위성 탄원을 계속했다.

언론을 통해 육사 생도 2기 전사자 실상이 알려지자 국방부가 움직였다. 당시 대통령은 하나회 출신 노태우다. 노태우는 그 소식을 접한 후 동정의 언질이 있었다는 이야기를 들었다. 노태우는 비교적 인정이 많은 편이었고 베트남전 맹호 3대 재구대대장을 역임한 관계가 도움을 주었다는 이야기를 훗날 들었다.

동기생 전사자를 전투 중 확인한 동기생이 증언 서류를 구비하면 가능하다는 통보를 받고 그 작업에 들어갔다. 물론 정확하지는 않았지만 전투 중 함께하면서 전사 장면을 보거나 전상 당한 생도의 현장에 있었던 경우, 짝을 지어 그대로 확인서를 작성해 제출했다. 나도 바로 옆 호에서 포탄에 의해 비참히 희생된 동기생 이름을 적어낸 결과 1992년 10월 15일자 국방부 인사명령 제335호로 육군사관학교 생도 2기 전사자 생도 86명의 추서 임관이 확정됐다. 이어서 동작동 국립현충원 위패 봉안실에 육사 생도 2기 전사자 86명의 위패가 육군소위 임관 계급으로 정중히 봉안되었다. 전두환 소령, 유학성 준장에 의해 말소되었던 육사 생도 2기가 소생해서 육사의 바른 역사가 영구적으로 기록됐다.

동기생 일동은 동기회에서 만세까지 부르며 기뻐했다. 피로 맺은 전우애의 승리였다. 이제 다음 작전은 육사 생도 2기생의 명예 졸업과 육사 기수에 편입되어 당당한 육사인으로 남는 일이었다. 이미 86명의 생도 2기 전사자가 육사인의 이름으로 추서 임관된 이상 생도 2기 생존자의 명예 졸업과 육사 기수 편입은 가능성이 더 명료해졌다. 국방부는 내가 생각해낸 유인책에 빠졌다고 생각했다. 그 경우 유인책은 성공을 위한 전술이었다.

눈물로 얼룩진 육사 생도 2기 졸업장

생도 2기생의 집착은 당사자 외에는 이해하기 어렵다. 1950년 6월 1일 입교해 25일 만에 전투에 투입되어 86명의 전사자를 내고도 육사 졸업장 없이 엉뚱한 과정의 졸업장을 받고 임관해야 했던 불운의 청소년.

임관 후에도 6·25 한국전쟁 판에서 대충 모집한 4년제 11기 졸업생으로부터 차별과 조롱을 받으며 장교로 근무해야 했던 30여 년. 노병들의 소망은 단 하나였다. 대한민국 법률에 따라 최초의 정규 사관생도로 입교하면서 그날의 감동과 희망과 꿈을 기억할 수 있는 명예졸업장을 받고 당당히 육사 기수에 편입해 달라는 소탈한 명예였다. 명예졸업장은 법적으로 아무 효력이 없는 종이 한 장에 불과하지만 그들에게는 가슴 벅찬 최고의 가치였다.

이 글을 쓰는 2022년 7월 현재 330명 중 살아남은 동기생은 21명. 그 가운데 보행 가능한 동기생은 10명뿐이다. 그런데도 6·1 동기회는 가동 중이다. 2022년 6월 1일에도 육사 '참전 생도상' 기념비 앞에서 기념 행사를 가졌다.

1994년 동기회장이 된 나는 1차 목표인 생도 시절 전사자 86명을 육군

소위 추서 임관 시키는 데 성공하자 이어서 명예졸업장과 육사 기수 회복
에 들어갔다. 시기적으로 적절하다고 판단했다. 생도 2기 부활을 적극 반
대했던 전두환이 물러나고 방관하던 노태우도 퇴진했기 때문이었다.

육사 생도 2기 동기회장 박경석의 이름으로 국방장관과 육군 참모총장
에게 1995년 2월 2일 명예졸업 건의서를 우송하였다. 몇 개월 후에 육군
본부 예비역 협력과장 정의환 대령 이름으로 회신이 왔다. '전례가 없어 명
예졸업장 수여가 곤란하다'는 내용이었다. 나는 그 문서를 받고 몹시 불
쾌했다. 참모총장 명의도 아니고 실무자인 육군 대령 이름으로 회신이 왔
기 때문이었다.

다시 육군 참모총장 앞으로 강력한 내용의 건의서를 보냈다. 1951년
이승만 대통령의 발표문인 훈령 내용을 기재하며 책임 회피를 물었다. 이
승만 대통령이 발표한 훈령은 '전쟁으로 인한 학제, 학년 등 손해는 전투
참가자의 경우 회복시켜야 한다'는 내용이었다. 그러나 소식이 없었다.

나는 그 연유를 분석했다. 첫째, 나는 작가와 군사평론가로 활동하면서
군부 쿠데타를 비롯해 군부 독재를 맹렬한 비판하고 있었다. 김영삼 문민정
부이기는 하지만 국방부와 육군본부에는 하나회 잔존 세력들이 남아 있어
영향력을 행사하고 있었다. 더구나 나는 1995년 12월 KBS 1TV 「뉴스초
점」에 출연하여 30분 동안 하나회 정치군인에 대한 신랄한 비판을 쏟아
낸 적이 있어 그들이 내 건의를 받아들일 가능성이 없다고 판단했다.

그 대안으로 동기회장 직을 장정렬 예비역 중장에게 넘겨주고, 정치군
인과의 관계가 좋은 그가 명예 회복을 추진하면 성공 가능성이 있다고 판
단했다.

　나는 총회를 소집해 내 의중을 발표했다. 전원 일치로 그 안이 통과되어 내 임무를 장정렬 장군에게 넘겨주었다. 장정렬 회장은 우리의 안건과 관계되는 당사자를 하나하나 초청해 식사를 하면서 각개 격파하는 방법으로 성공 가능성을 높였다. 특히 참모총장 윤용남 장군과는 상호 교류가 있을 정도로 관계가 돈독해졌다. 육사총동창회장 김점곤 장군과 만나 동의를 넘어 환영한다는 약속을 받아내는 등 모든 것을 단숨에 성공시킬 수 있었다.

　1996년 5월 4일은 육사 개교 50주년 기념일이었다. 육군본부와 육사 지휘부에서는 역사적인 이벤트를 찾던 차에 육사 생도 2기생의 명예졸업장 수여식으로 결정했다. 김영삼 문민정부가 아니면 실현 불가능한 프로젝트였다.

　화랑연병장에서 거행된 육사 개교 50주년 기념행사는 마치 육사 생도 2기 졸업식 같았다. 참석한 생도 2기 94명은 감동한 나머지 거의 모두가 눈물을 흘리며 육사 생도의 퍼레이드 사열을 받았다. 백발의 노병들이 젊은 육사 교장으로부터 졸업장을 받는 장면은 모든 방송사에서 현장 중계하고 외신에서까지 취재했다.

　이날 국방장관이 대통령의 경축사를 대독하는 가운데 '육사 생도 2기생 전원에게 축하한다'는 축사가 포함돼 명예 졸업생 모두에게 감동을 주었다. 이뿐만이 아니었다. 육사 총동창회에서 제정 수여하는 '자랑스러운 육사인상'이 명예 졸업생 전원에게 수여되었다. 졸업생 전원에게 주어진 '자랑스러운 육사인상'은 이 경우 유일하다.

이 행사가 끝난 후 육사에서는 졸업생 전원의 이름을 동판에 새겨 육사 기수별 기념탑에 부착해 영구불멸의 육사인으로 각인하게 되었다.

참전 생도상 건립, 생도송 헌정

명예 졸업식이 끝난 후 육군사관학교에서는 거룩한 생도의 참전 정신을 기리고 후대에 남겨질 기념비 건립 문제가 대두되었다. 생도 2기 동기회에서는 그 제의에 감사를 표하고 생도 2기생 자신의 모금으로 건립하는 것이 더 의미가 있다고 제의해 동의를 얻은 후 모금했다. 공사에 착수하여 '참전 생도상'으로 명명하고 2년 후에 준공했다. 그 기념비에는 박경석의 시 「생도송」이 헌정되었다.

생도송 生徒頌

박경석

여기 화랑대 평화로운 생도의 요람
이 들과 언덕에 여름꽃 필 무렵
부푼 꿈 유월의 소망 가슴에 묻고
조국의 부름에 구국전선으로 달려간 생도

오 영롱한 젊음의 충정이여
그것은 정녕 타오르는 나라 사랑
정의와 자유 화랑도의 부활이어라

생도의 충절 온 누리에 떨쳐
선열의 얼 빛낸 숭엄한 발자취
그 거룩한 장거 어찌 잊으랴

이제 그날의 위훈 멀어져가고
역사의 저편에 사라진 영웅들
어디서 무엇이 되어 살아 흐르는가

새벽이면 떠오르는 찬란한 태양처럼

영겁으로 이어갈 새 생도들이여

누만 년 국운 짊어질 아기별들이여

참전 생도상과 생도송

4장　삶의 고비에서

1. 감사하는 마음으로

나는 늘 감사하는 마음으로 살아왔다. 직업군인 31년은 야전 생활의 연속이었다. 6·25 전쟁에서 중상을 입고 적의 포로가 되었을 때 하늘이 도와 다시 조국으로 돌아올 수 있었고, 이어진 야전 근무 중에도 어려운 고비에서 잘 풀려나갈 수 있었다. DMZ의 풍광은 나의 시심에 불을 당겨 시인의 길로 유도했고 야전의 격정은 나를 소설가로 이끌었다.

특히 베트남전 14개월 동안 정글 속 야전 천막에서 전투를 지휘하면서 진중 에세이 『十九番道路』와 『그대와 나의 遺産』를 출간한 것은 하늘의 도움 없이는 불가능했다고 생각한다. 천막 생활의 연속이었지만 어떠한 비바람이 휘몰아쳐도 내가 쓴 원고 뭉치는 물에 젖지 않았다. 조국의 출판사에서 진중 에세이 출간을 독촉하는 편지가 이어졌고 그때마다 나의 창작 욕구가 꿈틀거렸다.

내가 정글에서 전투 지휘를 계속하는 동안 고국에서는 『十九番道路』가 베스트셀러가 되어 팬레터가 매주 100여 통씩 배달되었다. 여고생을 비롯한 여성들의 팬레터가 대부분이어서 나는 총각 장교를 찾아 팬레터를 나누어 주느라 정신을 못 차릴 정도였다. 그 팬레터를 통해 인연이 되어 여러 장교가 결혼했다고 한다.

베트남에서 성공적으로 임무를 마치고 귀국 후에도 창작은 이어졌다. 그런 연유로 전역 후 전업 작가의 길로 지향하는 선택은 자연스러웠다. 작품이 지향하는 바는 분명했다. 조국애에 목표를 두고 우리 군부가 정치 지향적인 병폐를 없애 새 시대의 군으로 거듭나야 한다는 것이었다. 그러고 보니 거대한 권력층과는 정면 충돌이 불가피했다. 특히 전두환 정권은 기를 쓰고 나의 진로를 방해했다. 그럴수록 나의 필치는 날카로워졌다.

나는 많은 작품을 출간했지만 인세를 현금으로 받지 않고 책으로 받아 곳곳에 기증했다. 내 생활비는 국가에서 주는 연금으로 족하기 때문에 더 이상의 금전은 필요하지 않았다. 내 시집이 널리 알려지자 각계에서 내 시로 시비를 만들겠다며 요청해 왔다. 가장 보람된 시비는 국가에서 요청한 전쟁기념관의 '서시'와 '조국'이다. 일부 정치군인들이 내 시의 헌정을 반대했지만 노태우 대통령은 반론을 잠재웠다.

시비에 헌정하는 시의 창작 요구는 계속 이어졌지만 나는 면밀히 분석 후 조국애와 연관된 목적 외에는 시 창작을 보류했다.

전업 작가 40년은 나에게 쉬지 않는 일터를 주었고 행복이라는 축복을 선사했다. 얼마나 축복받은 삶인가. 나는 보람 속에서 건강을 유지할 수

있었고 아내 김혜린 화가는 창작의 조교로서 나의 대장정을 직접 지원했
다.

　감사함으로 충만한 삶은 계속 이어지고 있다. 하루 해가 감사함으로 열
리고 석양이 감사함으로 기운다.

서시

박경석

여기 맥맥히 흐르는 숭엄한 겨레의 숨결과 거룩한 호국의
발자취 살아 있어 경모의 정 뜨겁게 솟구치리

한핏줄 이어온 자존과 삶의 터전 지킨 영웅들 위훈으로
이 하늘 이 땅에 해와 달 고이 빛났어라

침략 물리친 선열의 얼 좇아 불뿜는 조국애 드넓게 떨치어
자랑스러운 민족사 영원토록 보전하리라

전쟁기념관 명칭 확정 경위와 '서시' 설명

전쟁기념관 명칭에 대하여 논란이 많았다. 문학인을 비롯하여 각계의 전문가들이 반대 의견을 제기한 것이다.

1993년 11월 30일. 나를 포함하여 토론자 8명이 참여한 국방부 주관의 전쟁기념관 명칭 공청회에서 반대론자들은 '기념이란 기린다는 뜻이지만 전쟁이란 있어서는 안 될 지긋지긋한 것인데 전쟁을 기념할 수 없다'는 주장이었다. '기념은 결혼이나 독립 등 좋은 뜻을 갖는 데에만 사용해야 한다'고 했다.

나는 즉각 반론을 제기했다. '기념이란 뜻은 오래도록 사적 史跡을 전하여 잊지 아니하게 함이라는 사전적 의미가 있을 뿐만 아니라 나쁜 것이라도 교훈으로 간직해야 한다는 명분이 있으면 기념해야 한다'고 주장했다. 외국의 사례로 미국은 전사자를 추도하는 현충일을 'The Memorial Day'라고 하여 기념일로 부르며, 중국은 난징대학살 같은 치욕의 슬픈 대사건도 '난징대학살기념일'이라고 한다.

우리는 국난을 극복하는 과정에서 많은 전쟁을 치렀지만 때로는 승리도 하고 패배도 있었다. 오늘날 우리 국가가 존재한다는 것은 곧 외세를 물리쳐 승리했다는 증거이다. 그러나 전쟁은 패배를 더 교훈으로 삼을 때 되풀이되지 않는다. 전쟁기념관은 그러한 취지에서 민족의 자존과 숨진 선열의 위훈 偉勳을 기리기 위해 존재한다. 세계 여러 나라의 전쟁 관련 시설물에는 '전쟁기념관 War Memorial'이라는 명칭을 상용화하고 있다. 따라서 어떤 명칭보다도 '전쟁기념관'은 건립 이념과 합치된다.

서시

여기 맥맥히 흐르는 숭엄한 겨레의 숨결과 거룩한 호국의
발자취 살아 있어 경모의 정 뜨겁게 솟구치라

한핏줄 이어온 자존과 삶의 터전 지킨 영웅들 위훈으로
이 하늘 이 땅에 해와 달 고이 빛났어라

심막 물리친 선열의 얼 좇아 불붙는 조국애 드넓게 받치어
자랑스러운 민족사 영원토록 보전하리라

지은이 박경석

나의 제의에 따라 주제 발표자 8명이 투표한 결과 찬성 6명 반대 2명으
로 전쟁기념관 명칭이 정해졌다.

'전쟁기념관' 명칭에 대한 반대론자들이 제시한 대안은 '군사박물관',
'전쟁박물관'이었다. 이에 대한 나의 반론은 다음과 같다.

'박물관이란 사전적 의미는 고고학 자료와 미술품, 역사적 유물, 그 밖
의 학술적 자료를 널리 수집·보존·진열하고 일반에 전시하는 시설인데
전시품 가운데 고고학 자료와 역사적 유물 등은 거의 없고 모두 상징적 의
미를 갖는 진열품이므로 박물관이 될 수 없다'는 것이 나의 주장이다.

물론 여러 선진국에는 전쟁기념관 외에 전쟁박물관War Museum 또는 군

사박물관Military Museum이 있다. 그러나 우리 전쟁기념관과 다른 것은 사전적 의미의 박물, 즉 역사적 유물을 비롯한 고대 병기와 학술자료의 진열이 대부분이다. 우리나라에서는 육군사관학교에 있는 군사박물관이 이에 적격일 것이다. 따라서 용산에 있는 전쟁 시설물은 상징적인 의미를 갖는 시설물이 대부분이므로 전쟁기념관이 맞다.

전쟁기념사업회에서 중견 시인을 선별하고 서시 작시자를 선정하는 과정에서 영광스럽게도 본인으로 확정되었다. 따라서 나는 전쟁기념사업회 이병형 회장으로부터 전쟁기념관 정문 중앙에 건립하게 되는 시비에 헌정하게 될 '서시' 창작을 위촉받았다.

나는 '서시'를 쓰기 전에 보름 동안 기도하는 마음으로 현충사를 비롯한 선열의 유적지를 답사했다. '서시'는 전쟁기념관의 현판 격인 정문 중앙에 설치되는 것이므로 최대한 절제된 시문으로 해달라는 것이 국방부의 요청이었다. 참선하는 마음에서 온 정성을 다하여 쓴 '서시'가 바로 다음 글이다.

'서시' 제1연 　　여기 맥맥히 흐르는 숭엄한 겨레의 숨결과 거룩한 호국의 발자취 살아 있어 경모의 정 뜨겁게 솟구치리

'서시' 제2연 　　한핏줄 이어온 자존과 삶의 터전 지킨 영웅들 위훈으로 이 땅에 해와 달 고이 빛났어라.

'서시' 제3연 　　침략 물리친 선열의 얼 좇아 불뿜는 조국애 드넓게 떨치어 자랑스러운 민족사 영원토록 보전하리라

369

각 연의 의미는 따로 해설할 필요 없이 총론적인 의미로 함축 설명하겠다. 역사를 이어 온 선열에 대한 외경과 조국을 위해 숨진 호국의 열사에게 경외의 뜻으로 '서시'의 첫 부분을 열고, 다음으로 국난을 극복하여 민족의 맥을 이은 영웅들의 공훈을 찬양하면서 오늘날의 풍요와 행복이 선열 덕분임을 강조했다. 끝으로 선열의 위훈을 기리며 그 거룩한 뜻에 따르겠다는 우리의 각오를 천명했다.

전쟁기념관은 선열의 얼을 기린다는 측면과 그로부터 위훈을 이어받아 조국을 위해 헌신하겠다는 맹세로 끝을 마무리했다. 따라서 전쟁기념관은 현재의 국가 보위와 앞으로의 조국 수호를 다짐하는 거룩한 성전이라는 것을 국민에게 주지하기 위한 교육의 장이다. 전쟁을 잊고 있을 때 위기가 닥쳐온다. 전쟁에 대비할 때 위기를 극복할 수 있다. 그러한 의미에서 용산 전쟁기념관은 우리 국민 모두에게 '유비무환'의 진리를 일깨워 줄 것이다.

전쟁기념관 정문 중앙에 있는 시비에는 그동안 기이하게도 시 제목과 시인의 이름이 없었다. 김영삼 정부 초기에 전쟁기념관이 준공되었지만 정치군인의 입김이 통할 때였으므로 나에 대한 거부감이 작용했다. 전쟁기념관에 먼저 세워진 시비 '조국'에 박경석이 적혀 있는데 시비 '서시'에까지 박경석 이름을 조각할 수 없다고 했다. 그래서 10여 년 동안 시 제목과 작시자의 이름이 없는 유일한 시비가 되었다.

이 사실을 확인한 2004년 전쟁기념관장 김석원 장군은 이사회를 소집하고 심의하여 제목 '서시'와 지은이 '박경석'을 시비에 조각했다. 또 원래 정문 중앙에 설치하도록 계획되었으나 그간 구석에 처박혀 있던 것도 김석원 관장이 원래 위치인 정문 중앙으로 옮겨 세웠다. 내가 걸어온 발자취처럼 이 시비도 험난한 길을 걸어온 셈이다. 정치군인들은 이처럼 끊임없이 나의 진로를 가로막았다. 나는 그럴수록 힘이 더 솟구쳤다. 내가 지치지 않고 창작을 계속하고 있는 것도 이들의 견제를 헤쳐 나아가야겠다는 의지와 도전정신 때문이었다.

지금 전쟁기념관 정문 안쪽에 있는 시비가 바로 그 시비이다. 서시의 주제인 시비 바깥쪽 '전쟁기념관' 글씨는 전쟁기념관 건축 당시 대통령인 노태우가 썼다.

조국

박경석

김기승(글씨)

젊음은 충정의 의기로 횃불되어
저 역사의 대하 위에 비추이니
오 찬연하여라 아침의 나라

영롱하게 빛뿜는 영혼의 섬광
이어온 맥박 영원으로 향하고
여기 찾은 소망 자손에 전한다

반만 년 다시 누만 년을 위해
곳곳마다 눈부신 꽃무지개 피어올려
승리로 이어지는 축제 삼으리

내 한 몸 으스러져 한 줌 흙 되어도
온 누리에 떨치고 싶은
오직 하나뿐 어머니인 내 나라여

전쟁기념관 시비 '조국'

조국을 위해 전사한 영현들의 숭고한 희생을 기리고, 살아있는 장병 모두에게 조국의 의미를 되새기게 하며, 우리가 승리로 쟁취한 조국에게 충성을 맹세하는 의미를 함축하고 있다. 특히 이 시비의 글씨를 쓴 김기승(原谷 金基昇 1909~2000)은 당시 우리나라 최고의 서예가로 이름을 떨쳤다. 시비의 글씨체는 한글 원곡체 原谷體로 명명되었고 은관문화훈장을 받았다. 시 '조국'은 2000년 한국의 명시로 선정되었다.

자유 평화의 빛

박경석

보라 이 평화로운 산과 들
지난날 침략의 불길 솟아 올랐던
끔찍했던 죽음의 고갯마루
이름도 모르는 곳에 자유를 위해
이역만리에서 달려와 평화를 위해
숱한 생명 버려가며 버틴 이 능선

어디 자유가 거저 얻어지는 것인가
평화 또한 절로 찾아오는 것인가
아니다 많은 장병이 생명 불살랐기에
오늘 이 땅에 빛으로 남았느니

세월은 흐르고 흐르지만
영웅들 공훈은 영원하리라
우리는 자유롭고 평화로울 때마다
이들의 역사를 기억해야 한다
오 자유 평화의 빛이여

세종시 개미고개 시비 '자유 평화의 빛'

세종시 개미고개 시비 '자유 평화의 빛' 설명비

1950년 6월 25일 북한 인민군이 남침을 시작하자 미국의 트루먼 대통령은 전쟁 개입을 선언한 후 미 24사단 21연대 1대대를 선발대로 하여 스미스 특수임무부대를 편성하고 오산 죽미령에 배치한다. 7월 5일 인민군 4사단의 공격을 받은 스미스 특수임무부대는 전투에 임했으나 대부대 공격을 감당하지 못하고 격파당하여 많은 희생을 내고 분산 철수하는 비운을 겪게 된다. 이에 미 24사단장은 21연대 스티븐스Richard W. Stephens 대령에게 잔여부대를 지휘, 1번국도에 걸친 지연작전을 수행케 한다. 7월 7일, 미 21연대는 사단장 딘Richard F.Dean 소장으로부터 "조치원 부근에 진지를 점령하라."라는 구두 명령을 받고 다음날 미곡리의 개미고개 좌우측 능선에 지연진지를 구축하였다. 7월 11일 새벽, 인민군 4사단에 이어 3사단이 교대하여 개미고개 미군 진지를 공격했다. 미 21연대는 전의와 조치원간 전투에서 5일간 적의 남진을 지연시킴으로써 인민군의 남침전략에 타격을 입혔다. 이에 장병들의 영웅적인 공적을 기리고 전사한 장병의 명복을 기원하는 뜻에서 격전지 개미고개에 시비와 기념비를 세운다.

이 기념비가 한미동맹을 견고히 하고 자유와 평화의 소중함을 후세에 일깨우는 데 기여하기를 바란다.

글 박경석 장군

가평하늘 푸른 별이여

박경석

우리는 잊을 수 없으리라 그날을
용문산 기슭 가평벌 짓밟던 중공군
우리는 영원히 기억하리라 그날을
자랑찬 청성부대의 빛나는 대첩

저 청자빛 하늘 아래 심혼 불사르며
광영의 뿌리 내린 영웅들이시여
그대로 하여 자유조국 이룩하였으니
민족사에 살아 숨쉴 호국의 별 되리

그 눈부신 승리의 기쁨 한 마음 되어
새 세기로 웅비하는 조국 떠받들며
통일로 지향하는 화합의 광장
번영으로 이르는 큰 길에 나아가리라

용문산 전투 시비 '가평하늘 푸른 별이여'

1951년 중공군 제63군 예하 3개 사단과 국군 제6사단과의 치열한 전투의 승리를 기념하기 위해 세운 전적비이다. 이 전투는 중공군의 춘계 대공세를 제6사단이 혈전 끝에 중공군 제63군 주력을 섬멸하고 대승을 거둔 전투이다. 이 전투의 승리를 기점으로 국군은 승세로 전환하여 이어 진 전투에서도 전쟁의 주도권을 확보했다.

충절의 고장에 보훈의 빛이

박경석

보라 이 고장의 평화로움과 순박한 저 얼굴
그들 가슴 깊이 간직한 충절의 의기 살아 있어
조국이 부름에 전선으로 전선으로 달려간 전우여

그 끔찍했던 포화와 밀물처럼 다가온 적들을
나라사랑의 숭고한 정신으로 싸워 무찔러
조국 빛내게 한 공훈 이 언덕에 증표로 남긴다

자유를 유린하려는 무리에게 자유를 깨닫게 하고
손과 손에 평화의 북채를 쥐어주며
함께 통일의 북을 힘차게 두드리는 그날
여기 핀 무궁화 밝은 미소가 영웅들을 반기리라

세종시 충현공원 시비 '충절의 고장에 보훈의 빛이'

6·25 한국전쟁이 발발하자 적을 무찌르기 위해 연기군의 젊은이들이 자원하여 군에 입대하며 많은 희생으로 조국을 지켰다. 전쟁에서 희생된 영웅들의 위훈을 기리며 전사 영웅의 명복을 빌기 위해 연기군민의 성금을 모아 조치원읍 중앙 충현공원에 기념비를 건립했다. 그 기념비에 헌정된 시가 '충정의 고장에 보훈의 빛이'이다.

횃불이어라

박경석

백두의 영봉 우러러 보이는
개마고원 줄기 줄기마다
정의의 횃불 타오르고
공산 학정에 저항하는
젊음의 의기 하늘로 치솟다

1948년 그로부터 3년
오직 자유 자유를 위해
혹한과 눈보라 속
고독과 절망을 헤치면서
붉은 이리떼 무찔렀도다

하여 저 능선마다 골짜기마다
숱한 피 먹음었고
군번도 계급도 없이 쓰러져 간
自由義兵 그 수를
아 헤아릴 길 없구나

영웅들이시여
그대들 공훈 찬란히 빛나리니
자유의 진실
만방에 떨치리라

문산 통일공원 시비 '햇불이어라'

북한에 김일성 공산정권이 수립되자 이를 반대하는 젊은이들이 북한 각 지방에서 소요를 일으켰다. 이 진압 과정에서 열렬 젊은이들이 개마고원에 잠입하여 의병활동을 벌이면서 공산당과 싸웠다.

1948년부터 6·25 전쟁 발발 시까지 이들의 자유 의병 활약은 계속 이어졌다. 희생도 뒤따랐다. 이들 자유 의병을 기리기 위해 정부 예산으로 시비가 건립되었다.

소령 강재구

박경석

참사랑 하늘을 울린다
의로운 기개 강산에 메아리친다
옛 화랑 충절 빛낸 것처럼
강재구 그대는
오늘의 화랑이었노라

목숨 잦는 아픔
뉘 모를까마는
부하 사랑 때문에
한 줌 재로 자진하는 숭고함에
우리 모두 고개 숙이도다

아, 강재구 소령
그대 죽음의 길 택했을지라도
모든 전우와
뒤따르는 젊은이에게
영원한 생명의 의미
심어 주었도다

그대는 살아 있으리
그 숨결
그 정신
살신성인의 귀감 되어
만세에 길이길이 보전되리라

시비 '소령 강재구'

강재구 대위는 1965년 10월 4일 베트남전에 맹호사단 제1연대 3대대
10중대장으로 파병되기 전, 홍천 수류탄 훈련장에서 수류탄 투척 훈련을
하던 중 부하의 실수로 수류탄이 중대원 가운데로 떨어지자 몸으로 수류
탄을 덮쳐 부하들의 생명을 구하고 순직했다. 장례는 육군장으로 치러졌
고, 소령으로 추서되었으며, 육군사관학교에 그의 동상이 세워졌다. 순직
장소에는 기념공원이 만들어지고 기념관에는 목판으로 조각된 시가 헌정
돼 있다.

護國追慕室

하늘에서 내리 쏟는 저 신비로운 빛줄기를 보라
그 눈부신 햇살 속에 자랑찬 겨레의 숨결 흐르고
호국 위해 숨져간 선열의 얼 숭엄히 솟구친다
오 자손만대 이어갈 자유조국 충성으로 수호하리
이제 우리 앞날 더욱 융성하게 훤히 트이는 새벽
젊음 바쳐 나라 빛내는 영광의 길로 힘차게 뛰자

전쟁기념관 시비 '호국추모실'

전쟁기념관 추모실은 전쟁기념관 중앙 돔 바로 아래에 있다. 돔 정상에서 내리 쏟는 햇빛은 경외로움을 느끼게 하며 신비의 경지에 도달하게 한다. 모든 전사 장병을 추모하는 의미에서 예쁜 돌에 시가 조각되었다. 이 추모실은 전쟁기념관 명소 가운데 한 곳이다. 추모시에는 겸허한 마음으로 이름 박경석을 조각하지 않았다.

2. 귀향

서울에서 대전으로

직업군인의 삶은 일정한 주소지에서 오랫동안 살기 어려워 본거를 서울에 두고 옮겨 다니는 경향이 있다. 점차 달라지고 있지만 장군이나 고급 장교들의 주소지는 늘 서울이었다. 전역 후에도 대부분 고향으로 귀향하지 않고 서울에 정착한다. 나 또한 예외가 아니었다. 그러다가 2010년경 귀향하고 싶은 생각이 솔곳이 살아났다. 아내는 내 생각에 반대하지 않으면서 따르겠다고 했다.

2011년 봄 작정하고 대전으로 향해 탐방에 나섰다. 대전중학교(6년제) 시절 살던 대전의 구도심으로부터 유성 그리고 세종시까지 두루 살펴본 결과 유성으로 결정했다. 나는 집필실이 필요했고 아내는 화실이 있어야 하기에 50평형으로 정했다. 지방의 아파트 가격이 싸다는 이야기는 듣고 있었지만 이렇게 엄청난 차이가 나는지 몰랐다. 2012년 6월 1일에 유성 자이아파트로 새 거처를 정했다.

꼭 10년을 살고 보니 대전은 천국이었다. 새로 생긴 도시 건물은 널찍한 8차선 도로로 연결돼 있고 도로변에는 가로공원이 한없이 이어져 한여름이면 녹음 천지로 변한다. 지하철도 쾌적하고 편리해 대전역에서 유성온천역까지 이용하면 서울 나들이도 불편이 없다. 승용차로 15분 거리면 계룡산까지 연결된다. 도심에 보문산이 있고 변두리에는 장태산, 식장산, 계족산이 있다. 어디 자연뿐이랴, 온천수를 언제나 이용할 수 있다.

물가도 서울에 비하면 저렴하다.

나는 이렇게 10년 동안 천국에서 살았다. 앞으로 더 살다 아파트 건너편에 있는 국립대전현충원 장군 묘역에서 아내 김혜린과 함께 영면하리.

귀향 후의 삶과 문인들

1981년 7월 31일, 정치군인의 전횡 때문에 군복을 벗고 전업 작가의 새 길을 걷기 시작하자 구상 선생, 서정주 선생을 비롯 선배 문인들로부터 빈번한 초청을 받았다. 문인의 모임은 소주잔으로부터 시작되었다. 나는 그때 '두주불사'의 술꾼이었기 때문에 술자리에 자주 어울렸다. 술자리의 화두 중 가장 인상에 남는 말은 "고향에 가지 말라."였다.

서울에서 명성이 있는 작가라도 고향에 가면 냉대한다는 것이었다. 제 딴에는 서울에서 날렸으니 고향에 가면 모두 부러워하고 반길 것으로 생각하지만, 모른 척 한다고 했다. 원로 작가 모두 한결같이 그 말에 고개를 끄덕였다.

나는 귀향하면서 첫째, 고향의 문인들과 될 수 있는 대로 어울리지 말고 창작에만 전념한다. 둘째, 고향의 문인들과 어울릴 경우에는 겸손하겠다는 두 가지 행동 지침을 정했다. 대전의 문인들에게 일체 전화도 걸지 않고 10개월 동안 단 한 사람의 문인하고도 만남이 없었다. 나는 타이핑하고 아내는 그림 그리고, 그 일이 끝나면 계룡산 수통골에 가서 걷기 탐방을 했다.

다음 해 봄날 아내가 "아, 대전에 문학관이 생겼어요." 하면서 컴퓨터

화면을 가리켰다. 말끔하게 단장한 건물이 보였고 내부 여러 곳도 화면에
나타났다. 우리는 관람하러 가기로 했다. 대전문학관은 유성구에서는 좀
먼 동구에 있었다. 주차장에 차를 세워놓고 문학관으로 들어섰다. 아내와
나를 본 정장의 중년이 반갑게 인사했다. 우리도 정중히 인사하면서 그의
안내에 따라 문학관 내부를 관람했다. 정중하고도 친절하게 안내한 중년
은 바로 대전문학관 박헌오 초대 관장이었다. 그가 어찌나 친절한지 서울
의 원로 문인들의 이야기는 순간 사라져버리고 전혀 다른 인상으로 친밀
감을 느끼게 했다. 귀향한 지 10개월 만에 만난 대전의 첫 문인이었다. 박
헌오 관장은 나를 대전 원로 문인과 똑같이 대우하면서 대전문학관 아카
이빙 자료집에 게재하는 한편, 30분 분량의 동영상 '문학의 향기' 박경석
시인 편 제작과 월간『대전예술』인터뷰 기사 게재 등으로 대전 예술계에
널리 소개했다. 고마운 일이다.

　지방의 문인들이 중앙에 종속되지 않고 자체적으로 단체를 운영하면
서 발전하는 모습을 보았다. 대전뿐만 아니라 모든 도시들이 대전의 문학
단체처럼 강한 독립성을 유지하고 있는 것 같다. 지방 문학의 전파력은
중앙 문학을 압도할 수는 없어도 중앙 종속으로부터 벗어나 독립성이 강
한 편이다. 그 예로 지방 문인이 중앙의 문학 단체의 책임자로 진출하는
사실에 주목해야 한다. 이미 지방세 자체가 속속 중앙으로 진출하는 현상
이 실현되고 있다. 김용재 교수가 중앙의 현대시인협회 이사장으로 진출
하고 국제 PEN 한국본부 이사장으로 취임한 경우는 문단 지방세의 발전
을 증거한 놀라운 변화라 할 수 있다.

　김용재 이사장과 나는 40년 전부터 현대시인협회에서 함께했고 대전

고교 동문이기도 하다. 그는 노년인 나에게 현대시인협회와 국제PEN한국본부에서 중요 작품 발표의 기회를 주고, 기조연설과 PEN문학지에 중요 군사 에세이를 특집 게재하게 하여 나의 창작 욕구에 불을 당기게 했다. 고마운 일이다.

2022년 현재, 대전의 원로 시인 최원규 교수, 집필 과정에서 적극적인 지원과 격려를 아끼지 않았던 문학평론가 송하섭 교수를 비롯해 김영훈, 박진용, 김명순, 빈명숙, 최송석, 신협, 김영록 등 쟁쟁한 작가들이 귀향인인 나에게 협조와 격려의 정을 보내주었다. 고마운 일이다. 여하간 대전의 문인들이 서울 못지 않는 창작 활동에 감명을 받았다. 대전의 문인은 충청인 성품답게 예의 바르고 친절했다. 대전의 문인은 아니지만 내가 10년 동안 대전에서 창작활동을 하는 동안 격려를 아끼지 않았던 남궁연옥 시인과 김태희 시인에게도 감사의 정을 남긴다.

대전에서의 10여 년의 삶은 어느 곳에서보다 행복했다. '천국에서의 삶'으로 비유하고 싶다.

김종필 전 총리가 넘겨준 박정희 장군검

김종필 전 국무총리가 별세하기 반년 전 그의 측근이 내 서재를 방문했다. 그는 나의 열렬한 팬이며 국가관이 뚜렷한 인물로 나오는 평소 인간관계를 맺고 있었다. 그는 긴장하면서 기다란 포장물을 풀었다. 뜻밖에도 장검이었다.

"이 장군검은 박정희 대통령이 혁명 동지 몇 사람에게만 나누어 준 것

이른바 '혁명 동지' 몇 사람만 나누어 가진 박정희 장군검.
김종필 전 총리가 별세 직전 박경석 장군에게 넘겨주었다.

입니다. 우선 이 장군검을 누가 준 것인지 묻지 마시고 받아 주십시오."
그의 말대로 장군검의 내력을 묻지 않고 받아 두었다. 장군검을 자세히 살
피니 칼집 윗부분 양쪽에 대통령 문장이 부조돼 있고, 칼집은 물소뿔이며,
칼집 이음새 장식의 두 고리는 순금이며, 장식 두 개의 구슬은 순옥이었다.

그로부터 몇 달이 흘렀다. "장군검의 출처를 밝히지 말라고 해 참고 있
었지만 도저히 참을 수 없어 장군검의 주인을 밝히겠습니다. 그 장군검
은 박정희 대통령으로부터 하사 받은 김종필 총리 님 것입니다. '이 장군
검은 참군인인 박경석 장군이 가지고 있어야 돼' 하시며 전해주라고 해서
박 장군님께 드린 것입니다. 그런데 궁금한 것은 많은 장군들 가운데 왜
박경석 장군 님에게 준 것인지 알 수가 없습니다."라고 검을 건넸던 김종
필 측근이 연락을 해왔다.

 김종필과 나의 인연은 별로 좋지 않았다. 1959년에 그는 육군 중령이고 나는 육군 소령으로 HID(육군첩보부대)에 근무하고 있었다. 나는 공작 장교의 직함으로 DMZ 내에서 군사정보 수집에 몰두하고 있었다. 그러나 대북 첩보활동이 내 성정에 맞지 않아 야전군으로 전속을 요청하기 위해 HID 행정처장인 그를 만났다. 그는 "함께 일하자."라고 하며 혼란한 시국과 부패 만연에 대한 불만을 말하면서 이상야릇한 말을 하기에 나는 단칼에 그를 나무라며 야전군행을 강행했다.

 그는 5·16 후 중앙정보부장을 거쳐 국무총리가 되었고, 나는 야전군 철원 북방 1사단 GOP 대대장 근무를 마치고 진해 육군대학에서 강의하다가 베트남전 대대장으로 발탁돼 맹호사단 제1진으로 출진하게 되었다.

 1965년 10월, 부산항 제1부두에서 환송식이 거행됐는데 그때 김종필 총리가 내 앞으로 다가오면서 격려의 말을 했다. 그와의 만남은 그 경우가 유일하다.

 세월은 많이 흘렀다. 나는 전역 후 '충청 인사' 모임에 여러 번 초청받았지만 단 한 번도 참석하지 않았다. 때때로 김종필 이야기만 나오면 좋게 이야기한 적이 없었다. 군에 있을 때나 전업 작가 시절이나 변함없이 전두환의 12·12 쿠데타를 포함해 두 번의 쿠데타에 강렬한 부정의식을 가지고 있었고 시종일관 비판의 자세를 지켰다. 마침내 나는 그로 말미암아 군복을 벗어야 하는 운명을 맞았다.

 나는 지금도 어떤 명분으로도 군인의 쿠데타는 합리화될 수 없다고 단정한다. 더구나 육사 총동창회가 쿠데타 주역 박정희와 김종필에게 '자랑

박경석 중령을 배웅하는 김종필 국무총리

스러운 육사인상' 수상자로 선정한 사안에 대해 '세기의 웃음거리'로 평가한 적이 있다. 정치적 공적과 군인의 정의는 달리 평가해야 한다는 것이 나의 군사관軍史觀이다. 세계 어느 문명한 나라의 육사에서 쿠데타 주역을 자랑스럽다고 떠받들며 상을 준단 말인가. 그렇다고 나는 박정희 대통령의 조국 근대화 업적을 과소평가하지 않는다.

그런 나에게, 정치군인으로서는 의미 있고 귀중한 장군검을, 비판자에게 넘기다니. 나는 도저히 해답을 찾기 어려웠다. 더구나 삶을 마감하기 위한 정리 과정에 있을 그 시간에, 인생 결산의 그 숭엄한 순간에….

결국 나는 숙고 끝에 '인생 경륜의 승자'는 김종필 총리임을 확인하면서 그의 명복을 빌었다. 그는 혁명가요, 나는 군인이었다. 그는 나의 조그마한 무공에 비해 조국 대한민국의 근대화를 위해 큰 업적을 남겼다고 인

396

정했다. 김종필 전 총리의 관용 정신과 전우애를 기념하기 위해 장군검을
박경석 가문 가보로 보존하기로 했다

에필로그   정의와 불의, 타이핑을 마치고

나는 지금까지 시집 23권을 포함해 저서 87권을 출간했지만, 이 에세이는 독특한 기록을 가지고 있다. 첫째, 첫 장부터 에필로그를 타이핑할 때까지 다음 카페 '박경석 서재'에 공개하면서 독자의 비판을 수용하고 검증했다. 둘째, 에필로그까지, 가장 긴 기간인, 2년에 걸쳐 완성한 작품이다, 이 책의 핵심 자료 수집과 검증은 육군 준장 예편과 동시에 시작했으니 무려 41년이 소요된 셈이다. 그 이유는 이 에세이가 역사 성격의 글이기에 정확하고 진실이 보장되어 후대에 교훈으로 남았으면 좋겠다고 생각했기 때문이다.

역사 성격의 글은 집필 당사자 사후에 내용의 진실 여부가 시빗거리로 남는 경우가 있었다는 데 착안했다. 후대 독자들이 내용의 신빙성을 의심하면 그 글은 교훈으로 평가할 수 없고 단명의 서적으로 사라진다. 이 책에 등 장하는 모든 인물의 이름은 실명이다.

이 에세이에는 충격적인 글도 있다. 상식으로 알고 있던 내용이 전혀 허구로 둔갑되는 경우가 수없이 많다. 이런 글을 당사자의 검증 없이 그 대로 출간한다면 내가 바라는 정의와 진실에 배치된다. 그래서 훼방을 물 리치는 검증 과정이 필수적이었다. 욕도 많이 들었고 협박도 많이 받았 다. 이 과정에서 승리하는 길은 확실한 증거 확보라고 생각했다. 그래서 일본에도 가고 중국에도 가서 증거 확보에 힘썼다. 그것이 부족하면 당사 자를 초청해서 극진한 대우를 하며 인간적인 관계로 포용하는 방법도 썼 다. 경비도 많이 들었다. 아깝지 않았다. 평생 내 신조인 조국, 정의, 진리를 위한 '대장정'이라고 생각했기 때문이다. 다행히 우리 주변에는 정의가 불 의보다 더 강했고 진실이 위선보다 더 힘을 쓰고 있었다. 그 결과 이 에세 이집이 불의와 위선의 긴 터널에서 빠져나올 수 있었다. 이제 나의 힘겨 웠던 '대장정'은 임무가 완수되어 홀가분하다.

나는 이 글을 끝내면서 구순九旬을 맞는다. 아직은 기저질환도 없고 건 강하다. 하늘이 나를 돕고 있다고 생각한다. 다시 무릎을 꿇고 감사의 기 도를 올린다.

박경석 저서 출간 출판사

1959년 현역 시절 필명 韓史郎으로 등단하여 2022년까지 출간한 출판사·박경석 저서 중 단행본에 한함.

대영사. 창우사. 서문당. 홍익출판사. 동방문화원.
병학사. 팔복원. 한영출판사. 거목출판사. 해외로가는길.
자유지성사. 독서신문사. 문경출판사. 역바연출판사.
총 14개 출판사

박경석 문학이 국가 시책에 반영된 콘텐츠

1. 殺身成仁 軍神 강재구 소령(1966년). 에세이 『소령 강재구』 중·
   고 교과서 게재 및 영화 제작

2. 12·12 쿠데타, 5·18 관련 수훈자 무공훈장 삭탈.(1989년) 국가와
   훈장. 검찰청 소환 사실 확인

3. '국군포로는 없다'. 국군포로 엄격 심사 후 대우. 법제정(2005년)
   『전우신문』,『군사저널』. 청와대 직보

4. 김홍일 장군, 전쟁영웅으로 격상(1983년) 장편 실록 박경석 저
   『五星將軍 金弘壹』 KBS 연속 방송

5. 한국전쟁 4대 영웅 선정. KBS 1TV 3부작 박경석 대하드라마 〈5
   성장군 김홍일〉(1985년) 국군의날 방영

6. 전쟁기념관 준공 직전, 조선총독부 건물 내 중앙박물관 이전계획
   철회, 전쟁기념관 준공 청와대 직보

7. 하나회 척결 KBS 1TV 「뉴스초점」 출연 30분.'하나회 실체' 1998
   년 방영. 사이트 '박경석 서재' 게재

8. 용산 미군기지 평택 이전. '용산 미군기지 이전해야 한다'(1986년)
   『전우신문』,『군사논단』. 청와대 직보

9. 군 현역복무 18개월 확정.'군 현역복무 18개월이 적당하다'(2002
   년)『조선일보』 시론. 청와대 직보

10. 백선엽 명예 원수 추대 저지(1차선언 2009년. 2차선언 2010년) 국방
    부, 청와대 직보

11. 조선총독부 건물 철거, 광화문 복원(1985년).『전우신문』,『군사논단』. 청와대 직보.

12. 전쟁영웅 채명신 장군(2017년) 장편실록소설『전쟁영웅 채명신 장군』육군본부. 국방부

13. 서울 용산 전쟁기념관 박경석 시비 '서시' '조국' '추모시'. 3편 당선작품(1994년 건립) 국방부

14. 김좌진 장군 독립운동가 발굴 추대. 홍익출판사 박경석 장편소설 『묵시의 땅』(1987년). 국방부

15. 육사 생도 2기 생도신분 전사자 86명 육군소위 추서 임관. 홍익출판사『육사생도2기』. 국방부.

16. 육사 생도2기 명예졸업 및 전원 '자랑스러운 육사인상' 수상. 홍익출판사『육사생도2기』. 육군본부.

17. 한국전쟁, 베트남전 참전 장병 전원 국가유공자 대우. 청와대 직보.『군사논단』,『전우신문』, 보훈처

18. 일본군 출신 장군이 조작한 가짜 영웅 실태 조사 확인. 국방부 육군본부 합동조치

19. 6·25 한국전쟁 70주년 기념 정부 주관 '백선엽 장군상' 제정 저지. 국방부 청와대 직보.

정의와 불의

1판 1쇄 인쇄	2022년 11월 20일
1판 1쇄 발행	2022년 11월 30일
지은이	박경석
발행인	공정범
발행처	역바연
주소	경기도 용인시 수지구 수지로421, 503호
전화	031-896-7698
등록	2021년 11월 26일. 제 2021-000150호
ISBN	979-11-976930-2-1 03810

ⓒ 박경석

이 책을 만든 사람들
기획·편집	역바연
표지·본문 디자인	지노디자인 이승욱